FOLIO POLICIER

Benoît Philippon

Cabossé

Gallimard

Benoît Philippon passe son enfance en Côte d'Ivoire, aux Antilles, puis entre la France et le Canada. Il devient scénariste à vingt ans pour le cinéma et l'animation. Il réalise son premier long-métrage, *Lullaby for Pi*, avec un casting international (Forest Whitaker, Clémence Poésy, Rupert Friend), sorti en 2010 ; puis un film d'animation (coréalisé avec Alexandre Heboyan), *Mune, le gardien de la Lune* (prix du meilleur film à Tokyo, Toronto, Erevan), qui fut le septième plus gros succès français à l'étranger en 2015. Benoît Philippon aime mélanger les codes et naviguer entre les genres. *Cabossé* est son premier roman. Noir.

À Lili…

Chapitre 1

Find her

Roy s'assoit dans son bon vieux fauteuil Chesterfield. Le cuir déchiqueté émet un petit gémissement pas déplaisant qui ferait presque office de présence. Ça pourrait être un animal de compagnie. Si c'était un chien, il l'appellerait Evinrude. Roy a toujours bien aimé ce nom : Evinrude. Mais c'est pas un chien, c'est un fauteuil. Un Chesterfield, hein, mais un fauteuil. Il va quand même pas commencer à donner un nom à un fauteuil. On s'inquiéterait pour sa santé mentale. En même temps, qui s'en soucie, de sa santé mentale? Il a peu de plaisirs dans la vie, alors pourquoi il se priverait? « Hein, Evinrude? On va pas se laisser emmerder », il pense en se lovant avec le soupir d'un type qui vous emmerde, vous, les bien-pensants, qui le jugez pour sa pauvreté intellectuelle. Et, Evinrude, il est peut-être moche et pas présentable, tout comme Roy, mais il est confortable, et c'est tout ce qu'on demande à un fauteuil.

— Aïe, c'est quoi cette merde? lâche Roy dans une grimace.

Avec toute l'affection que Roy lui donne, ce reste

de cuir avarié lui crache un vieux clou rouillé au cul. Quelle ingratitude !

Roy pose le clou sur son guéridon patiné et y remarque son smartphone. Piqûre de rappel. Au sens propre. S'il s'est assis sur Evinrude, c'est pour se plonger dans la cyber-solitude des sites de rencontre. C'est sûr qu'il y court pas, Roy, il connaît que trop bien la réelle solitude.

Il allume son téléphone intelligent. Le gars de la boutique lui a tout bien paramétré. C'était pas du sang qui coulait dans ses veines, c'était de la fibre optique. Être plus connecté que ce gars-là, fallait être une prise. Il lui a mis de l'appli, de l'update, de l'option qu'optimise la batterie, de l'option qu'optimise l'optimisation.

— J'en ai rien à foutre de toute ta camelote, lui a dit Roy. Moi, c'qui m'intéresse, c'est ce machin-là, de rencontre.

Le petit gars a dévisagé Roy avec sa tronche de crash Windows 95 et a fait une moue. Dans son regard, Roy a déchiffré un mélange de malaise et de pitié.

« C'est pas une reconfiguration système qu'il faut à un mec comme toi, Roy y a lu, c'est du recyclage, direct chez les Chinois. Avec les pièces détachées, doit bien y avoir moyen d'en tirer une calculatrice pour gosse de sixième.

— Sauf que t'es gentil, moi, ma tronche j'peux pas en acheter une nouvelle génération à l'Apple Store, lui a répondu Roy en pensée. Donc l'appli, là, tu me l'installes et ta pitié de cyber-humanitaire, tu te la carres ou je m'en occupe pour toi et j'peux te dire que ton picotement anal, il va pas être virtuel. »

Et le petit gars, il a compris. Il est comme ça, Roy. Il parle pas beaucoup. Des fois, il parle pas du tout. Mais on comprend chaque mot qu'il dit pas.

Roy clique sur l'icône. *Find her*. L'appli s'ouvre. Roy voit son profil s'afficher. Avec ses trois photos. Il a bien bossé, le petit gars du magasin, son profil est parfaitement configuré. Ce qu'il y a de pas parfait, c'est les photos. Pourtant Roy a passé quatre heures dans ce putain de Photomaton. Autrefois, tu mettais une pièce, tu te prenais quatre flashs dans la gueule et merci madame au revoir, tu repartais avec tes clichés, qu'ils te plaisent ou non. Aujourd'hui, t'as du virtuel qui te guide tellement que tu te perds un peu plus tous les jours. Et comme t'as le choix de refaire, d'hésiter, de pas choisir, ben tu choisis rien. Après de longues hésitations, quelques grognements d'animal et deux-trois moments de perte de patience qui vont coûter des milliers d'euros à la mairie, Roy est reparti avec ses clichés, laissant derrière lui un Photomaton qui semblait avoir été criblé d'obus après un séjour explosif à Bagdad.

Roy a plaqué ses clichés sur le comptoir. « Qu'est-ce que tu veux que je fasse de cette horreur ? », a pensé le petit gars.

— Ben, tu les mets sur mon profil, lui a répondu Roy à voix haute cette fois.

Le petit gars a regardé Roy comme la photo d'un gamin famélique d'une contrée sinistrée d'Afrique, avec une compassion coupable. Mais il a pas envoyé un chèque à Chirurgiens esthétiques sans frontières. Il a fait beaucoup mieux. Il lui a photoshopé ses Photomatons. Et, miracle de l'illusion virtuelle, Roy a commencé à ressembler à quelque chose. Et toute cette obscurité ajoutée par le jeune sculpteur de lumière a laissé place au mystère de ce qu'était vraiment Roy par-delà les traits déroutants de son visage.

« Mouais… Et qu'est-ce qu'il est vraiment ? », se demande Roy alors qu'il cherche à s'autoconvaincre que ses photos subliment la promesse d'une riche personnalité. « Eh ben, si une fille tombe dans le panneau… »

Son doigt commence à balayer les images des filles. Des jolies, des banales, des franchement moches, des de dos, des floues. Apparemment, il est pas le seul à s'être pris la tête sur son image. Les filles, on croit toujours que c'est plus simple pour elles, mais certaines ont été touchées par le sceau de la laideur ou, pire, de la banalité. Et quand on attend d'elles qu'elles soient mannequin, pute ou bonne à marier, se forger une confiance en soi si on est tout juste banale doit pas toujours être facile. Roy, lui, il a cet avantage, il se rêve pas en prince charmant. Et ceux qui lui parlent de sa personnalité pas bien façonnée, il leur explique son parcours d'évolution psychologique à coups de poings dans la gueule et, en général, l'explication fait son chemin. Souvent vers l'hôpital. Mais au moins, ils vont quelque part. C'est toujours mieux que de stagner sur une idée reçue.

« *You got a match !* »

L'appli vient de parler. Apparemment y a une demoiselle qui s'est laissé berner par les effets de flous de la retouche.

« Il est bien ce petit gars, décidément. »

Chapitre 2
Premier round

Roy vs la cyber-inconnue. Tchat 1, round 1.

Salut.

…

Moi, c'est Roy.

C'est écrit sur ton profil.

Fait froid, sur ce ring.

J'en déduis que toi, c'est Guillemette.

C'est bien, tu sais lire.

Oh, elle pique, la petite. Elle lui plaît direct. Roy se craque les doigts, puis les vertèbres. « OK, tu veux la jouer à la dure ? On va la jouer à la dure. »

Roy se lance au milieu du ring :

Et toi, tu tapes tes mots avec des pieds-de-biche. J'aime ça.

Des pieds-de-biche ?

Direct dans les genoux.

Qu'est-ce que tu racontes ?

Le dernier mec qui m'a visé les genoux au pied-de-biche, il a fini à l'hôpital. Trois côtes pétées. La mâchoire dans les oreilles.

T'es sérieux ?

Oui.

...

Merde, elle comprend pas ses métaphores. En même temps, jouer les figures littéraires, c'est présomptueux de sa part. C'est pas une plume, Roy. Il est plutôt dans la catégorie poids lourds.

Non. J'plaisante.

Oui, j'imagine.

Non, t'imagines pas bien, fillette. Le gars a pas survécu. Une des côtes lui a perforé le poumon. Mais vaut mieux pas approfondir le sujet. Envoyer un mec à l'hôpital te vend pas forcément comme le type le plus romantique.

T'as un drôle d'humour.

C'est parce que j'ai pas foutu un smiley.

Ça doit être pour ça.

Y a pas de smiley qui corresponde à mon humour.

Il ressemblerait à quoi, ce smiley ?

Il serait un peu cabossé, un peu maladroit mais il aurait un chouette sourire. Un sourire qui fait que tu pars pas en courant.

Je pars pas en courant. Il me plaît bien, ton smiley.

Moi, c'est ton sourire qui me plaît bien.

J'ai pas mis de photos de mon visage sur mon profil.

Non. Mais ton sourire, j'le vois. Dans ma tête. Je l'imagine.

Ah ? Et il est comment ?

Elle a baissé sa garde. Vite. Uppercut. Pleine face.

Délicat. Super fragile. Si tu t'approches trop, il peut casser, comme de la porcelaine. Alors faut le traiter avec délicatesse, pour pas le faire partir.

Score. Tu viens de m'en voler un.

Quoi ?

Sourire.

C'est bon, elle vacille. Faut qu'il enchaîne. S'il frappe vite et fort, il peut viser le K-O.

J'aimerais bien voir ça.

Grille pas les étapes. Pour l'instant, mon sourire va rester encore un peu virtuel pour toi.

Esquive. Merde, il l'a pas vue venir. Elle est plus véloce qu'il imaginait. Jeu de jambes. Il se repositionne.

Message reçu.

Alors dis-moi, Roy. Qu'est-ce que tu cherches sur cet improbable site de rencontre ? Si tu me réponds « comme toi », je te déconnecte.

Merde, dans les cordes. Elle l'a coincé dans les putains de cordes !

Je cherche rien. Je m'y promène. Tranquille.

Mens pas. Tu veux scorer. T'es du genre à chercher le coup facile, non ?

Et puis merde. Il a pas envie de se battre. Il a envie d'être sincère. Ce moment devrait pas être un combat. Ça devrait être une danse. Une valse où, quand tu te regardes dans les yeux, c'est pas pour dominer l'autre, c'est pour lui ouvrir une porte sur ton cœur et lui dire : « Ben tiens, voilà, sous mes airs de bunker pilonné au mortier, y a un cœur qui bat et qu'est fragile, alors j'ai construit un bunker autour, pour le protéger, pour que, quand il se fait pilonner, il éclabousse pas les murs de désillusions. Et j'y ai mis une triple dose de béton armé, à mon bunker. Résultat, il est bien solide. Reste qu'on voit pas qu'il y a un cœur caché tout au fond. »

Woaw. C'est le truc le plus sincère que j'aie lu sur ce site à la con.

Merde ! Il s'est pas rendu compte qu'il l'avait pas juste pensée, son histoire de bunker, il l'a écrite. Un bunker, c'est quand même une esthétique nazie, s'il avait réfléchi deux secondes, il aurait écrit autre chose. Mais Roy, il atteint rarement les deux secondes, quand il réfléchit. Et objectivement, quand on le regarde, Roy, c'est un bunker qu'on voit.

C'est touchant.

Touchant ! Elle le trouve touchant ! Ben merde alors…

Le public hurle. En liesse. Roy lève ses poings gantés au-dessus de la tête. Il danse en sautillant sur le ring. Premier round.

Eh ben, il se voyait pas le gagner, celui-là !

Chapitre 3

Il s'appelle Roy

Quand Roy est né, il s'appelait Raymond. C'était à Clermont. Il y a quarante-deux ans. En avril. Le 1er pour être exact. Si la vie avait le sens de l'humour, on aurait pu croire au fameux poisson dudit jour tant la tronche de cet enfant ressemblait à une blague. Et pas de bon goût encore. À peine expulsé de l'utérus de sa mère, Roy s'est retrouvé dans les bras d'une sage-femme bien embêtée. Elle a tourné le dos aux parents pendant plusieurs minutes. Eux, inquiets, ont craint le pire : un bras en moins, un chromosome en plus, une maladie grave et irréversible. Non, il avait juste une sale tronche. Et la sage-femme a voulu retarder la révélation au maximum. Elle a même tenté de masquer une partie de la vérité à coups de peigne. Roy avait du cheveu hirsute par mottes entières qui masquait ses yeux gonflés. Les dernières heures à batailler à travers l'utérus de sa mère, abîmé par un précédent avortement mal opéré, avaient lancé l'ambiance. Mec, pour toi, la vie va ressembler à un accouchement, ce sera étouffant, y aura du sang et des cris, et ta tronche aura rien à envier à une tomate écrasée aux rangers taille 46. Au moins, y a pas eu tromperie sur la marchandise.

Ses parents, par contre, on les avait pas avertis et le choc a été dur à encaisser. L'amour maternel a compensé dans le déni, un temps. Le paternel, lui, a jamais vraiment pris.

Roy a grandi dans un nid d'amertume qui sentait le Formica et le Coca coupé à l'eau pour faire des économies. Sa tronche l'a pas trop gêné au début, par contre, son nom, il pouvait pas l'encaisser. Raymond. Raymond, les gars ! Franchement ! Vous imaginez Superman s'appeler Raymond ? John F. Kennedy s'appeler Raymond ? Marlon Brando ? Même Luke Skywalker, putain ! Tu l'appelles Raymond, ça fait con ! Alors pourquoi lui ? Pourquoi ?

Roy se sentait floué. Et s'il pouvait pas changer sa gueule, il pouvait changer son nom. Ray, ça claquait bien aussi. Sugar Ray Robinson. Bonhomme, celui-là ! Mais c'était trop proche de Raymond. Trop diminutif. Avec le risque de revenir au Raymond de politesse. Alors que Roy, t'es piégé, tu vois pas d'où ça vient. À part des USA. Personne verrait l'astuce. Tout le monde suivrait. Et il serait délivré de cette étiquette ridicule. Il deviendrait l'étendard d'une culture qui le fascine. Celle du cinéma, du rhythm and blues et du burger. Parce que quand tu vois *L'équipée sauvage* à la télé du PMU de Clermont, ben c'est sûr que Marlon Brando, il a l'air bien loin. Appelez ça de la propagande du rêve américain, Roy, il sentait juste que le skaï orange de la banquette, il lui faisait bien mal au cul, comme la proposition d'avenir que lui offrait cette ville.

Donc Roy.

Chapitre 4

La porte bleue

Roy arrive à la porte bleu électrique de l'immeuble. Il tape le code que Guillemette lui a donné et entre. Sur l'interphone, une dizaine d'étiquettes jaunies et fatiguées. Comme l'immeuble. Sur l'une d'elles : « Guillemette M. ». Roy vérifie son portable. Toute la chaîne de discussion défile et cet avant-dernier message : l'adresse, le code et le nom. Guillemette M. Puis sa réponse à lui : « OK, j'arrive. » Puis sa réponse à elle : « OK. » Y en a des possibilités derrière ce « OK ». Il l'imagine avec un sourire, quand elle l'écrit. Peut-être elle s'est pincé la lèvre, en se trouvant un peu coquine, dire « OK » à un inconnu, un peu inconsciente, dire « OK » à un inconnu, un peu mouillée, dire « OK » à un inconnu. Ou elle l'a écrit d'un geste rapide, parce que, des mecs, elle en enquille toutes les nuits et que cette situation, elle l'a vécue mille fois. Et là, elle bouffe des chips devant sa télé et elle a oublié qu'il venait. Non. Ce « OK », il disait « Servi ». Les cartes sont distribuées, les mises sont sur la table, le sourire en coin parce qu'on sait le jeu qu'on a, on scrute le visage de l'autre, à la recherche d'une expression qui le trahirait, on commence à être excité par la partie qui ne fait que s'enflammer. La prochaine étape, c'est tu relances, tu mises, tu vois, tu te couches, tu rafles. Quoi qu'il arrive, tu vibres.

Et c'est ce que fait le bouton de l'interphone sous son doigt. Roy se sent con, dans ce hall décrépit, à vingt-deux heures, à sonner chez une inconnue. Le néon au-dessus de lui ronronne sourdement. Attente. Roy se retourne et se tend. Face à lui, une de ces grandes glaces qu'on trouve dans tous les halls d'immeuble pour les ultimes retouches avant de sortir. On vérifie une dernière fois, comme on fait le check d'un Boeing : frein, check, train d'atterrissage, check, arrière-train, check, eye-liner, check, choix du fute qui doit aller avec la chemise, putain, mais pourquoi j'ai choisi cette couleur, check. Putain de société malade qu'a besoin de s'assurer jusqu'au dernier moment que les apparences sont sauves. Enfin, pour les autres, parce que, pour Roy, les apparences sont pas mal en danger. Voir sa tronche dans une glace juste avant de découvrir son inconnue, c'est recevoir les news d'un attentat avant l'heure. Au mieux, la fille lui claque la porte au nez. Au pire, elle trouve une arme et elle l'abat comme un animal qu'a trop souffert. Mais jamais elle s'abandonne dans ses bras. « Putain, mais qu'est-ce que j'fous là ? », se demande Roy.

— Oui ?

Venant de l'interphone, un son crachoteux pire que Radio Londres. Et le souffle chaud au cœur que les résistants devaient ressentir en écoutant de Gaulle meugler, Roy se prend le même en entendant ce « oui ». Il est déjà intime, ce « oui ». Parce qu'elle sait que c'est lui. Et elle l'attend. Roy l'entend dans ce « oui ». Il y sent un désir. Et pas de jugement. En tout cas, pas encore. Et c'est là qu'il se dit qu'il a bien fait de lui proposer ce jeu :

Je viens chez toi, mais tu laisses tes lumières éteintes.

Chapitre 5

Deuxième round

Éteintes ? Mais je vais pas te voir.

C'est l'idée.

Pourquoi ?

Stimuler l'imagination. Garder le mystère. Attiser le désir.

T'es joueur.

Un peu. Reste que je perds souvent.

Mais tu continues à jouer.

Paraît que c'est un démon, le jeu. Et j'suis pas vraiment un ange.

Je dois avoir peur ?

Non. J'suis pas un ange pour moi-même. Et pour certaines têtes de cons. Mais toi, en tout cas une femme comme toi, jamais elle aura besoin d'avoir peur.

J'aime bien ta façon de t'exprimer. On te croirait sorti d'un vieux polar.

Ah ?

Oui.

J'sais pas. J'écris comme je parle. Enfin j'parle pas beaucoup d'habitude. J'écris encore moins. Je sais pas trop ce que je fous là d'ailleurs.

Tu essaies de me séduire.

Non.

Non ?

Non. Enfin, je te respecte, je veux pas que tu croies que…

Que quoi ? Que tu veux me séduire ?

Ouais.

Que tu veux me sauter ?

Ouais.

Ouais ?

Non, bien sûr que j'ai envie…

De quoi ?

Ben… De toi.

Tu vois quand tu veux.

Putain, t'as une drôle de façon de t'y prendre toi.

Pour ?

Pour me faire dire des choses.

Je te force ?

Non.

T'as pas envie ?

Si.

Alors ?

Suis pas fort avec les mots. Ça me saoule un peu, d'ailleurs, les mots.

Décidément, tu sais être vexant.

Non, le prends pas mal. Je parle pour moi. C'est mes mots qui me saoulent. Les tiens, ils me plaisent. Ils me plaisent même vachement…

Silence. Enfin, en tchat, un silence, c'est juste qu'y a plus de mots qui apparaissent sur l'écran. Mais l'effet est le même. Il te tambourine la tête de secondes qui passent. C'est plus un pouls qui bat dans tes veines, c'est un flot de clous qui se plantent par intermittence partout dans ton corps.

Encore un soupçon de silence.

Encore une rasade de clous.

Puis elle écrit :

Éteintes donc.

Ouais.

Tamisées ?

Pourquoi ?

J'aime bien le mystère, mais s'il est trop épais, ça peut devenir frustrant.

Crois-moi, tu le préfères épais.

T'as quelque chose à cacher ?

OK, tamisées.

OK. Chez moi. Dans une heure. Je t'envoie mon adresse.

Bien.

Et Roy ?

Ouais ?

Si t'es un détraqué, je te préviens, je suis armée.

OK.

Et j'hésiterai pas.

Je suis pas un détraqué. Mais OK.

12 passage du Chevalier S. Code 12B42. Guillemette M.

OK, j'arrive.

OK.

Chapitre 6
Guillemette

Roy prend une inspiration et dit : « Roy. » Pas le moment de faire de la poésie. Bip. La serrure électronique se désaimante. Roy prend une inspiration et pousse la porte. Il allume pas. Il prend l'escalier et grimpe les marches une à une. Il prend son temps. Parce qu'il angoisse. Et parce qu'il savoure. Il a bien aimé la voix de Guillemette. Elle était fraîche. Un souffle de rosée sur une herbe de campagne un matin de printemps. L'image pourrait faire pub pour PQ, mais dans la tête de Roy, c'est l'effet ressenti. Alors il savoure.

Troisième étage. La serrure se déverrouille. Ses mécanismes résonnent dans la cage d'escalier, se superposent au son des pas de Roy et de ses battements de cœur. La porte s'entrebâille.

À l'intérieur, les lumières sont tamisées…

— Tu montes dans le noir ?
— J'voulais pas t'éblouir.
— Modeste à ce que je vois.
— C'est pas ce que j'voulais dire.
— Je sais, je te taquine.

Il l'a toujours pas vue. Il parle à un entrebâillement. Pour l'instant. Il lui reste une dizaine de marches à grimper. La porte s'ouvre un peu plus. Une silhouette se dessine. Elle est plus petite qu'il l'avait imaginée. Roy s'arrête entre deux marches. Il la scrute, puis lance :

— T'as rangé ton flingue ? J'voudrais pas m'prendre un pruneau.

Elle émet un petit rire. Fragile et cristallin. Si elle voulait jouer les dures, elle vient de se trahir. Roy aime bien lui avoir provoqué ce petit rire. Même si elle planque un AK-47 dans son dos, il prouve qu'il l'a désarmée. Suffisamment pour monter les quatre dernières marches.

— Je le garde à portée de main.

— Compris.

Roy arrive sur le palier. C'est rien de dire que la fébrilité des deux côtés est palpable. L'espace entier en est chargé. Roy a l'impression que la gravité de l'air a doublé. Que cette fébrilité rend chacun de ses gestes plus lourd, chaque mouvement plus lent.

Il s'est arrêté au niveau de la porte. Toujours entrebâillée. Il y a une envie de l'autre côté, mais pas d'invitation.

— Je peux ?

En réponse, la porte grince. Elle s'ouvre. Très lentement. Guillemette recule en mesure, en se cachant derrière. Elle veut pas se dévoiler. Ce qui amuse Roy. Tout en le rendant fou. Efficace. Bravo, Guillemette.

En deux pas timides, il est chez elle.

Elle referme la porte derrière lui. Roy observe pas l'appartement, il écoute. Tous ses sens se sont éteints, à part l'ouïe. Il essaie de la décrypter. Au son. Sa respiration. Sa présence. Et puis l'odorat prend le relais. Putain, c'est quoi cette odeur ? C'est pas un parfum. C'est pas aussi cliché. Non. Un truc émane de son corps. Pas son parfum. Pas son odeur… Sa féminité ! Toute l'essence de sa féminité concentrée dans l'effluve qui vient de lui arriver aux naseaux. Roy pourrait pas dire s'il y a du musc ou de la vanille, et il s'en fout. Il sent la douceur de sa bouche, le soyeux de sa peau, la volupté de ses lèvres, la délicatesse infinie de son être. Il sent qu'elle est… tout ce qu'il est pas. Elle est aussi femme qu'il est bonhomme. Elle est aussi délicate qu'il est bourru. Elle est… Elle est elle. Et ce choc vient de le transpercer.

Le bout des doigts de Guillemette se pose sur son avant-bras. De ce contact, toute une décharge de froid puis de chaud se répand sur la peau de Roy. « Merde, elle a des super pouvoirs cette meuf, c'est pas possible ! »

— Tu parles pas beaucoup.

— Non.

Les doigts remontent jusqu'aux épaules. Durant un long moment. Parce que la caresse est sensuelle. Et parce que l'épaule est massive.

— Ils sont très impressionnants, tes bras. J'en ai jamais touché des comme ça.

Elle s'est approchée de lui. Il la voit toujours pas. Il la devine. Les lumières tamisées. Super idée pour sa gueule à lui, mais pour elle, putain que c'est frustrant !

Il la domine largement. Mais Roy, du haut de son mètre quatre-vingt-quinze et de ses cent dix kilos, il regarde pas souvent les gens par en dessous. Le commun des mortels a tendance à baisser la tête quand il marche à côté de Roy. Sorte de réflexe préventif. Donc là, ses cent dix kilos de barbaque dominent une petite femme de quarante-cinq kilos qui passe de longs doigts frêles sur les accidents morphologiques de ses épaules. Un faon face au Minotaure. S'il souffle trop fort, il va la faire s'envoler.

— Des bras comme ça, ils peuvent me briser en deux.

— T'inquiète pas… j'ai l'habitude… je fais attention… à pas casser les choses.

— Je suis pas une chose.

— Les femmes, j'ai moins l'habitude. Mais je vais faire attention.

Il pose ses deux mains sur les hanches de Guillemette. Putain, elle a raison. C'est un fétu de paille. Et lui un 4 × 4. Faut pas qu'il l'abîme en passant dessus. Il l'enroule dans ses bras, aussi délicatement qu'il peut, un enlacement à peine murmuré, et il l'avale !

Chapitre 7

La Belle et la Bête

Roy vient de rencontrer Guillemette. Point à la ligne, ouvrez les guillemets.

« Putain, mais où j'suis ?! »

La lumière chaude du matin. Les rideaux battent légèrement. De l'air frais s'engouffre par la fenêtre entrouverte. Roy écarquille un œil et se redresse d'un bond, poing fermé, prêt à écraser une mâchoire. Roy est toujours sur le qui-vive, surtout au réveil. On pourrait dire parano. Il dit chatouilleux. Roy a toujours l'impression qu'on lui cherche des emmerdes. Même quand il dort. Bon OK, parano.

Il se retourne et la pression dans son poing se relâche. À côté de lui repose le corps d'une jeune femme. Endormie. Elle lui tourne le dos. Elle respire, imperceptiblement. Le drap blanc fait des vagues sur son corps délicat. Et surtout nu.

« Putain, qu'est-ce qu'elle est belle ! », se dit Roy.

Il percute. C'est le lendemain du match, ça a valsé dans tous les sens et ça s'est achevé par un K-O. Achevé, c'est le mot. Roy a fini au tapis. Un tapis de draps en soie d'une douceur pas légale.

« Putain, mais qu'est-ce qui s'est passé ? »

Cette nuit de dingue avec cette fille. Les caresses, les baisers, les morsures, les va-et-vient, les viens là, les prends-moi, les râles, les soupirs, les retenues, les coups de tête en arrière, les coups de reins en avant, la déflagration. Un match d'exception. Roy en est encore complètement sonné.

Et là, c'est le matin. Et les lumières tamisées, elles tamisent plus grand-chose. Guillemette dort près de lui, vulnérable. Il a plus qu'à poser les yeux sur elle. Toute la nuit, ses mains ont parcouru son corps dans ses secrets les plus intimes. Il a l'impression de le connaître maintenant depuis des siècles. Dans tout son épiderme. Mais ses yeux, eux, ont encore rien vu. Alors il se penche, plus près, pour la contempler. Elle, si belle, de dos, mais déjà si belle. Et lui… Avec sa gueule… Sa gueule quoi…

Elle se retourne.

Et Roy a un réflexe bizarre. Il se cache le visage derrière sa main. Mais sa paluche a beau être énorme, sa tronche déstructurée prend un sacré volume aussi. Elle se cache pas si facilement. Même derrière les cinq Knacki king size qui lui servent de doigts. Drôle d'image que ce Minotaure à poil qui cherche à se cacher derrière sa pauvre pogne comme un gamin qui joue à cache-cache derrière un poteau moitié moins épais que lui. Mais Roy le tente. Il sait à quoi s'attendre en se montrant à Guillemette. Il l'a anticipé.

Et il a anticipé le pire.

Il était sûr qu'…

… elle éclate de rire.

Ah ben, merde ! Il la voyait hurler, partir en courant, sauter par la fenêtre, mais pas rire. Un rire moqueur à la limite. Mais pas ce rire délicat.

— Ben… pourquoi tu te caches ?

— Je…

— Roy, tu te rends compte que je te vois à travers tes doigts ?

— Oui… Je… Je sais pas…

Il reste comme un con, sa pauvre main en éventail face à sa tronche d'épouvantail, et il bouge pas. Un gamin pris la main dans la jarre à cookies, les yeux écarquillés et la bouche pleine de chocolat qui dit : « C'est pas moi. » Sa voix développe :

— C'est ma gueule.

— Qu'est-ce qu'elle a, ta gueule ?

— Ben…

— Roy…

Guillemette irradie. D'un sourire lumineux. Cette situation l'enchante. Et Roy a toujours l'air aussi con.

Les petits doigts de Guillemette s'emparent des énormes doigts de Roy. Elle tente de pousser sa main. Roy, s'il voulait pas bouger, sa main aurait pas bougé. Elle peut forcer autant qu'elle veut, la petite, même en montant tout entière de tout son poids sur la main de Roy, elle le fera pas vaciller plus qu'une plume. Roy, il joue du bras de fer avec du docker de cent quarante kilos, alors la menotte de Guillemette…

Mais elle a pas cherché à forcer. Elle a juste fait signe qu'elle voulait le voir. Que sa grosse pogne, il fallait qu'il la bouge. Et Roy a plié. Guillemette, c'est une fille, avec ses micro-menottes et son maxi-sourire, elle te fait plier un géant.

Et Roy se retrouve à visage découvert face à elle.

Oh, il se fait pas d'illusions, il sait que Guillemette va pas lui sauter dans les bras, version *La Belle et la Bête*, « J'ai rien vu, à mes yeux, t'es beau comme un dieu ». Non. Elle a plutôt un tressaillement discret de la paupière qui dit : « Ah ouais quand même, merde… » Son sourire s'efface, quelques nanosecondes. Certes elle est faite à 99 % d'essence de pure élégance, mais 1 % a été sérieusement décontenancé quand elle a pris la mesure des dégâts.

Silence.

Puis :

— Elle a pas dû être rose tous les jours, ta vie, elle dit sans compassion liquide.

Une constatation. Factuelle. Sans apitoiement. Mais véritablement chaleureuse.

— Non. Elle a été grise. La plupart du temps.

— Et des femmes, t'en as pas connu beaucoup.

Pareil. Une évidence. Dite sans cruauté. Mais faut bien le dire.

— Non.

— Je dis pas ça à cause de ton visage.

— …

— Je dis ça à cause de tes gestes.

— …

— Comment tu m'as prise hier. Comment tu m'as caressée. Cette nuit. Ce matin. Tes mains…

— …

— C'est marrant, tu crois que tu te protèges derrière ton bunker ou derrière ta grosse main, mais en vrai, cette nuit… t'étais à poil.

— … Ben ouais…

— Au sens figuré.

— Ah…

Il comprend pas tout bien.

— T'as l'air de pas comprendre tout bien.

— Je…

— Ton visage, tu peux le cacher tant que tu veux, faut faire avec. Tu le sais, tu le fais depuis que t'es né. Moi, ce que tu m'as montré cette nuit, c'est autre chose. Et ce que j'ai vu… Ben ton visage il rentre pas en ligne de compte.

— …

— Attends, j'vais t'expliquer avec des mots simples.

Elle passe sa main derrière son cou et s'assoit sur ses jambes.

— Ta tronche, je m'en fous. On a vécu la même chose cette nuit. On a ressenti la même chose. C'était palpable. Et c'était pas visible. Et c'est cette sensation que je retiens.

Elle l'embrasse pas, elle le bouffe.

En fait si. C'était *La Belle et la Bête*. En plus hard.

Mouillées par la sueur et le liquide qui coule du sexe de Guillemette, leurs cuisses glissent les unes sur les autres dans un combat de bêtes. De deux bêtes sexuelles entre leurs jambes qui cherchent à se dévorer.

Guillemette reprend son souffle. Puis regarde Roy à nouveau. Tressaillement de la paupière. Elle a beau s'en foutre, il va lui falloir un peu de temps pour encaisser le sérieux du ravage.

— T'as quand même bien fait de me dire de laisser les lumières tamisées.

Chapitre 8
Bobby's Boxing Club

Roy a fait tous les boulots du monde. Y a bien que le plus vieux auquel il se soit pas frotté. Quoique, des fois, il se demande si, dans ses jobs minables, il a pas fait plus la pute que s'il s'était enfilé des bas résille et des clients bourrés sous des néons fatigués. Celui qui a dit qu'y a pas de sots métiers devait pas non plus avoir inventé la poudre à couper le beurre. Des métiers à la con, y en a une pelletée. Certains te ramollissent le cerveau au point que tu te dis, finalement, avant de le commencer, t'étais pas si con. Mais les pires c'est ceux si vides de sens qu'ils te rongent le cœur comme des charognards. Roy, il en a goûté quelques-uns de cette catégorie mais jamais longtemps, il a toujours préféré dormir sur un estomac creux que sur une âme vide. Question de priorités.

Le job qu'il préférait, c'était la boxe. Alors ouais, il a jamais été pro. Mais il a fait quelques matchs payés. Sur des beaux rings bien miteux. Et d'autres, dans la rue. Aux poings nus. Les paris sont plus juteux. Et encore d'autres, avec les poings toujours, de l'assistanat de types pas complètement fréquentables qui réclamaient des impayés à d'autres types pas forcément plus fréquentables. Roy était pas regardant, on le payait pour cogner, alors il s'exécutait. Enivré par la douce brise de ses poings fendant l'air avant de déboîter une mâchoire ou de déchausser quelques molaires, il laissait ses soucis au vestiaire, avec ses remords et son reste de morale, et il s'abandonnait à une chorégraphie suave de poings dans les dents. Les impacts et les gémissements des gars, pour Roy, sonnaient comme un chant de sirène. Un chant qui t'hypnotise et t'attire plus à chaque fois. Ce gagne-pain était pas glorieux, mais Roy savait le faire et plutôt bien.

La première fois qu'il a foutu les pieds sur un ring, Roy avait seize ans. C'était déjà une belle bête. Il pesait dans les quatre-vingts kilos. Il déchargeait des quartiers de bœuf à cinq heures du matin et désossait des voitures dans une casse le reste de la journée. Les muscles étaient souvent sollicités, jeunes et fermes, donc bien gonflés. Le cerveau, c'était moins la panacée, mais il allait quand même à la bibliothèque tous les samedis emprunter des bouquins que Mademoiselle Solange lui conseillait. Il aimait bien lire les bouquins de Mademoiselle Solange. Elle lui mettait toujours dans les mains des ouvrages assez fins pour qu'il ait l'impression de toucher un bout de poésie du doigt, mais pas trop ardus non plus, consciente qu'il avait pas été super bien servi le jour de la distribution des neurones.

Un beau matin de mai, un étranger est venu s'installer dans le village. Le bled où vivait Roy, aux abords de Clermont, comptait deux mille tristes tronches plombées par la grisaille du Massif central.

Pourtant l'étranger, ça l'a pas arrêté. Il a repris le vieux garage de Roger, il l'a entièrement retapé et en a fait une salle de boxe. L'événement a pas ramené le sourire aux tristes tronches mais il aura eu le mérite de leur éveiller la curiosité. C'était qui ce drôle de gars qu'avait pour ambition de lancer une salle d'entraînement pour pseudo-Rocky ici ? Certainement un dérangé ou un pervers. Non, juste un gars qu'aimait la boxe. Il avait un pécule, pas bien lourd, mais au prix du mètre carré dans la région, surtout pour un taudis comme le garage de Roger, il allait s'offrir un vieux rêve de gosse : avoir son club de boxe perso. Et Roy, ce rêve lui a changé la vie.

Roy s'est approché timidement. L'étranger était en train de clouer sa pancarte provisoire : *Bobby's Boxing Club*. Putain, c'était écrit en anglais ! Et le gars s'appelait Bobby. Merde, un Ricain. Avec un putain d'accent ricain ! On nageait dans le cliché et c'était divinement bon. Roy avait des étoiles plein les yeux. Et à chaque coup de marteau sur sa pancarte, Bobby en faisait naître d'autres. Un véritable feu d'artifice.

— Pardon, mais… Vous ouvrez un club de boxe ? lui a demandé Roy.

— Comme tu vois, *kiddo. Last nail and I'm done.* C'est mon *joint* maintenant.

Roy comprenait un mot sur deux quand Bobby parlait. Mais putain, qu'est-ce qu'ils sonnaient bien ! Aussi bien que dans un film en noir et blanc, avec ces GIs beaux comme des stars de cinéma venues foutre le feu aux petites culottes des jolies Françaises. Le rêve américain mais en vrai !

— T'aimes la boxe, *kiddo* ?

— Je sais pas, j'ai jamais essayé.

— T'as l'air *fit* comme un *buffalo*. Tu fais quoi pour la bouffe ?

— Je bosse pour l'usine d'équarrissage. J'décharge des quartiers de bœuf. Et j'bossais aussi pour Roger au garage. J'désossais les bagnoles quand il avait besoin de pièces détachées. J'faisais l'mécano, quoi.

— *I see*. T'es du genre physique, *huh* ?

— Faut croire.

— *I thought so.*

— Quoi ?

— Je pensais pareil.

Quand il cherchait à traduire ce qu'il disait en anglais, Bobby était pas forcément plus clair, mais il était toujours classe. De la poésie ricaine. Pour ajouter du chien à son portrait, Bobby parlait entre ses dents bien serrées sur un reste de cigare mâchouillé. En y repensant, Roy l'a jamais vu avec le cigare complet. À croire que c'était toujours le même rogaton qu'il a mâchouillé pendant toutes les années où Roy a fréquenté son *joint*.

— Vous avez la foi, vous.

— *Me ?* J'ai les foies ?

— Non, la foi. Un club de boxe ici. Je vois pas qui ça va intéresser.

Bobby lui a lancé un regard digne d'un western. Eastwood avec son cigare. Pareil. Ce mec, c'était une star de cinéma aux yeux de Roy !

— *Well, you.*

— Quoi ?

— Toi. Ce *Boxing Club*, *'t sounds like I did it for you.* Pour toi.

Le Père Noël avec un reste de cigare entre ses

dents jaunies ? Eh ben, *welcome*. On a les messies qu'on peut. Celui de Roy s'appelait Bobby. Et il lui a appris tout ce qu'il savait sur la boxe. Cet apprentissage lui a sauvé la vie plus d'une fois. Et l'a ôtée aussi à d'autres occasionnellement. Mais bon, les messies font tous des dommages collatéraux.

Chapitre 9

Dîner aux trente-six chandelles

— Décidément, tu parles pas beaucoup.

— Ouais, je…

— T'es gêné de me voir ? On est plus dans le noir alors t'es déçu ?

Déçu ? Roy ? D'être assis avec Guillemette au resto ? Non, il est pas déçu. Il est illuminé. Touché par la grâce. Il a toujours chié sur l'Église, mais là, il croit au bon Dieu et aux miracles.

— Non, il répond simplement.

— C'est bien, tu réponds simplement.

Comme dit plus haut.

Guillemette le regarde avec les yeux qui brillent. C'est pas juste les bougies qui se reflètent en dansant, c'est une image de cinéma, quand on se dit : « Ça existe pas dans la vraie vie. » Pourtant, Guillemette est bien réelle et elle se tient en face de Roy. Elle joue nerveusement avec le pied de son verre rempli d'un petit crozes-hermitage pas trop dégueu pour le prix et le standing en rade d'étoiles du resto où il l'a emmenée. La Tour d'Argent, il a pas tenté, elle l'aurait grillé direct. Un mec comme Roy, il va pas à la Tour d'Argent. Il va au Quai Numéro 5, troquet gentiment glauque vers gare de l'Est qui fait une entrecôte-frites pour un prix défiant la crise et une fraîcheur défiant la flore intestinale. Mais la soupe aux cafards au premier rendez-vous, faut éviter. C'est noble, la franchise, mais vaut mieux l'enrober d'un minimum de glamour. Les femmes se maquillent bien, elles aussi, pour arranger la nature. Pareil pour Roy. Il a préféré trouver un resto simplement présentable où oser dîner avec Guillemette à visage découvert.

— Alors Roy, maintenant qu'on a bien baisé et que t'as pu cacher ton mutisme derrière des caresses fort agréables au demeurant, va falloir que tu me dises des choses.

— Des choses ?

— Ben oui, on va pas dîner en silence.

— Ben non.

— Ben non. Et on va pas baiser en dînant.

— Ben non.

— Ben non. Alors va falloir que tu me dises des choses.

Roy sourit. Elle l'éblouit de plus en plus, cette meuf.

— Qu'est-ce que tu veux que je te dise ?

— Je sais pas. Surprends-moi. Parle-moi de toi.

— De moi ?

— Ben oui. Tu peux aussi me parler de ton chien mais je le connais pas. Et les animaux domestiques, j'm'en fous un peu, je t'avoue.

— J'ai pas de chien.

— Alors parle-moi de toi.

Elle a raison. Ils sont là pour échanger, non ? Mais qu'est-ce qu'elle pourrait bien trouver d'intéressant à ce qu'il a à raconter ? C'est Roy. C'est pas un mec intéressant à raconter.

— Et viens pas me dire que t'es pas un mec intéressant et que t'as rien à raconter. Ce serait insultant.

Bim, dans les dents.

— On a baisé pendant cinq heures. J'ai bien joui trois fois. Je dîne avec toi. J'ai les yeux qui pétillent. Alors oui, ce que t'as à dire m'intéresse.

Vlan, dans les tripes.

— On est OK ?

— On est OK.

— Alors, vas-y. Je suis tout ouïe.

— OK. Eh ben… Déjà, je m'appelle pas vraiment Roy. Quand je suis né, je m'appelais Raymond. C'était à Clermont. Il y a quarante-deux ans. En avril. Le 1er pour être exact…

Roy déballe tout. Sa tronche de tomate écrasée. Les parents déconfits. Les boulots à la con. L'arrivée de Bobby. Il est parti. C'est décousu, c'est pas de la grande littérature mais c'est informatif.

— Et il m'a appris tout ce que je sais sur la boxe. Et…

Silence.

— Et ?

« Merde, qu'est-ce qu'il fout là, lui ? »

— Roy ?

Martinot est entré dans le resto comme un mauvais rêve dans une nuit de nourrisson. On était pas complètement au pays des Bisounours jusqu'à présent, Roy ramait un peu avec sa fiche signalétique cahoteuse mais y avait une certaine volupté dans ce tête-à-tête aux chandelles. Et soudain, le dîner s'apprêtait à virer au cauchemar interdit aux moins de dix-huit ans. Martinot dans ce resto alors que Roy vit une transe mystico-amoureuse avec une créature de fantasme érotique, c'est un coup de couteau dans le bide. Ça te coupe la digestion, net. Martinot, c'est une promesse d'occlusion intestinale si Roy s'en débarrasse pas tout de suite. Or, avec sa belle aux yeux de cinéma qui attend qu'un mot sorte de sa bouche mutique depuis trois bonnes minutes que l'autre crevure a passé son pied plein de merde symbolique dans ce charmant lieu romantique, Roy sait pas comment réagir avec élégance et discrétion.

— Faut que j'aille chier.

Pour l'élégance, c'est raté. Faut voir s'il s'en sort mieux avec la discrétion.

— Classe, Guillemette lâche sèchement.

La petite s'est verrouillée. Roy tente de se justifier.

— C'est pas ce que j'ai voulu dire.

— Non. C'est pas «comme ça» que tu as voulu le dire.

Faut qu'elle lâche son verre, là, vu comment elle est glacée, il va tourner, le crozes.

— Écoute, Guillemette, je…

— T'as pas à t'excuser d'avoir envie d'aller aux toilettes, Roy.

Martinot s'est posé au bar. Il commande un verre en parcourant la salle d'un coup d'œil furtif mais professionnel. Pas le genre de mec à se laisser surprendre. Et Roy, pas le genre de mec à passer inaperçu. Le décompte est enclenché, la bombe peut péter à tout moment.

— Ouais, c'était pas classe, pardon, mais je…

— Roy, on peut ne pas passer la soirée là-dessus ? S'il te plaît ?

« OK. La bombe d'abord. Guillemette peut attendre. Ça va être chaud à rattraper, mais vaut mieux chercher des mots pour s'excuser que récurer les murs de morceaux de cervelle. »

— Je reviens, je t'expliquerai…

— Tu m'expliqueras quoi ? Que t'as envie de chier ?

Ça y est, Martinot l'a vu. Merde !

— Non… Je…

— Roy, vas-y. Qu'on passe à autre chose. Mais je te préviens, je suis pas sûre d'être encore là quand tu reviens.

« Merde ! Et merde ! »

Roy s'est déjà levé. Depuis plusieurs répliques, il la regarde même plus. Ses yeux sont plantés sur Martinot. Il l'a harponné, faut pas qu'il le laisse se carapater.

— J'en ai pour deux minutes.

— C'est bien, continue dans les détails, c'est un poème.

« Ferme ta gueule, connard, tout ce qui sort de ta bouche fera qu'empirer la situation. On verra tout à l'heure. » Des pensées comme des baffes dans sa gueule alors qu'il décolle.

Roy fend la foule attablée et les serveurs aux bras chargés. Comment un mec aussi balaise peut se mouvoir dans un amas humain aussi compact sans tout retourner sur son passage tient moins de la science de la matière que d'une maestria de tueur professionnel. Martinot a à peine le temps de percuter que c'est bien Roy qui charge sur lui, qu'un grappin en acier trempé d'une pression de plusieurs tonnes se referme sur sa gorge. C'est la pogne de Roy et c'est que le début.

Circulation des fluides, suite. Les deux mastodontes sont projetés dans les chiottes pour femmes : 9,10 sur l'échelle de Richter. Le mur constellé d'une délicate mosaïque colorée encaisse le dos de Martinot. Sans avoir fait sept ans d'études d'anatomie, Roy peut déjà annoncer que Martinot vient de perdre trois côtes et de se déplacer deux vertèbres. Voilà pour le hors-d'œuvre. Le reste du menu arrive, le chef vous a préparé une surprise à sa façon. Il espère qu'elle sera à votre goût.

— Martinot, espèce de fils de pute, fallait que tu me tombes sous la main aujourd'hui !

— C'est bon, Roy, j'ai ton fric.

Ces putains de porte-flingues, faut toujours qu'ils sortent la même chorégraphie. D'un côté, ils t'embrouillent, « C'est bon, j'ai ton fric », de l'autre, ils sortent un flingue et ils tentent de te déboucher la grille d'aération à coups de 9 mm. Roy connaît la chanson, il a écrit plein de variations sur la même mélodie. Roy chope le poignet de Martinot et l'écrase contre le mur. La main de Martinot lâche le Glock alors que l'os casse en trois bruits secs. Roy a pas non plus besoin d'avoir fait médecine pour annoncer la triple fracture. Il sait diagnostiquer un corps cassé à l'oreille.

— Cherche pas à m'enfumer. Tu vas me dire pour qui tu bosses et pourquoi tu m'as baisé.

Roy ponctue sa phrase par une droite dans les dents, histoire d'économiser un mensonge et de passer direct à la suite de l'interrogatoire. Malgré son échec pour intégrer la fac d'orthodontie, Roy compte deux molaires déchaussées, une prémolaire fendue et une incisive envolée. Quatre dents en moins, et la langue se délie pour une raison morphologique pas évidente mais qui a fait ses preuves psychologiquement.

— Et surtout, où t'as planqué la thune ?

Roy est pas cruel non plus, il laisse Martinot avaler un peu de son sang, cracher une autre de ses molaires qui vient de lâcher l'affaire et remettre son cerveau dans le bon axe. Après avoir craché ses dents donc, Martinot crache le morceau. Roy a beau pas avoir de master en psychologie appliquée, il parvient toujours à tirer des informations profondément ancrées dans le subconscient de ses interlocuteurs. Il suffit d'un peu de doigté. Du doigté de boucher.

Une femme entrouvre la porte, un rien nerveuse. Cette demoiselle se retient depuis trop longtemps semble-t-il, elle frétille à l'idée de bientôt se soulager mais Roy stoppe son élan. D'un pied ferme, il bloque la porte et projette la demoiselle deux mètres en arrière. Merde, il voulait pas qu'elle s'envole mais fallait pas qu'elle assiste à cette boucherie.

— Pardon, madame, mon ami est malade, il a vomi partout.

— Comment tu comptes t'en tirer, Roy ?

Un sale rire mesquin sort de la tronche en forme de soupière éclatée de Martinot.

— Étape une, tu vas valider mon excuse.

C'est pas un coup de pied qui percute les couilles de Martinot, c'est un train de marchandises. Si ses yeux pouvaient, ils s'éjecteraient sur le carrelage à la propreté douteuse. Son repas, par contre, y a rien qui le retient. Alors Martinot le dégueule partout autour de lui.

— Étape deux, tu vas te faire discret le temps que je me casse d'ici.

Roy lui balance un uppercut dans l'estomac et l'installe sur les gogues, bien au chaud. Le temps que Martinot retrouve son souffle et ses esprits, Roy aura disparu.

Il referme la porte de la cabine des chiottes sur l'épave, se lave les mains et sort.

C'est mouillé par terre. Merde, la miss qu'il a jetée. Elle a dû se pisser dessus. Tout a été trop vite. Elle est plus là. Faut pas qu'il traîne. Roy se sent désolé. C'est moche tout ça…

Par contre Guillemette, elle est toujours là. Et y a un nuage noir autour d'elle. C'est plus de l'ébullition, c'est Fukushima.

Roy lâche trois billets de cinquante sur le comptoir au passage et avance d'un pas lourd sur elle.

— On se casse. Y pue, c'resto.

— Roy, à quoi tu joues ?

Le ton est nettement moins glamour qu'aux premières embrassades. Aucun des deux ne fait plus d'effort pour masquer son impatience.

— Guillemette, on bouge. C'est tout.

Il a peut-être un joli cœur qui bat sous le bunker, mais faut aussi qu'elle s'habitue au côté bunker, pense Roy en empoignant l'avant-bras de Guillemette, tout en y mettant le moins de pression possible pour pas lui faire une double fracture ouverte quand il l'entraîne dehors.

— Roy, plus jamais tu me traites comme ça ! elle

aboie alors qu'il lâche son emprise une fois à l'air frais.

— Désolé, Guillemette. Tu voulais en savoir plus sur moi, ben voilà, t'as un bon résumé.

— Et j'en déduis quoi ? Que t'es un sale con ?

— Non. Que j'ai pas que des potes.

— Je vois pas le rapport.

Bon alors, il fait quoi maintenant ? Il cherche à rattraper le coup en inventant des bobards dans lesquels il va se prendre les pieds ou il lui fait une visite du bunker ? Avec ses zones d'ombre et ses recoins glauques. Roy est bon au poker, mais une fille, c'est pas un jeu, même si la séduction l'est un temps. Il sait qu'elle sera pas dupe. En tout cas pas longtemps. Sa nuit de cul mythique, il l'a eue, il en a savouré chaque seconde. Cette parenthèse de magie sensorielle dans laquelle il pourra replonger en rêve pour le reste de sa misérable vie, il l'a vécue, alors autant être honnête et lui montrer qui il est vraiment. Les discours de grand romantique, il les tiendra pas plus de cinq minutes, donc…

— J'ai laissé un mec à moitié mort dans les chiottes. Je lui ai enfoncé la poitrine, déchaussé quelques dents et j'espère qu'il a déjà des gosses parce qu'il est définitivement hors d'état de se reproduire. Je voulais pas gâcher notre premier dîner, alors il valait mieux se casser de là avant que ça dégénère.

— Qu'est-ce que tu racontes ? Tu dérailles complètement.

Roy sort le Glock de Martinot.

Guillemette se décompose.

— Je lui ai confisqué son jouet. Comme j'ai dit : j'ai pas que des potes.

Guillemette fixe l'arme en silence.

— Voilà. Maintenant tu peux partir en courant. Je comprendrai. Par contre, j'garde au chaud le souvenir de dingue de notre nuit ensemble. Lui, j'te le rends pas.

Guillemette relève les yeux sur Roy :

— Bon, du coup, tu connais un autre resto dans le coin ?

Chapitre 10

La cocotte-minute

Roy a tout de suite apprécié la capitale. C'était moche, c'était sale, ça puait la tromperie, le vice et la mort. Il s'y est senti comme sur un ring. Un ring sans règles, avec un adversaire teigneux et sanguinaire. Roy avait dix-neuf ans, il venait de quitter son bled après avoir vécu un drame qui l'avait terrassé et il avait pas pu soulager sa colère. Une cocotte-minute verrouillée, sous pression, qui siffle et qui va finir par exploser. Une bombe à retardement dans les rues de Paris.

Alors Roy arpentait la ville, et sifflait, et sifflait, et sifflait. Et la pression lâchait un nuage noir autour de lui. Le quidam moyen a pas le filtre pour décrypter ce genre d'image. Il perçoit juste que le gars qui s'approche, vaut mieux jarter de son passage fissa. La colère a au moins pour vertu d'imposer le respect. Les truands, par contre, ils ont le décodeur. Parce qu'ils recrutent. Ils sont aux aguets, toute la journée, à la recherche du prochain gars qui fera l'affaire. Le candidat doit répondre à trois critères : avoir l'air d'une machine de guerre, être en colère et avoir rien à perdre. Et ces truands, ils ont pas fait de longues études de psycho pour apprendre à discerner ce genre de profil, ils ont juste un décodeur à cocotte-minute.

Roy a rencontré son premier employeur de cette façon. Sergueï. Un type charmant. Qui gagnait à être connu. Surtout des forces de police. Sergueï a vu passer Roy dans la rue et l'a suivi. Il a d'abord vu le format exceptionnel de Roy : la machine de guerre. Puis il l'a vu s'agacer du prix prohibitif du demi sur le zinc dans un rade pourri de Belleville. Il a vu le gérant du bar voler à travers sa baie vitrée et finir dans la benne à ordures du chantier d'en face : la colère. Puis Sergueï a vu des clients se lever, les potes du gérant – quand on parle de quartier mal famé, on parle de ces gars-là –, cinq types ébréchés qu'ont encerclé Roy pour lui souhaiter la bienvenue. Et là, Sergueï a vu Roy sourire : ce mec avait rien à perdre.

Sergueï avait trouvé une recrue exceptionnelle.

Quand Roy a mis les pieds dans le lieu de rendez-vous, il a aussitôt senti qu'il allait bien s'entendre avec son futur boss. Un entrepôt désaffecté. Un sous-sol humide. Des chaînes et des poulies rouillées au plafond. Le bruit des gouttes d'eau qui tombent dans les flaques d'huile. Les canalisations pétées. Les vitres brisées. Ambiance lugubre. Comme ses pensées. Roy avait traversé un drame qui avait laissé une plaie béante dans son âme. Il avait besoin de défouler sa colère sur quelqu'un. Sur n'importe qui.

— Michel Grokovicz.

Sergueï venait d'entamer les présentations. Il se tenait debout aux côtés d'un homme assis, masqué, ligoté, tremblotant. Roy en a déduit que ce gars s'appelait Grokovicz, que c'était pas un pote de Sergueï, qu'il passait pas une super journée, et que ça allait pas aller en s'améliorant.

— Michel, Roy. Roy, Michel.

— 'chanté.

Roy savait pas pourquoi, il s'était senti obligé de répondre, malgré l'ironie de ces présentations. Roy était jeune, pas vraiment innocent mais encore un peu vert. Sergueï lui a lancé un regard interrogateur teinté d'une pointe d'agacement, puis il a repris les civilités avec son invité masqué :

— Michel, on fait affaire ensemble depuis longtemps. Mais quand on joue au con, on paie. Tu connais les règles aussi bien que moi, elles sont assez basiques.

— J'ai ton fric, Sergueï. Je te l'ai dit, il est en lieu sûr. Je comptais te payer, c'est à cause de…

Un coup de crosse de revolver lui a fait abréger ses mensonges. Puis Sergueï a regardé sa montre. Il voulait pas y passer la journée et s'en cachait pas. Roy a apprécié sa froideur calme. C'était pas une fascination malsaine. Plutôt la découverte d'un nouvel univers dont il allait bientôt assimiler les codes. Il s'y sentait déjà à sa place.

Et voilà donc, en quelques dialogues caricaturaux, comment se synthétisait un milieu. Ces cinq minutes résumaient la routine du boulot pour lequel Roy postulait.

— Bon, Roy, j'ai pas beaucoup de temps devant moi. Faut que je t'explique ou t'as cerné l'idée ? a lâché Sergueï avec une froideur teintée d'impatience.

— J'crois que j'ai cerné, ouais.

— Sergueï, déconne pas ! J'ai ton fric, j'te d…

Un nouveau coup de crosse a fait fermer sa gueule à Michel. Sergueï était toujours surpris de voir des types du milieu tenter de s'en tirer par des mots, le plus souvent des mensonges, arrivés à ce point de désaccord. Ils faisaient ce boulot toute la journée, ils savaient bien que la tentative de rédemption de dernière minute sert à rien à part faire perdre du temps à tout le monde. Bon, il est vrai que le type qui va se faire abattre, on peut comprendre qu'il veuille gagner du temps. Mais un peu de respect pour l'autre en face qu'a pas que ça à foutre, sachant que la finalité est la même.

Sergueï s'est à nouveau tourné vers Roy en affichant une impatience de plus en plus palpable :

— Donc ?

— Combien ?

— Combien quoi ?

— La thune. Combien tu me paies ?

Le sang-froid absolu de Roy, la déconnexion totale avec une quelconque morale, l'inexistence évidente de remords chez lui, ce mec était parfait. Sergueï a lâché un prix. Roy a pas discuté.

Il a d'abord pété les deux genoux de Michel, pour sceller le marché. Puis il a repris les négociations par-dessus les cris étouffés de l'homme masqué :

— Affaire conclue ?

— Me déçois pas, Roy. Tu vas pas laisser ce pauvre Michel agoniser.

Roy se doutait qu'il avait foutu les pieds dans un milieu sale. Mais bon, il avait plus rien à perdre, il avait déjà tout perdu.

— Combien ?

Et Sergueï a souri.

Roy pratiquerait dorénavant son noble art de la défonce sur un ring qui ressemblerait à des arrière-boutiques, à des terrains vagues, à des ruelles lugubres. Les dents continueraient à voler pareil, le sang giclerait, les hernies exploseraient, les mecs tomberaient. Sauf que des fois, ils se relèveraient pas. Et y aurait pas de gong. Juste le bruit de l'argent. On peut parler de déni. De fuite. Roy, il appellerait ça son «job». Il a fait que des coups sales, avec des gens sales. Il s'en serait jamais pris à des innocents. Vu le milieu où il officiait, il avait la garantie qu'il rendait plutôt service à la société.

Pourtant, même si la cocotte s'était légèrement dépressurisée, Roy a pas ressenti le soulagement attendu. Il pensait trouver la paix, il a juste trouvé un job. La paix, il allait devoir la trouver ailleurs. Mais où ?

Chapitre 11

Une luciole dans la nuit

Oh putain ! C'est la mine. Et pas qu'un peu. Ça tourne. Merde, y avait quoi dans ces verres ? Du whisky ? Faut plus que quelques verres de whisky pour te retourner la tête à ce point. En tout cas, la tête de Roy. Sauf si c'était pas quelques verres mais quelques bouteilles. C'est vrai qu'à un moment, il a arrêté de compter.

C'est à cause de l'autre gros con, là. Comment il s'appelle déjà ? Martinot… Ouais. Martinot, voilà ! Il l'a saoulé. Dans tous les sens du terme. Après Martinot, ils ont été boire un verre. L'ambiance était tendue. Électrique, même. Du coup, il a bu. Pour se détendre… Et maintenant, il est plus que détendu, il est bourré. Et il titube comme un con dans la rue. Merde, il est obligé de se tenir à cette bagnole. Il a failli se vautrer. Putain, la fierté dans le caniveau ! Roy vient de perdre le contrôle et il aime pas ça.

« Qu'est-ce que t'as à me mater, connard ? », pense Roy au travers des vapeurs alors qu'il croise un jeune gars à la tête bien propre. C'est tout passé par le bleu azur de ses yeux joliment relevé du rouge sang dont ils s'injectent d'un coup. Message reçu, le jeune détale avec une tronche livide digne d'un masque de Halloween au rabais. « J'aurais dû lui coller une mandale, juste pour le principe. Et pour dessaouler. Merde, je marche pas droit, je pense pas droit. Qu'est-ce qu'y avait dans ce whisky ? »

— Y avait rien dedans, y en avait juste trop. Arrête ta parano, Roy.

V'là qu'il entend des voix. Il se tourne, des visages passent en se moquant à côté de lui, au-dessous de lui, au-dessus aussi.

— Je t'avais dit de calmer le rythme. Regarde dans quel état tu t'es mis.

« Merde, mais elle vient d'où cette voix ? »

Roy se retourne, un œil fermé pour tenter de faire le point. Bon, là c'est pas miraculeux, elle reste floue, mais deux fois moins. Devant lui, cette brindille, sous son béret rouge, avec ses grands yeux de biche qui l'observent avec un mélange de compassion et d'agacement, il la reconnaît. Il l'a rencontrée il y a quelques jours. Putain, Guillemette. Il s'est mis une race devant Guillemette. Quel con ! Il a perdu tous ses points !

— Mais non, t'as pas perdu tous tes points.

« Pourquoi elle répond ça ? Je recommence à penser à voix haute ? »

— Faut croire.

« Merde ! »

— Je te le fais pas dire…

Roy essaie d'articuler plus intelligiblement, agrippé au vague espoir que ce soit encore possible.

— Guillemette, putain, j'suis désolé…

— Essaie pas d'articuler. C'était plus clair quand tu pensais tout haut.

Décidément, elle a une façon d'exprimer sa pensée, c'est entre la claque et le baiser… Roy la fixe, fasciné par sa beauté. Elle brille dans le noir. Une luciole posée sur une brindille. Et ses yeux ! Ils sont dingues, ses yeux. Ils…

— Roy ! Roy, arrête de me scotcher comme ça. Tu me fais peur.

— Qui ? Quoi ? Moi ?

— Tu me mates en silence depuis cinq minutes. C'est flippant.

— C'est tes yeux. J'suis un lapin pris dans tes phares.

— OK, bon on va bouger de là avant que tu me parles en sonnets. Côté poésie, je te sens pas super en verve, et j'ai froid.

— Ouais, pardon, j'suis con. Pardon, Guillemette, ça me fait chier que tu me voies dans c't'état.

Elle lui sourit tendrement.

— C'est mignon une armoire qui se fendille. Ça donne du cachet, j'aime bien.

« Comprends rien. » Roy a le cerveau en sauce blanche mais il s'en fout. Il la trouve jolie. Il approche sa main du visage de Guillemette, très prudemment. La petite, c'est une sirène qui lévite autour d'une baleine. Un coup de queue mal géré et la sirène finit en tartare de thon. Enfin un coup de queue, façon de métaphorer.

— Roy ? Pourquoi tu bouges plus ?

L'énorme main de Roy s'est stoppée à deux centimètres du visage de Guillemette. Son doigt tendu en une promesse de caresse, immobile dans l'air, en attente d'un signal du cerveau de Roy. Électroencéphalogramme en vrille. Six grammes dans le sang.

Problème de connexion. Nos services techniques font tout ce qu'ils peuvent pour résoudre le problème dans les plus brefs délais. Nous sommes désolés pour la gêne occasionnée.

— Roy ?

« Putain, ses yeux ! » L'automate reprend vie, il bouge, d'un nanomètre à la seconde. Roy passe son doigt, tout doucement, le long de la joue de Guillemette. Et il savoure. « Et sa joue, qu'est-ce qu'elle est douce ! » Guillemette en a la bouche entrouverte. Forcément, un mec comme Roy, il déroute, mais il émeut aussi. Elle cherche même pas à se cacher derrière un quelconque bouclier de cynisme. Ce mec la touche. Point.

« Qu'est-ce qu'elle est douce cette caresse ! », elle se dit en écho.

Alors elle se met à gravir Roy comme on gravit une montagne. D'un coup, elle a envie de sa bouche, maintenant, tout de suite. Moins comme un besoin d'air après une longue asphyxie, plus comme une chute qui happe le corps. Y a pas une théorie qui dit : plus on tombe, plus on tombe vite ? C'est à cause du poids, de la vitesse multipliée par on ne sait quel facteur. Et là, Guillemette, elle est attirée par la bouche de Roy, comme un corps qui tombe dans le vide.

Et sa bouche le dévore.

Roy est pas sur le même fuseau horaire qu'elle, il a quatre minutes et six grammes de retard sur tout ce qu'elle fait. Alors quand Guillemette se retrouve tout entière accrochée à son cou en train de lui bouffer la bouche, avec des mouvements de bassin qui cognent son sexe énervé sur sa poitrine, Roy sait plus dans quel espace-temps il est. Il a la gaule, pour sûr, le corps réagit, il réagit même bien, c'est plutôt une bonne nouvelle, mais le cerveau, il calcule plus rien. Merde, quelle meuf quand même !

— Oh, vous pouvez pas aller faire vos cochonneries ailleurs ?

« Elle vient d'où cette voix ? C'est pas celle de Guillemette, c'est une voix rance et aigrie. Avec une pointe d'accent. Y a du soleil dedans. Le Portugal peut-être ? » Roy ouvre un œil. Ouais, la voix doit venir de cette meuf-là. Cinquante-cinq ans, pas bien haute, robe de chambre élimée, cheveux en vrac. Elle, elle se réveille. Mais pourquoi elle gueule ? Et pourquoi il entend des halètements ? Eh, ils sont jolis ces halètements d'ailleurs ! D'où y viennent ? Et cette sensation, chaude, si chaude ? Et mouillée…

— Je vais appeler la police, bande de pervers !

Il se prend un coup de balai dans le dos. Et elle s'est pas retenue, la paella. Mais pour Roy, une concierge qui bourrine à coups de balai, c'est de l'ordre du massage thaï, ça lui détend les nœuds articulaires. Deuxième coup de balai. Un peu plus haut, ce serait bien, il sent comme une tension sur le trapèze gauche.

— Vous êtes dégoûtants ! Dégoûtants !

Et les halètements se transforment en cris. Étouffés d'abord. Puis réguliers. Mais merde, elle jouit. Ils sont en train de baiser dans un hall d'immeuble et Guillemette, elle entend plus rien, elle est toute à son orgasme. Eh ben, on peut dire qu'elle sait profiter, la luciole. Coup de balai. Elle brille plus, elle clignote. Elle va faire sauter tous les plombs du quartier. Coup de balai. Qu'est-ce qu'elle est belle quand elle jouit ! Coup de balai. Roy fond. Il sait pas comment ils ont atterri là, ni pourquoi son fute est en tas sur ses chevilles. Tout ce qu'il voit, c'est que la petite, elle est aux montagnes russes et qu'elle en profite, et Roy, il adore. Coup de balai. Dernière note aiguë. Elle a les yeux retournés. Elle est loin, Guillemette, super loin. Elle s'accroche au corps de Roy. Il enroule ses énormes bras autour d'elle. Coup de balai. Du bout du doigt, il arrive à remonter son calbut. Coup de balai. Il est bien là, Guillemette totalement abandonnée dans ses bras, rassasiée, vidée, légère comme une plume, la bouche mouillée, le sexe mouillé, la culotte mouillée. « Ma luciole… », il se dit dans une pensée douillette. Coup de balai. Il pousse la porte du hall.

— Bonne nuit, madame. Désolé pour le dérangement.

Et sort.

La porte se referme sur les hurlements de la concierge qui se perdent dans le ciel étoilé. Roy, le nez dans la Voie lactée, hume l'air et se dit un truc qu'il s'est dit peut-être trois fois dans sa vie mais deux fois cette semaine : « Je suis bien là. »

Et tel un chalutier bringuebalé par la tempête, sauf que là, c'est l'ébriété, il s'enfonce dans la nuit.

Chapitre 12

Les lois de l'attraction

Jab, jab, esquive, jab, direct du droit, esquive, jab, les cordes, esquive, le jeu de jambes, faut pas toucher le sol, faut l'effleurer, jab, esquive, gauche-droite, les mâchoires bien serrées sur le protège-dents… Esquive… Esquive…

Un jour où il s'entraînait à esquiver et à donner des coups dans la salle de boxe de Bobby, Roy a fait une rencontre unique. Le genre de rencontre qui déroute ta vie et te met des panneaux de signalisation pour t'aiguiller quand t'es trop con pour te diriger tout seul. Ou trop aveuglé. Par la colère, par exemple. Quand t'en as rien à branler des panneaux, tu grilles les feux, tu prends l'autoroute à contresens, et puis tu vois pas le platane, tu finis en miettes de thon dans un reste de boîte de conserve concassée que t'appelais autrefois ta caisse. En boxe, c'est pas le platane que t'embrasses, c'est le tapis. La vie t'apprend des leçons à grands coups d'écrasage de face dans du dur.

Roy a jamais été un grand philosophe. Difficile de penser droit quand tu passes tes journées à te prendre des coups dans la tronche, c'est une loi physique de base.

Mais ce jour-là, Roy a entendu une drôle de voix, vieille et râpeuse, pleine de philosophie :

— Lâche prise, gamin. Si tu lâches pas prise, tu vas finir par terre.

Direct au foie, uppercut sous le menton, Roy se retrouve par terre. Thèse, antithèse, synthèse.

— Tu vois.

— Vous m'auriez pas déconcentré, j'me serais pas pris l'coup, Roy a lâché avec une susceptibilité chauffée à blanc, et il a ponctué sa phrase d'un mollard ensanglanté.

— T'aurais lâché prise, j't'aurais pas déconcentré.

Roy, sonné par l'uppercut et l'imbitable de cette conversation, a pas réussi à faire le point tout de suite sur son interlocuteur. Mais une fois qu'il le ferait, ledit interlocuteur aurait une dizaine de secondes devant lui pour détaler, le temps pour Roy de se glisser entre les cordes, le choper et discuter lâcher-prise à grands coups de boule. Pourtant, quand il a relevé le nez, sa colère a fait place à l'interrogation. Le gars en face de lui, avec sa voix goudronnée de l'intérieur et son reste d'accent de titi parisien, ressemblait pas à un cheminot en phase terminale de cancer des poumons. Il ressemblait à Fu Manchu. Un putain de pruneau séché aux yeux bridés et à la barbichette grisâtre, tout droit sorti d'un film de kung-fu. Sauf qu'il portait pas un kimono en satin flamboyant, il était fagoté d'une salopette trop grande, constellée de taches de cambouis, et d'un marcel jaunâtre qui allait bien avec sa face de citron périmé. Un pauvre marcel sur des épaules fatiguées. Squelettiques. Deux secondes plus tôt, Roy était prêt à lui faire sauter toutes ses dents. Là, il réalisait qu'il en avait déjà plus. Et il lui aurait bien filé trois balles pour aller prendre un bain.

— T'as l'impression de tout savoir, gamin. Mais tu sais que dalle. Et si tu me crois pas, mate la trace de sang qu't'as laissée sur le ring et ta mauvaise foi, carre-la-toi au cul.

Pour ce qui est de la sagesse orientale, le pruneau séché semblait pas être l'ambassadeur le plus glamour. Reste qu'il avait pas complètement tort. Mais Roy a jamais clamé qu'il savait tout.

— Et me la fais pas à l'envers en m'balançant que t'as jamais clamé qu'tu savais tout…

« Qu'est-ce qui m'fait lui ? Il est devin ? », s'est demandé Roy.

— Et j'suis pas devin, on peut lire sur ta gueule comme dans un livre ouvert. Un livre taché d'jus d'tomate écrasée, mais quand même bien lisible.

« … », a pensé Roy.

— T'agis comme un coq. Tu fonces, tu parades, tu réfléchis pas. Tu sais c'qui leur arrive, aux coqs ? Y finissent marinés dans du vin, et c'est encore comme ça qu'ils sont meilleurs.

« ? »

— Ben ouais, tu peux m'mater tant qu'tu veux avec ta tronche en forme de point d'interrogation, ça t'va plutôt mieux que la tomate écrasée d'ailleurs. N'empêche qu'si tu m'écoutes pas, elle va finir en points de suspension.

« … »

— *Oh, I see you met* René.

Prononcé avec l'accent français, « René ». Le pruneau séché s'appelait René. Avec l'accent français. Eh ben merde alors.

Un grand sourire et un rogaton de cigare vissé entre les dents, Bobby se tenait près de René, son énorme paluche posée sur son épaule en carton. Un Ricain adopté par l'Auvergne et un Niakoué à l'accent de titi parisien qui faisait de la philosophie orientale. Roy s'est demandé si l'uppercut l'avait pas sonné plus fort qu'il avait cru.

Bobby et René avaient l'air super potes. Posant ainsi, on aurait dit une photo de deux frères de l'armée, prise sur un camp militaire improvisé après un débarquement. Un camp qui sent le sang et la fange. Roy avait cette image devant les yeux. Et faut croire que l'uppercut l'avait connecté à Dieu pendant une demi-seconde, parce que sa vision était tout ce qu'il y a de plus juste. Bobby avait fait le débarquement en Normandie, il y avait rencontré René, à l'époque dans la Résistance – putain, Fu Manchu dans la Résistance ! –, et pour une raison que la raison ignore mais pas le cœur, ils sont tombés raides dingues l'un de l'autre. Pas seulement les meilleurs potes du monde. Des amoureux fous. Ces deux-là ont été pour Roy le premier témoignage d'un véritable amour.

Comme dit souvent Roy : « La vie a un drôle de sens de l'humour. »

« Ce qui ne te tue pas te rend plus fort », assenait le gâteau sec de resto chinois enrobé d'une sagesse aussi ancestrale que sa date de péremption. Pour Roy, c'était plutôt : « Ce qui ne te tue pas aurait dû, parce qu'il va en prendre plein la gueule quand je vais mettre la main dessus. »

René imposait pas une cacahuète avec son mètre cinquante-deux et ses trente-huit kilos, mais dans ses yeux, Roy voyait quelque chose de puissant et de profond qui le happait. Il a fini par comprendre ce qu'était véritablement la «sagesse». Il avait bien lu un passage sur le sujet, au détour d'un des bouquins de Mademoiselle Solange, la jolie bibliothécaire, mais c'était resté pas très clair. Quand on a eu la vie de Roy, ce concept expliqué dans un bouquin reste abstrait, voire indigeste, et l'ouvrage finit par caler le pied d'un meuble bancal.

De la sagesse, René en a planté dans le crâne de Roy à coups de marteau. Une graine, sur un terrain même aussi dur et sec que l'âme de Roy, finira par pousser si on l'arrose régulièrement. René a donc insisté, avec patience, un ingrédient livré avec la sagesse.

Roy, lui, était pas patient pour deux sous mais il a appris à respecter René. À l'aimer aussi. René et Bobby ont été pour lui ce qui se rapprochait le plus d'une famille. Roy avait trouvé un endroit où on l'avait accueilli sans poser de questions. Un foyer où il se sentait chez lui. Quand il y repense depuis, il ressent toujours un peu de chaud. Et beaucoup de froid. Parce que comme toujours dans sa vie, ce chapitre a mal fini.

René avait un nom pour ce concept : «les lois de l'attraction». «Si t'es positif, t'attires du positif. Si t'es négatif…»

Roy, lui, il a toujours attiré le négatif.

Voire le fait divers.

Chapitre 13
Rewind

Roy ouvre les yeux. Tout est flou autour de lui. Il entend vaguement des oiseaux piailler. Des tout petits piaillements, très aigus, qui lui vrillent la tête. Il ouvre un peu plus les yeux. La lumière rentre et touche son iris. Roy a l'impression qu'on lui enfonce deux perceuses dans les tempes. OK, il a compris. Il a besoin d'une demi-tonne d'Alka-Seltzer et d'une explication. Qu'est-ce qu'il fout à l'aube sur une route de campagne avec la plus grosse gueule de bois de sa vie ? Et pourquoi Guillemette est assise sur le capot à regarder l'horizon ?

Roy se redresse. Péniblement. Tous ses os lui font mal. « L'alcool, c'est de la merde », il se dit en se mentant. Il s'étire. Concerto pour vertèbres grippées en *ré* mineur. Il sort, claque la porte et s'approche de Guillemette. Elle se retourne même pas. Pourtant, elle sait qu'il est là. À part ces trois piafs qui se croient à l'opéra, y a personne à cinquante bornes. Et Roy, il est pas réputé pour son pas léger, surtout un lendemain de cuite. Alors pourquoi elle se retourne pas ?

Il arrive à son niveau. Elle fixe toujours l'horizon. Elle tire sur une cigarette en silence. Roy fouille dans sa poche. Il sent son paquet de gauloises sous ses doigts. Première bonne nouvelle de la journée. Il s'assoit sur le capot à son tour. Les essieux émettent une complainte. La voiture penche. Un bateau ivre sur une aire de repos. Putain, mais où ils sont?

Roy allume sa clope. Bouffée d'air pur. Le paradoxe du nuage de fumée qui vient asphyxier un poumon mais que le fumeur compulsif ressent comme un bol d'oxygène.

« Raaah, c'que c'est bon ! »

Roy tire une autre bouffée. La moitié de la clope s'envole en cendres.

— Bonjour, Guillemette.

Elle tire une bouffée à son tour. Une étincelle naît au bout de sa cigarette. Une petite lumière qui brille dans la brume du matin pour seule réponse. Ambiance.

Roy sort son brise-glace et attaque la banquise :

— On est où ? Je reconnais pas le quartier.

Guillemette lui jette un regard sombre et vitreux. La luciole s'est éteinte. Elle a les yeux rougis. Elle a pleuré. Et pas qu'un peu. Merde.

— Qu'est-ce qu'y a Guillemette ? Qu'est-ce qui s'est passé ?

Elle prend un nouveau shoot de nicotine.

— Tu veux dire que tu te souviens pas ?

Y a plus beaucoup de vie dans sa voix. Merde, on dirait que c'est grave.

Roy descend du capot. Guillemette chaloupe. Les vieilles DS et leur suspension hydraulique, elles dansent le charleston au moindre coup de vent. Roy se pose face à Guillemette. Il étend ses deux énormes pattes sur ses joues en porcelaine, roses d'avoir pleuré toute la nuit.

— Dis-moi Guillemette.

— De toute façon, c'était un connard.

— Qui ça ?

Nouvelle bouffée. Roy s'impatiente légèrement. Il prend la main de Guillemette dans la sienne, sans se rendre compte qu'il a pris sa clope avec. Les cendres incandescentes crament sa ligne de chance. Pas grave, c'était pas sa ligne la plus prometteuse. Roy sourcille même pas. Il est plongé dans le regard vide de sa luciole éteinte.

— Qui ?

Dans son autre main, Guillemette tient quelque chose. Une photo. Un gars. Brun. Barbe de trois jours. Pourquoi la gueule de ce mec lui dit quelque chose ?

Flash. Tout lui revient. Une brèche s'ouvre sur sa mémoire à coups de marteau-piqueur. La lumière se fait. Et non seulement elle l'aveugle, mais elle fait mal.

Pas juste à cause de la gueule de bois.

Parce que ce mec, il l'a déjà croisé.

Hier.

Et quand Roy est parti, le gars bougeait plus. Et la flaque d'eau dans laquelle baignait sa tronche, ça devait pas l'aider à respirer.

…

Chapitre 14

La flaque d'eau

…

Roy tangue moins quand il s'approche de l'immeuble de Guillemette. La partie de jambes en l'air et les coups de balai de la concierge l'ont dégrisé. Enfin, dégrisé vite fait. Il est encore bien atteint mais il a repris un soupçon de contrôle. Il a calé Guillemette bien au chaud sous son bras. Beaucoup pour l'enrober de douceur protectrice, un peu pour se reposer sur elle et pas se viander par terre. Putain de whisky !

Guillemette prête pas trop attention à Roy. Elle a eu son compte pour la soirée. Le dîner chelou, le froid avant Martinot, la tension après, la biture, le cul dans le hall d'entrée, le carnet de bal était bien rempli. Roy comprendrait qu'elle fantasme de se coucher dans un pyjama moche et informe sans avoir l'impression de se laisser déjà aller au non-glamour de la routine.

Ils arrivent face à la porte de son immeuble. La porte bleu électrique. Il la reconnaît. Guillemette lâche Roy qui prend appui contre le mur pour pas s'écrouler. L'immeuble en tremble sur ses fondations. Pourvu que ce soit pas un mur porteur.

Guillemette compose le code.

Roy se perd dans la contemplation de sa luciole avec des yeux vitreux énamourés qui lui donnent un air complètement con. C'est vrai qu'elle semble sortie d'un conte de fées.

— Il a pas l'air bien en forme, ce mec. C'est pas lui qui va te faire grimper aux rideaux ce soir.

Du conte de fées à la mauvaise série B, y a qu'un pas que Roy arrête pas de franchir depuis le début de cette putain de soirée.

« C'est qui encore, ce con ? » Roy se retourne : derrière eux, un gars élancé, assez beau gosse – « Connard » –, plutôt charismatique, les toise avec un sourire narquois.

« Toi, j'sens déjà qu'tu vas me plaire », se dit Roy en prenant une profonde inspiration. Mais il a pas le temps de se lancer dans une joute verbale à trois mots de vocabulaire que Guillemette prend les devants :

— Si tu t'inquiètes pour mes orgasmes, je viens d'en recevoir une salve de 5 étoiles, tu peux dormir tranquille et on va faire pareil, la soirée a été longue.

Oh, c'est joliment dit. Roy le prend comme un compliment. Par contre, l'autre tronche de con, il a été piqué dans son orgueil. Alors il joue la guêpe :

— OK, je vois l'esprit.

— Tu vois rien du tout. Bonne nuit, Guillemette lui répond sèchement en tentant de pousser son énorme porte du haut de ses douze kilos toute mouillée.

— C'est décevant de te retrouver avec un clodo pareil. Et c'est encore plus décevant de t'entendre me mentir.

Le beau gosse s'est approché. Près. Il est passé dans la zone de confort de Roy et colle presque Guillemette. Beaucoup trop. Roy se redresse, cent dix kilos de menace qui se déplient, mais la main de Guillemette se pose sur son avant-bras. Le message est étrange et clair à la fois. « Stop. Bouge pas. Je gère. »

— Je te mens pas. J'ai encore des restes de spasmes qui me viennent du vagin et qui me secouent jusqu'au cortex reptilien.

Woaw, il savait pas qu'il savait faire ça, Roy.

— Attention, continue à mordre et tu vas recevoir une correction, la guêpe balance.

Roy aime pas du tout le ton que prend cette conversation. La main de Guillemette se referme plus fermement sur son avant-bras. « Ne fais rien. » Elle conclut :

— Bonne nuit.

Mais le beau gosse plante son pied sur sa trajectoire. Il lui bloque l'accès à la porte. Pourquoi elle veut pas qu'il intervienne, Roy ? Guillemette poursuit l'échange de fleurs :

— T'es vexé qu'un clodo me donne ce que t'es incapable de me donner, toi ?

— Quoi ? Une MST ?

— Casse-toi, Xavier.

« Merde, ils se connaissent ? »

— Je bouge pas tant que tu te débarrasses pas de cette épave et qu'on a pas eu une explication.

— On l'a eue, notre explication. T'es un sale con, je te quitte. Point.

Ah ben, ça, Roy l'avait pas vu venir. Mais ça a le mérite de clarifier la situation. Il balbutie :

— Guillemette, tu connais ce mec ?

— Mon ex.

— Son mec.

— Mon ex.

— Son mec, insiste le mec.

Jusque-là, Roy arrive à suivre la haute portée intellectuelle de l'échange malgré les vapeurs d'alcool. Faudrait pas que le dialogue se complexifie trop non plus, alors il se jette dans l'arène, le plus civilement possible :

— Bon écoute, connard, tu vas jarter calmement. Il est tard, et la demoiselle a clairement pas envie de te parler. Donc…

— Ta gueule, Frankenstein. Je parle à ma femme et ton haleine de poivrot m'empêche de réfléchir.

— Ta femme ?

— Le divorce est presque prononcé.

C'est Guillemette qui vient de clore cet échange d'amabilités. Mais l'ex a pas l'air de bien décoder le sous-entendu. Pourtant y en a pas.

— Il… n'y aura pas… de DIVORCE !

La voix du gars a changé. Elle est teintée d'amertume, d'une bonne dose de colère et de cette pointe de folie qui entraîne le dérapage. Il repousse Guillemette contre la porte. Violemment. Trop. Le choc de la tête émet un son sourd et métallique. Les yeux de Guillemette partent vers les étoiles. Elle tombe au ralenti. Le temps se fige. Roy voit sa poupée se briser en mille morceaux. Après tous les efforts qu'il a faits toute la nuit pour pas l'écraser…

Guillemette gît à ses pieds. Sans forme. Désarticulée. Roy ferme les yeux.

Merde. La Bête… Il faut pas… Le con… Il a réveillé la Bête…

Xavier, l'ex, le presque divorcé, l'agresseur, qu'importe, Xavier fixe Guillemette en tentant de reprendre sa respiration. Il hyperventile. Il est dépassé par les événements et par ses actes. Son attention est alors attirée par l'ombre monstrueuse qui se dresse au-dessus de lui. L'ombre d'une créature qui avale la rue. Xavier tourne la tête. Ses yeux s'écarquillent. On peut y lire la panique et cette touche d'acceptation face à l'accident inévitable.

Et la Bête s'abat sur lui.

Quand Roy reprend son calme, sa mâchoire lui fait mal tant il l'a serrée. Il a la bave aux lèvres. Ses yeux sont injectés de sang. Sa respiration est proche du râle animal.

Sa main tient fermement l'imper de Xavier. Roy observe le visage inanimé du gars. Puis lâche. Xavier s'écrase de tout son long sur le bitume mouillé.

La tronche dans une flaque d'eau.

La respiration de Roy se calme lentement. Le souffle est toujours profond mais le râle disparaît. Et la Bête avec.

La nuit est calme. On dort sec dans les chaumières. Pas un chat à la ronde. Pas même un chat de gouttière.

Roy relève la tête et aperçoit Guillemette. Elle a repris ses esprits. Recroquevillée dans l'ombre. Immobile. Elle fixe Roy.

Dire que la nuit avait si bien commencé.

…

Chapitre 15

Le virage

…

Un 33 tonnes passe en rugissant.

Guillemette fixe toujours la photo dans sa main.

« Il a vraiment une tête de con, ce mec », pense Roy.

— De toute façon, c'était un connard, elle répète dans un murmure, en partie pour elle-même, en partie pour confirmer la pensée de Roy.

— Je suis désolé, Guillemette. Je savais pas.

— De toute façon, c'était un connard.

Et de trois. Les larmes s'invitent dans ses yeux. Elle cherche à encaisser. Pas gagné. Roy tente l'excuse :

— Je voulais pas… Enfin je voulais pas y aller si fort et…

— Tu savais pas… Mais oui… T'y as été fort.

— C'est que…

Elle le regarde de ses yeux pleins de larmes. Elle dit rien. Elle a l'air forte mais elle est dépassée. Elle a besoin d'une raison. Alors Roy se lance :

— Il t'a blessée.

Et soudain le barrage pète. Les larmes se déversent. Comment un si petit corps peut contenir autant de larmes ? On est fait de 95 % d'eau, il paraît, alors si tu les pleures, c'est quoi les 5 % qui restent ? Les os ? L'âme ? Les regrets ?

Guillemette s'accroche à Roy. Il la laisse pleurer. Quand le barrage pète, faut laisser pisser. Pas la peine d'essayer de raisonner. Faut soulager. On peut pas avoir une conversation intelligente avec la vessie pleine. Pareil pour les larmes.

Quand le flot se calme et que le manteau de Roy est bien trempé, il passe sa main sous le menton de Guillemette et lui redresse la tête.

— Tu vas tout m'expliquer dans la voiture. Mais pour l'instant, faut qu'on file.

— Je sais…

— Ça va aller ?

— Je sais pas.

— Ce mec, c'était…

— C'est pas à cause de lui que je pleure…

Roy l'inspecte, les yeux tapis sous ses sourcils froncés.

— C'est à cause des conséquences…

Roy tire une dernière bouffée de cigarette et crame la moitié du filtre.

— On a pris un virage. Qu'on le veuille ou non, on est forcés de le suivre. C'est irrémédiable… donc c'est effrayant.

— Je vais aller voir les flics. Je veux pas t'entraîner là-dedans. J'assume.

— Dis pas de conneries. Tu vas pas finir ta vie en prison à cause de ce connard.

— Je veux pas t'entraîner là-dedans, Guillemette.

— Trop tard.

— Non.

— Roy… Me dis pas les décisions que je dois prendre.

Elle a le mérite d'être claire. Et très ferme. Elle a de la personnalité, cette meuf.

— Je sais pas où il va, ce virage, mais… Je sens bien que ma vie tourne en rond depuis un moment. Là, au moins, y a une direction.

— C'est une façon de voir les choses.

— Et cette direction, je la prends avec toi. Et c'est cette donnée très nouvelle qui me plaît.

Les larmes ont disparu. Apparaît une détermination au fond de sa rétine qu'est de l'ordre du mythologique. L'image lui colle même un début d'érection, à Roy.

— Moi aussi, elle me plaît, cette nouvelle donnée, il répond simplement. Des fois, simple c'est bien. Surtout vu les circonstances.

Guillemette saute du capot et rejoint la portière.

— Roy…

— Quoi ?

— Ce que j'ai vu hier… Toi…

— Quoi ?

— C'était pas toi… C'était quoi ?

Silence.

— C'est la Bête…

— C'est quoi, la Bête ?

Silence à nouveau. Lourd. Très lourd. Un 33 tonnes de silence.

— C'est quoi, la Bête ?

Chapitre 16
La Bête

Toute son enfance, le ciel de la vie de Roy a été gris. Continuellement. Le ciel de Clermont. Toujours plombé des éternels nuages qui font la réputation de l'îlot triste et terne qu'est le Massif central. Et le ciel dans sa tête. Toujours plombé d'idées frôlant le noir. Donc grises. Anthracite.

Puis, une lumière a percé, comme une bougie dans la nuit. Une lumière douce, chaude et vivante. Si vivante. Elle s'appelait Louisette. Lui, il l'appelait Lou. C'était sa petite sœur. « Un coup de capote trouée », disait son père avec un raffinement qui n'avait d'égal que la puanteur de son haleine. Pour Roy, c'était plutôt un coup de baguette magique.

Les tergiversations paternelles après l'accueil de la nouvelle avaient été longues et argumentées : « On a déjà un fils mal fini, les enfants, on a pas le droit de les piquer, mais on peut encore les avorter que je sache. »

Mais la mère voulait un nouvel essai. Dieu, dans toute sa miséricorde, ne pouvait pas s'acharner à ce point sur elle, pensait-elle. Ben, t'as encore rien vu, ma grande, Dieu, il peut te saler l'addition d'un redressement fiscal, d'un cancer du sein et d'un transit intestinal récalcitrant, coche la mention inutile, ça l'empêchera pas de dormir. Alors te plomber le placenta d'un début de trisomique, c'est pas un souci. On a ça au menu.

Reste qu'avec tout son cynisme, Roy avait tort. Quand la petite Louisette est née, c'est un rayon de soleil qu'a crevé le ciel gris de Clermont et les idées noires de Roy. Elle a tout illuminé sur son passage. Surtout le visage de sa mère, pourtant livide d'avoir bataillé pendant dix-huit heures de contractions et dix ans d'élevage de tomate écrasée. Roy avait pas encore vu celui de sa sœur que sa lumière l'avait frappé en plein cœur. Et pour la première fois depuis qu'il était né, il avait senti le ciel se dégager.

Le père, lui, était resté à la fenêtre à fumer ses gauloises sans filtre, en se souciant des poumons tout neufs de son bébé comme d'une trace de pneu dans les chiottes.

— Tu veux la prendre dans tes bras ? avait dit la mère.

Le père avait émis un vague son, pas vraiment de mépris, seulement de désintérêt, puis il avait pris son imper et s'était cassé. En lâchant :

— Je vais bosser.

Comme tu lâches une caisse discrètement en pensant à autre chose.

Ce mec avait de respect pour rien. Roy le haïssait de tout son être. Jamais son père avait eu un geste affectueux envers lui. Pire. Jamais il lui avait adressé la parole autrement que pour aboyer : « Je sors » et « Ta gueule ». Mais si son père voulait continuer à se noyer dans le noir, Roy s'en foutait. Lui, il avait vu la lumière et il comptait bien la suivre.

Roy est devenu inséparable de Louisette. Quand la petite souriait, une chaleur brillante se propageait dans ses veines. Il en était accro. Le sourire magique de Lou. Partout où elle allait, Roy veillait sur elle. Protecteur. Sa sœur, c'était son rayon de lumière.

Les années ont passé. Simples. Promenades, jeux, baignades, des moments puérils, classiques mais beaux. Essentiels.

Et la mère ? Eh ben, le pardon divin s'était manifesté donc elle avait repris des couleurs. Elle vénérait Lou mais ne raffolait pas que Roy soit à ce point proche d'elle, il faisait tache dans le tableau christique. Seul avantage : avec lui à ses côtés, la petite était en sécurité.

Et le père ? Le père…

Le père errait autour de ce manège comme une ombre. Pas un vautour au-dessus de sa proie. Juste une ombre. Plate, noire, vide. Quand il entrait dans une pièce, un silence s'installait. Un silence d'attente. Que la vie reprenne. Quand le père était présent, la vie s'arrêtait. Lou et Roy se taisaient et attendaient que l'ombre s'efface. Le temps d'une présence. Une présence en forme d'absence.

Lou a jamais été frustrée de ce manque d'amour paternel. Elle s'en foutait, elle avait Roy. Il lui appartenait tout entier. Il existait plus que pour elle. Pour qu'elle puisse sourire librement et tout le temps.

Jusqu'au jour où…

L'ombre du père est entrée, taciturne. Elle voulait se reposer. Elle a monté l'escalier. Et au milieu de son passage se trouvait Lou. Qui brillait. Et qui jouait.

Avec une poupée à laquelle il manquait un bras. Mais Lou l'aimait, sa poupée, même avec son bras en moins. Elle aimait lui inventer des aventures pleines de licornes, de rêves et d'amour. Et alors que Lou jouait à imaginer sa poupée chevauchant un énième arc-en-ciel, l'ombre est passée au-dessus d'elle, l'avalant tout entière. Lou a dit quelque chose. Quoi ? Personne sait trop. Une phrase d'enfant. Sans importance. Et l'ombre, ça l'a agacée. Alors elle a poussé la lumière sur le côté, pour passer. Elle a poussé un peu trop fort. Et juste assez pour que la lumière vacille.

Et tombe.

Lou a roulé. Quinze marches sous elle.

Roy a entendu un bruit de sa chambre. Lorsqu'il est apparu en haut de l'escalier, il a vu l'ombre… et plus bas, la lumière qui vacillait. Au ralenti. Lou tombait. De marche en marche. Butant contre une plinthe, rebondissant contre la rambarde, percutant un coin et repartant de plus belle. L'ombre avait arrêté le temps, une fois de plus. Celui de Roy. Arrêté. Comme son cœur. Alors que sa petite sœur jouait au flipper dans l'escalier. Mais Lou, le temps s'est pas arrêté pour elle, il s'est fragmenté, comme tous les os de son petit corps, avant de ponctuer l'instant d'un choc sourd qui a résonné dans toute la maison en point final.

L'air ne rentrait plus dans la bouche de Roy. Son corps tétanisé. Ses yeux rivés sur celui tordu de sa petite sœur en bas des marches.

L'ombre s'est retournée. Elle a observé la lumière éteinte. Un instant. Et elle a dit à Roy :

— Tu ferais bien d'appeler une ambulance.

Les mots sont sortis, froids, factuels. Les yeux

noyés de désespoir, Roy a regardé l'ombre. Perdu. Trop estomaqué pour réagir. Trop écœuré. Trop… Trop.

Ses doigts tremblaient. Il a mis plusieurs minutes à composer le numéro du Samu. 15. Deux chiffres. À l'époque, c'était des téléphones en bakélite, gris, eux aussi, avec un cadran. Ça l'amusait tellement, Lou, ces cadrans. Quand elle faisait son numéro à huit chiffres, ils roulaient dans un sens, puis ils déroulaient dans l'autre. Une farandole de chiffres. Mais là, Roy en avait juste deux à faire. Le 1 et le 5. Et il s'y est repris à sept fois pour y arriver. À la septième tentative, une voix administrative a répondu. Et Roy a dit d'une voix vide :

— La lumière. Elle s'est éteinte.

Lou est restée trois jours dans le coma. Trois longs jours. Intubée de partout. Dans une chambre grise. Dans un lit gris. Dans des draps gris. Branchée à un respirateur artificiel. Le bip régulier de l'électrocardiogramme pour pendule. Le ploc du goutte-à-goutte pour métronome.

Et Roy est resté à ses côtés. Les yeux rivés sur le bout d'étincelle qui vibrait encore à chaque respiration. Le Cerbère. Il gardait sa sœur. Il protégeait ce qu'il restait de sa vie. Les infirmières en avaient peur. Elles osaient à peine entrer prodiguer les soins dont la petite avait besoin.

Sa mère est venue deux fois. Mais trop assommée par la tristesse et la surdose d'anxiolytiques, elle a préféré encaisser en comatant dans son lit. Espérant qu'au réveil elle réaliserait que ce n'était qu'un mauvais rêve. Ou espérant ne plus se réveiller du tout.

Et le père ?

Le père est pas passé.

Il est resté une ombre.

L'ombre de lui-même.

Mais il est pas passé. Attendant que Roy et Lou reviennent à la maison. Et que leur vie grisâtre puisse reprendre. Et que la petite arrête de jouer dans l'escalier. Combien de fois il lui avait dit de pas traîner dans ses pattes ? Elle en faisait qu'à sa tête. Et son crétin de frère la laissait faire. Et sa conne de mère lui disait rien. Quand il rentrait chez lui après une dure journée, devoir escalader sa gamine pour pouvoir aller péter dans ses draps tranquille, c'était usant à la longue. Combien de fois il avait fallu le répéter ? Hein ? Combien ?

Et Lou respirait doucement. Un murmure d'ange brisé. Un reste d'air cherchait à trouver son chemin vers ses petits poumons traumatisés. Et Roy écoutait. Chacune de ses respirations. Il les a écoutées. Trois jours durant. Chacune d'elles. Sans jamais fermer les yeux. Sans jamais s'endormir. S'accrochant à chaque respiration, comme à un souffle d'espoir.

Une respiration… un souffle d'espoir…

Une respiration… un souffle d'espoir…

Une…

Roy l'a attendue, la respiration suivante. Il l'a attendue longtemps… Celle qui doit suivre la précédente…

Quand on sait pas encore que la précédente, c'était la dernière…

Et le reste d'étincelle s'est éteint.

La lumière a disparu, avalée par l'ombre dans l'escalier.

L'ombre…

Roy a fermé les yeux. Fort. Si fort que ses paupières lui faisaient mal. Il a fermé les yeux…

… Les souvenirs lui sont revenus après par bribes. Des cris, des râles, des hurlements…

Des cris de bête.

Des flashs d'un mauvais cauchemar. Des images lui arrivaient. Son père hurlant à la mort. Et son ombre. Son ombre à lui, terrifiante, que la lumière de la lampe éclatée sur le sol projetait contre le mur. L'ombre monstrueuse d'une bête. La Bête qui était en train de dévorer l'ombre de son père.

Et les hurlements.

Les hurlements de douleur.

Les hurlements d'horreur.

Puis le silence.

…

Quand Roy s'est réveillé, il se trouvait dans une chambre capitonnée. On l'avait sanglé aux barreaux de son lit. Le son de la chambre était ouaté. Elle sentait la naphtaline.

Le psychiatre lui a posé quelques questions. Est-ce qu'il se souvenait de ce qui s'était passé ? Roy se souvenait juste de Lou. Bien sûr, il avait les flashs. Ceux de la Bête. Mais la blouse du psychiatre et savoir qu'il se trouvait dans un asile lui laissaient penser qu'il valait mieux ne pas mentionner la Bête.

En effet.

Roy avait quinze ans. Il venait de perdre sa petite sœur de quatre ans et demi. Son père avait été jugé responsable du décès. Roy a donc eu des circonstances atténuantes aux yeux de la justice concernant l'«accident» de ce dernier. Le tout a quand même donné un bon dossier pour un séjour en hôpital psychiatrique 5 étoiles. C'est toujours mieux que la prison. À part pour les électrochocs. Après avoir bouffé quelques milliers de kilowatts pendant plusieurs mois, Roy se disait que la prison aurait pas été plus mal, finalement.

L'enterrement de Lou s'est fait dans la plus grande confidentialité. Et sans la famille. Le père était à la morgue. La mère à l'hôpital. Overdose d'anxiolytiques. Quelques semaines plus tard, c'est à coups de fusil dans la bouche qu'elle a fini d'avaler sa douleur. En plus de la chevrotine.

Et Roy? Il prenait du jus en HP pendant que le minuscule cercueil de sa sœur coulissait lentement dans le trou creusé au sein de la concession familiale.

Roy l'a jamais digéré. Il avait pas pu dire au revoir à Lou. Une dernière fois. À la place, il était occupé à digérer des salves d'électrochocs.

Malgré les électrochocs, ils ont jamais trouvé la Bête.

Roy a passé neuf mois en HP. Le temps d'une gestation. Quand il en est ressorti, l'HP avait accouché d'un monstre.

Un monstre sans âme et sans espoir.

Un monstre qui cachait une bête au fond de lui.

…

Roy regarde devant lui. Il a plus de salive. Il a fini son histoire. Il en avait jamais parlé à personne.

Guillemette à côté de lui est sous le choc. Elle veut dire quelque chose. Mais rien ne sort.

— Cherche pas. Y a rien à dire, Roy lâche simplement.

Pourtant elle voudrait. Conséquence, c'est Roy qu'est emmerdé. Parce qu'il sait qu'elle est mal à l'aise. Elle veut lui tendre la main, mais comme elle y arrive pas, c'est à lui de l'aider. Paradoxe récurrent avec le deuil.

— Y a pas de mots. Cherche pas.

— Roy…

Mais y a trop de larmes dans ce « Roy », et Roy, ça lui brise le cœur.

Il repense à Lou. Et cette pensée le réchauffe. Et lui redonne une esquisse de sourire.

— Elle t'aurait plu, Lou. Et toi aussi, tu lui aurais plu. Vous auriez cliqué tout de suite. Elle était comme toi.

— Comme moi ?

— Une petite lumière.

Chapitre 17
Mon inconnu

Ils ont pris la route. Pas la tangente. Ils sont en cavale, certes, mais ils se sentent pas fugitifs. La nuance est légère mais le ressenti a rien à voir. L'horizon face à eux, un point en ligne de fuite, qu'arrête pas de bouger, toujours l'horizon mais jamais le même, et pour l'instant, c'est ce qu'ils visent. Pas le Mexique, pas le Canada, juste l'horizon. Ils ont pas de plan. Ils roulent, c'est tout. Des fois, même quand on sait pas où on va, faut pas penser, faut pas ressasser, faut avancer. C'est une bonne première étape pour aller quelque part.

— Alors tu m'emmènes où, mon inconnu ?

Guillemette, depuis un moment, elle l'appelle « mon inconnu ». Pas toujours, mais souvent. La plupart du temps, c'est « Roy », mais régulièrement, par jeu, pour se rappeler l'exceptionnel de leur histoire, elle l'appelle « mon inconnu ». Celui avec qui elle s'est connectée virtuellement, il y a à peine quelques jours. Celui qui est monté chez elle alors qu'elle savait rien de lui. Celui qui lui a fait l'amour toute la nuit comme on sculpte les étoiles. Son inconnu. Et Roy, ça lui plaît bien. Ça lui plaît même vachement.

— J'sais pas. Pour l'instant, je trace la route. Pour la destination, on verra plus tard.

— OK.

Guillemette est adossée à la portière, avachie sur le siège du passager. « Elle doit être super inconfortable », se dit Roy, mais non, elle a l'air bien.

Elle a posé ses pieds nus sur les cuisses de Roy. Langoureuse. Roy a enveloppé sa main droite sur sa cheville frêle. De la gauche, il conduit. Sam Cooke à la radio. On est bien là. La route devant. Le passé derrière. L'avenir, on sait pas de quoi il est fait, mais il est là-bas, à l'horizon, comme le soleil qui montre le bout de son nez après une longue nuit froide et d'un coup t'inonde de chaleur et d'orange. Tu plisses les yeux et tu savoures cette sensation de renaissance. L'impression d'être connecté avec Dieu qui t'envoie un texto en forme de lever de soleil, un texto qui dirait : « Hé Roy, j't'envoie de la *good vibe* de là-haut. *Love bro' !* »

Roy trace sa route, un smiley cabossé sur la gueule, en caressant la cheville délicate de Guillemette, et il goûte cette quiétude, tel un avant-goût de paradis. Sam Cooke fait traîner sa voix. Le rouge du vernis écaillé s'accroche encore aux ongles des tout petits doigts de pied de la toute petite Guillemette. Et la route devant défile. Et empêche les pensées de prendre le relais. Les pensées du type : « Merde, qu'est-ce qu'on va faire ? Est-ce qu'il est vraiment mort, ce con ? Comment je la protège, Guillemette ? Est-ce que la Bête est revenue pour de bon ? Est-ce que si c'était à refaire, faudrait le refaire ? Putain, grave faudrait le refaire. Et encore, et encore. Et si ce crétin doit finir la tronche enfoncée dans le bitume à chaque fois pour que je puisse continuer de caresser les pieds de Guillemette, je prends l'éternité en enfer contre ce moment de paradis. »

— Elle est douce, ta main.

— C'est ta peau qu'est douce.

— Non, elle est douce dans la façon que t'as de me caresser.

Roy jette un œil sur Guillemette. Et en retour elle lui lance un de ses putains de regards dont elle a le secret, et BIM, il se prend la gaule. Depuis qu'il la connaît, il a pas débandé. Elle lui sourit et ça lui part direct dans le braquemart. C'est pas qu'il pense au cul tout le temps, c'est juste le corps qu'est en alerte rouge en permanence. Le pouls bat plus vite, la tempe vibre, le cœur pompe et la bite gonfle. Le corps de Roy est plus réveillé qu'au milieu d'un round sauvage alors qu'il arrache la victoire en même temps que le dentier à un adversaire. Le corps en alerte. Le goût du sel de sa sueur se taille un chemin entre ses lèvres serrées. Guillemette, quand elle lui sourit, elle lui fait tout ça.

— J'aime bien lui. C'est qui ?

— Sam Cooke.

— Il a une jolie voix. Elle est chaude… et moite.

— Il est ricain, il est noir, il chante des chansons d'amour. Tu peux pas lutter.

Guillemette lâche un petit rire étonné.

— T'es vraiment un drôle de mec, toi.

— Tu dis ça parce que j'ai buté ton ex ?

Guillemette ravale son petit rire.

— Pardon, c'était…

— Cash.

— Ouais. Pardon…

— Non… T'excuse pas…

Silence. Pesant. Malgré Sam Cooke qui cherche à s'y faire une place par tous les speakers.

Roy monte le volume.

— T'aimes bien les Ricains, hein *Roy* ?

Elle appuie avec jeu sur son prénom exotique.

— Ouais. J'avoue. Plaisir coupable.

— Pourquoi coupable ?

— On est en France. Ça fait mauvais effet d'aimer les Ricains. Sont venus dézinguer du Boche sur nos belles plages normandes vu qu'on a pas été foutus de le faire nous-mêmes, y nous ont collé du Coca en intraveineuse et fait bouffer du cinéma pop-corn alors que nous, « les Français », on coule des bronzes en lisant du Voltaire, alors on se sent supérieurs. Voltaire, j'sais pas, j'ai pas lu. Paraît qu'c'est un mec brillant. Perso, un coup d'œil en coin de Brando, j'trouve ça plus tripant et j'ai pas envie de m'excuser. Ça déplaît aux bouffeurs de camembert ? Ben, qu'ils restent dans leur village de Gaulois à s'enculer entre cousins. Moi, quand j'écoute Sam Cooke dans mon Chesterfield en buvant mon whisky, j'me sens dans un vieux film en noir et blanc et ça m'plaît. J'suis loin du snobisme parisien puant. D'toute façon, j'habite à Belleville. Ça sent plus la pho que le bœuf bourguignon alors venez pas me parler du drapeau français et laissez-moi prendre mon pied sur ma musique ricaine et si j'ai envie de m'appeler Roy, ça m'regarde, j'vous fais pas chier parce que vous vous coltinez des noms de merde comme Marcel ou Robert sur votre carte du FN et…

Roy stoppe dans son élan, l'attention attirée par

Guillemette. Elle irradie comme une gamine devant un dessin animé de Noël.

— Ben quoi ? Qu'est-ce que j'ai dit ?

— T'as fait un monologue.

— Hein ?

— Depuis que je te connais, j'ai du mal à te tirer plus de trois mots et là, tu m'as fait un monologue. T'es magique, Roy. Encore !

— Tu t'fous de ma gueule ?

— Non, pas du tout, au contraire. J'te jure, c'était magique.

Roy se renfrogne. Il fume. Véritablement. De la fumée sort de ses oreilles et de ses naseaux. Il est vexé, c'est visible. En tout cas, Guillemette, elle le voit.

— Hé, fais pas la gueule… Roy… Je me fous pas de toi.

On voit plus rien dans la voiture. Y a de la fumée noire partout. Les naseaux de Roy déversent du CO_2 en surcombustion par pleins galons, c'en est palpable dans la caisse.

Guillemette connaît pas Roy depuis longtemps mais elle a compris que, dans ce genre de situation, les mots servent pas à grand-chose. Alors elle opte pour une autre méthode. Elle se fraie un chemin dans la fumée noire et grimpe sur les genoux de Roy. Et elle lui avale le visage. Elle a une petite bouche, Guillemette. Toute jolie, toute rose, très délicate. Mais quand elle a faim, elle t'avale un visage d'une seule bouchée.

Alors, comme par enchantement, la fumée disparaît.

Voilà Roy désarçonné à nouveau. Le sang bat dans ses tempes et dans sa bite, et le faux-semblant de vexation qui enfumait la voiture s'évapore, aspiré par la bouche de Guillemette.

C'est elle, la magicienne !

« Merde, elle pourrait calmer la Bête ? Guillemette ? »

Cette pensée traverse la tête de Roy comme une balle de 9 mm. Une pensée furtive. Puis un klaxon. Une vieille R5 pourrie leur fonce dessus. Entre la fumée noire et la miss qui lui bouffe le visage, Roy avait oublié qu'il conduisait. Ils roulent sur une petite départementale, certes, reste qu'y a d'autres caisses qu'essaient de garder leur cap, et là, Roy squatte deux voies à lui tout seul.

Pas le temps de redresser la barre, la R5 braque et s'envole dans le fossé. « Désolé, mon pote, rien de personnel, c'est la petite qui me met la tête à l'envers. Pas de regret, ta caisse, elle était pourrie, et vu que j'te vois dans mon rétro en sortir avec un manche de pioche, j'constate que t'es en colère mais en un seul morceau, alors tu m'en veux pas, j'retourne à mon roulage de pelles. »

Roy ouvre quand même l'œil droit pour essayer de rester sur sa voie. Il veut pas arrêter ce qu'il fait non plus, chaque moment de paradis que Guillemette lui offre, il compte bien l'avaler jusqu'à la dernière bouchée.

Guillemette finit de lui bouffer le visage et s'assoit bien confortablement sur ses genoux. Roy se perd dans ses yeux.

— Tu sais que je vois que dalle.

— Je me disais aussi.

— T'as pas peur ?
— Un peu. Mais ça m'excite.
— T'es folle.
— T'es plus vexé ?
— J'étais pas vexé.
— Roy, y avait de la fumée plein la voiture.
« Merde, comment elle a vu ? »
— J'suis plus vexé.
— Bien.
Silence. Sourire. Klaxon. Une Golf se prend la rambarde d'arrêt d'urgence. Roy voit vraiment que dalle. Elle insiste :
— Il m'a vachement plu, ton monologue.
— Tu recommences ?
— J'me dis que, cette fois, tu vas me croire, que je me fous pas de ta gueule.
— …
— Bon. Alors, il m'a vachement plu. Tu m'en feras d'autres ?
— …
— S'il te plaît ? Mon inconnu.
« … »
Le soleil scintille à l'horizon. Roy craque un sourire.
— Pour toi ? Plein.
Et Guillemette s'illumine en retour. Pour la première fois de leur vie, ils sont libres. C'est pas la destination l'important, c'est le voyage. Et surtout avec qui on le fait. Elle est grisante, cette sensation, mais elle est encore plus excitante quand on est deux à la partager. Surtout deux amants, les sens et le palpitant au taquet !

Un bruit de canalisation qui se débouche interrompt l'envolée lyrique.

— Merde, j'ai une dalle d'enculé.

C'est aussi pour ça qu'elle aime Roy. C'est un grand romantique.

Chapitre 18

Le diner

— Pourquoi tu dis ça ?

— C'est pas vrai peut-être ?

— Je sais pas. Je crois pas. J'ai pas l'impression.

— Moi, je crois que tu me manipules pour pas le faire.

— Je te manipule pas.

— Alors ?

— Alors j'aime pas en parler.

— C'est bien c'que j'disais.

— Tu m'saoules, Roy.

Guillemette reprend une gorgée de milkshake. Vanille, le milkshake. Et elle fait une grimace.

— Merde, c'est vraiment dégueu.

— McDo, c'est pas réputé pour être bon.

— Alors qu'est-ce qu'on fout là ?

— J'avais envie d'un *diner*. Et y a pas de *diner* en France. Encore moins sur les routes de campagne.

— Pourquoi tu voulais un *diner*, aussi ? On a croisé des troquets qui avaient l'air décents sur la route et toi, tu m'emmènes au McDo.

— Je cherchais un *diner*.

— Mais y en a pas. On est en France, Roy.

— C'est bien c'que j'dis.

— Pourquoi tu fais cette fixette sur les *diners ?*

— En général j'm'en fous. Mais là, on est en cavale. Et quand t'es en cavale, tu fais des pauses dans un *diner*. Avec des *rednecks* qui boivent du jus de chaussettes et Betty qui te ressert un café lavasse toutes les cinq minutes pour un dollar cinquante.

— Et un flic qui rentre par hasard au milieu de la conversation.

Roy jubile.

— Mais ouais, exactement, un flic. Par hasard. Avec un timing parfait, il interrompt la dernière gorgée de milkshake… T'as vu le film aussi ?

— Roy, c'est dans tous les putains de films ricains cette scène. La cavale, le *diner*, le flic, y a pas plus cliché.

— Mais c'est bon.

— C'est meilleur que ce McDo dégueu, c'est sûr.

Elle repose son gobelet de milkshake et le repousse de la main, une grimace aux lèvres.

— T'es pas en train de créer une engueulade pour éviter le sujet ?

— Je crée rien du tout, il est vraiment dégueu, ce milkshake.

— OK. Mais t'évites le sujet.

— Quel sujet ?

— Celui que t'évites depuis qu'on est assis là. Tu m'causes de ton milkshake alors que j'm'en fous, et toi aussi.

— De quoi tu parles ?

— Ton milkshake.

— Il est dégueu.

— J’avais compris. Mais ça m’en dit pas plus sur Xavier.

Silence.

— Tu m’dis qu’j’dis rien, tu veux du monologue, tu m’fais parler, mais toi, à part briller dans la nuit, attention, c’est beau quand tu brilles dans la nuit, ça me retourne la tête et la queue chaque fois que j’te regarde, mais en vrai, tu brilles pour mieux te cacher et maintenant j’voudrais qu’t’arrêtes de te cacher et que tu craches c’que t’as dans les tripes que t’as pas digéré, parce que quand on garde la merde trop longtemps, on s’colle une occlusion et ça peut virer au cancer et moi, j’veux pas te voir faire un cancer, j’veux t’entendre. Tu continues à briller, tu t’arrêtes pas, hein, mais tu m’causes.

Guillemette le fixe, ses yeux grands ouverts. Ses paupières ont arrêté de battre depuis le début de la tirade. Machinalement elle s’empare de son gobelet et en prend une gorgée.

— Putain, c’est dégueu !

Elle déglutit tant bien que mal, tousse et râle. Roy attend, patiemment, amusé par le spectacle.

— T’as fini ?

— Roy… je crois que t’es un grand malade.

— Probable. Mais c’est ce qui doit te plaire chez moi.

Elle sourit, la paille serrée entre les dents.

— Probable… enfin en partie. T’es fou. Je sais pas ce qui se passe dans ta tête mais… j’adore.

— Tu réponds toujours pas à ma question.

— Tu fais chier.

— Guillemette, j’ai le droit de savoir, tu crois pas ?

Guillemette reste silencieuse, la paille entre les

dents. Puis elle regarde par terre. Parce qu'il faut bien regarder quelque part si elle veut regarder ailleurs. Le lino défoncé. Trois frites écrasées. Une traînée de ketchup. Son regard se balade pour que son cerveau réfléchisse pas trop. Puis elle reprend une gorgée de milkshake et s'étouffe à nouveau.

— Putain, c'est dégueu.

Chapitre 19

L'histoire de Guillemette

— Y a pas grand-chose à raconter. C'était une histoire minable comme à peu près toutes les histoires que j'ai eues. J'ai jamais eu de chance avec les mecs. Enfin, d'après ce que je lis dans les magazines féminins, je suis pas la seule. C'est la raison pour laquelle tu m'as trouvée sur *Find her*. Enfin non, pas exactement.

« J'ai rencontré Xavier il y a trois ans. Tu vois, c'était pas un mariage très long. Quand je l'ai rencontré, j'étais en vrac. Je me cherchais. Je me cherche souvent, faut dire… D'ailleurs, je crois pas m'être jamais trouvée. Mais bon… autre sujet… Parenthèse ouverte… Bref…

« Alors, je l'ai rencontré. Avec sa belle gueule et sa jolie barbe. J'aime bien les barbes, je sais pas pourquoi. C'est quand même le critère d'attraction le plus con du monde, mais moi, ça me fait craquer. Même pas super beau, un mec qu'a une barbe devient sexy. Fais pas la gueule, Roy. Toi, c'est différent. Toi, t'as tout le reste. Merde, je dévie encore. Je dévie souvent. Quand je parle de moi. J'aime pas parler de moi. Tu fais chier, Roy. Alors je vais parler de Xavier.

« Il est dans l'immobilier. Enfin il était. On parle au passé là, on est bien d'accord ? Putain, j'en parle avec un détachement, je me fais peur. Je ressens rien. C'est chelou, non ? Ça veut dire que je suis une criminelle ? Ou juste que c'était un sale con ? Ça doit être ça. C'était un sale con…

« Excuse-moi. C'est pas facile… Attends, je respire…

« Il baisait pas mal. Enfin au début. Je crois que c'était à cause de l'illusion que c'était enfin le bon. On est comme ça, nous les filles, on se fait des films, on y croit. Alors on a l'impression d'être bien, même dans les bras d'un minable… Bref…

« Donc on passait du bon temps. Il m'emmenait au resto. Il avait de l'argent. Il bossait dans l'immobilier et il m'a vendu du rêve comme il vendait un appart. En faisant des promesses de confort et d'avenir radieux. Par contre il a bien gardé pour lui les vices cachés. Et putain, y en a eu… des vices cachés… Des sangles bien serrées. Des coups dans les côtes bien douloureux. Des coups par-derrière bien dégueu. Et par-derrière, c'est pas une façon de parler… Et il y allait sans avertissement… et surtout sans consentement… Et d'un coup, la promesse d'avenir, tu l'as dans le cul. Et elle fait bien mal.

…

« Alors tu vas demander pourquoi la fille reste alors que chaque fois qu'elle monte les escaliers pour rentrer chez elle, elle s'arrête de respirer ? Elle s'arrête de vivre même. Parce qu'elle aime se faire cogner ? Personne aime se faire cogner… Parce qu'elle a inconsciemment besoin de se punir d'un trauma pas réglé ? Comme son oncle qui aimait bien balader sa main dans son bain quand elle était gamine ? Avec de gros doigts dégueu, tellement dégueu, tellement trop gros pour ce qu'ils venaient chercher... Peut-être... Parce que le père avait vu et avait fait comme s'il avait rien vu ? Plus sûrement. Ça donne envie de se prendre des baffes dans la gueule d'avoir vécu cette merde ? Pourquoi ? Pour oublier ? Pour se punir ? Pour se faire pardonner ? Huit psys et quinze ans de ressassement à tourner autour de la question au point de me donner une envie de vomir qui passe pas. Alors oui, des coups dans la gueule, peut-être que c'est une façon de s'assommer, de pas penser... ou de se punir. Je sais pas. En tout cas, il a fait le boulot. J'ai fini par avoir du mal à trouver de nouvelles excuses à l'hôpital sur le pourquoi les bleus, le pourquoi les côtes pétées, le pourquoi je marche encore en canard pour le troisième samedi de suite. Parce qu'il avait beau être détraqué, il était très banal dans sa routine. Métro boulot dodo en semaine. Les petites sauteries, c'était pour le week-end. Qu'est-ce qu'on s'amusait le week-end !

...

« Qu'est-ce qu'on s'amusait...

...

« Et ce qu'est fou, quand on a l'impression d'avoir touché le fond, on se rend compte que ça peut être pire. Et même si une fois sur deux il me déchirait le cul, il a quand même réussi à me foutre en cloque. Entre deux sauteries du week-end. Il l'a jamais su. Je lui ai jamais dit. J'ai pas eu le temps. J'avais trois mois de retard. Et j'hésitais. Quelle conne ! J'hésitais… Pas à lui dire… À le garder… Pourquoi ? Je sais pas. J'ai jamais voulu de gosses. J'ai pas l'instinct maternel. Et l'envie d'enfants ? Faut avoir un peu d'amour pour la ressentir… Du moins l'avoir connu… Non ?… Enfin j'ai pas eu besoin d'hésiter longtemps. Il a réglé le problème pour moi. Sans le savoir. Un coup de pied dans le bide à la fin d'un de nos week-ends débridés. J'ai pissé du sang. Littéralement. Et le problème était réglé. Et lui, il a rien vu…

« Mais à l'époque je pleurais souvent. Donc il a pas fait gaffe. Il s'en foutait. Alors, même conne comme j'étais, je me suis dit qu'il fallait que je sauve ma peau…

« Je suis partie sans un mot et surtout sans adresse. J'ai changé de numéro de téléphone. J'ai essayé de disparaître. J'ai même désactivé mon compte Facebook, c'est dire si l'heure était grave… c'était pathétique… J'ai cru que ça suffirait. J'ai quand même déposé une main courante. Mais tu connais les flics… Pour ce que ça a servi…

« Je suis restée à Paris, j'ai pas changé de nom, j'ai pas changé de gueule, alors forcément, il m'a retrouvée. Il a mis du temps. Mais il m'a retrouvée. Heureusement, t'étais avec moi ce soir-là. Et ce que tu lui as fait, tous nos samedis de sauteries, j'ai rêvé de le lui faire. Mais je savais que je pouvais pas. Alors j'avais beau pas croire en Dieu, je priais pour que quelqu'un arrive. N'importe qui, un justicier solitaire, un mec en costume en lycra aux couleurs flashy, qui viendrait me sauver et qui, au passage, lui éclaterait sa sale gueule. J'ai dû lire trop de BD quand j'étais gosse. Entre deux visites de mon oncle… J'adorais les super-héros. Ils devaient me faire sentir en sécurité… Ou me donner de l'espoir… Je sais pas…

« Et puis t'as débarqué… Mon inconnu.

…

« Mon inconnu.

…

« Au début, tu m'as juste prise comme personne m'a jamais prise. Avec une telle fermeté. Et une telle délicatesse. Comme si tu cueillais une fleur. Avec ton cœur qui battait sous ma peau. Avec tes mains qui m'enveloppaient tout entière. Avec ta bouche qui m'a caressée tout le corps. J'ai pas joui. Non, c'était plus fort. Bien plus fort. J'étais en transe !

…

« Au début, tu m'as juste prise comme personne m'a jamais prise…

…

« Et puis tu m'as sauvée.

« Mon inconnu… »

Chapitre 20
Un regard de cinéma

— Putain, c'est dégueu.

Guillemette repousse à nouveau son gobelet de milkshake. À nouveau, la même expression de dégoût.

Silence de Roy. Secoué, bouleversé et très très en colère. Il cherche à dire quelque chose, puis il parle et dit pas grand-chose :

— Putain, Pavlov, il aurait pété un plomb avec toi.

— Quoi ?

— Le milkshake.

Les yeux ronds de Guillemette prouvent qu'elle comprend rien aux trois dernières répliques.

— Ton histoire… Elle rend fou, ton histoire.

— Ouais, je… je… ouais…

La pogne de Roy lâche le morceau de table auquel elle est accrochée depuis que Guillemette a commencé à se raconter. Les doigts sont rentrés dans le Formica et ont laissé une trace profonde.

— Putain, je voudrais qu'il soit là pour lui éclater sa sale gueule.

— C'est déjà fait.

— Je sais… Mais j'ai besoin d'éclater quelque chose et ce serait bien que ce soit sa gueule d'enculé !

— Calme-toi, Roy. C'est pas ce que tu dois retenir de cette histoire.

— C'est quoi ?

— Ben… la fin.

— La fin ?

— Quoi ? Tu m'as pas écoutée ?

Roy rougit. Pour une tomate écrasée, ça donne une idée de sa couleur.

— Si… Mais je fais genre j'ai pas entendu.

— Pourquoi ?

— Ben, je suis… Je suis…

Il est gêné. Il arrivera pas à le formuler mais c'est clair. Alors Guillemette sourit. Et ça fait du bien, parce que ça commençait à faire un moment que c'était pas arrivé.

— T'es chou.

— …

— Mais j'étais sincère… Mon inconnu.

Roy scrute autour de lui, comme s'il cherchait à se cacher loin de cette déclaration.

— Je voulais pas t'embarrasser.

— Pas du tout, je…

— On en reparlera tranquillement. À ton tour.

— Quoi ?

— T'as été amoureux avant moi.

— J'te donne cette impression ?

— Ta façon d'être avec moi. C'est pas la première fois. Tu l'as pas vécu souvent, mais c'est pas la première fois.

— Comment tu sais ?

— Je le ressens. Alors ?

— Alors… tu vas pas l'croire.

— Quoi ?

— Derrière toi. Un flic. Le fameux timing parfait.

Guillemette redresse la tête comme une autruche et se retourne brusquement. Elle vire au livide. Effectivement, un flic vient d'entrer dans le McDo. Jusque-là, rien d'exceptionnel. Les flics aussi ont le droit d'avoir des goûts de chiottes. Et d'aimer les clichés. Volte-face. Guillemette s'agrippe à son plateau en plastique rouge et fait voler son reste de frites froides partout autour d'elle.

— Merde, qu'est-ce qu'on fait ?

— On reste calme et on se la joue discret. Donc, déjà, on arrête de balancer des frites partout.

Expression effarée de Guillemette.

— Qu'est-ce que tu me racontes avec ton putain de calme ? C'est un putain de flic.

— Merde, tu fais des dialogues clichés comme dans les films clichés que j'adore.

Roy est aux anges. Mieux. Il est au ciné. Guillemette, elle, elle savoure moins. Elle s'effrite. Elle a pas l'habitude de ce genre de situation. La série B, c'est le quotidien de Roy. C'était le côté fleur bleue, papillons dans la tête et étoiles dans les yeux des derniers jours qu'il maîtrisait moins. Mais des flics qui débarquent de façon inopinée et peuvent se retrouver la tronche dans la friteuse s'ils viennent renifler de trop près, Roy en bouffe plus régulièrement que le kebab du boui-boui de Belleville où il a fini plus d'une fois après une nuit christique de multiplication des pains. Cela dit Xavier a probablement une étiquette accrochée au gros orteil dans une chambre froide à l'heure qu'il est, donc la présence de ce flic, elle sent pas bon. Déjà que les effluves de Big Mac séché embaumaient pas le bonheur.

— Roy ! Arrête de sourire et dis-moi ce qu'on fait !

Marrant comme elle arrive à crier sans pousser la voix, en gardant mâchoire et dents serrées, pour que Roy soit le seul à se rendre compte qu'effectivement elle gueule. Roy se redresse, il s'étire le cou, à droite puis à gauche. Ses vertèbres craquent. Les yeux de Guillemette en peuvent plus de s'écarquiller.

— Roy, tu vas pas faire de conneries, hein ? Tu vas pas le buter ?

Roy répond rien. Il se redresse, s'étire le dos cette fois. Ses vertèbres craquent encore plus fort. Le flic tourne la tête vers lui. Mais Roy garde un œil sur la table. Il range sa place. Tranquillement. Les bouts de frites répandus partout, le gobelet de milkshake mal-aimé, les restes de burgers déjà aussi secs que le cœur du mec qu'a pensé à industrialiser cette merde à grande échelle. Guillemette, elle, hallucine en silence. Elle était pâle, elle commence à rosir. Normal, elle retient sa respiration depuis une bonne minute. Roy sifflote. Il porte les deux plateaux à la poubelle, les vide dans un bruit spongieux, les empile sur leurs prédécesseurs, puis retourne vers sa luciole écarlate, lui pose une bise sur le front, lui attrape le poignet avec une fermeté maîtrisée et l'entraîne vers la sortie bras dessus bras ballants. Dans la tête de Guillemette, c'est la télé sans antenne. De la neige hertzienne en attente de signal.

Roy l'installe dans la voiture, puis fait le tour et prend le volant.

— Ta ceinture.

— Hein ?

— Ta ceinture.

Guillemette sait pas pourquoi, mais elle fait ce qu'on lui dit : elle boucle sa ceinture.

Et Roy démarre.

Le McDo s'éloigne dans le rétro. Guillemette recommence à respirer. Roy triture l'autoradio et tombe sur une fréquence sympa. Lee Moses y balance de la tripe bien noire.

— J'aime bien Lee Moses.

— Hein ?

— J'aime bien Lee Moses.

— On… On s'en est sortis ?

— Quoi, tu croyais que ça allait canarder dans tous les sens ?

— Ben…

— Qu'il avait vu notre avis de recherche à l'entrée de la ville ?

— Non, mais…

— Et c'est moi qui mate trop de films. Tu sais, la vie c'est bien plus chiant que le cinéma. Il s'y passe rien, en fait. Pourquoi tu crois qu'ils ont inventé les clichés ?

Silence de Guillemette.

— T'es fou, Roy.

— Dans ta bouche, on dirait un compliment.

— C'en est un. T'es fou. Et tu me… fascines.

Roy lui jette un petit regard en coin. Un rien fier. Un regard de cinéma. Même Brando, il le ferait pas aussi bien.

Et il monte le son.

Chapitre 21

Le match de trop

Comment tu sais que c'est le match de trop? Quand l'uppercut que tu prends dans la gueule fait plus mal que d'habitude. Déjà parce que tu l'esquives pas. Alors que d'habitude, tu t'arranges pour pas te faire labourer le menton à coups de pilon. T'as imprimé depuis longtemps que les coups de pilon, ça a tendance à irriter et à donner envie d'en balancer d'autres en retour. Avec mise en demeure et accusé de réception. Bon, vous direz, c'est un peu le fondement de la boxe. Frappe et esquive. Finalement, il est pas plus compliqué que ça, ce sport. Enfin, si le boxeur est bon. Sinon, le trauma crânien devrait l'aider à percuter là où la raison a échoué : faut arrêter, mon gars, t'es pas fait pour ce sport.

Roy, lui, il l'était. Sur un ring, il sautillait pas, il virevoltait. Les coups pouvaient pleuvoir sur lui, c'était comme s'il portait un bon gros ciré jaune. Non seulement il essuyait les coups, mais une fois le grain passé, il faisait pleuvoir à son tour. Et le gars en face était trempé, le plus souvent de son propre sang.

Jusqu'au jour où Roy s'est pris un uppercut en

pleine gueule. Puis un autre. Puis un direct au foie. Roy avait su en passant les cordes que cette soirée serait pas une partie de plaisir, mais la douleur venait pas de la peau qui craquait sous les coups. Une arcade sourcilière fendue, ça se recoud. L'âme déchirée, c'est moins simple. On peut désinfecter aussi avec une bonne dose d'alcool, mais pour la guérison, faut plus que du fil chirurgical. Et ce soir-là, Roy savait que son âme allait rester déchirée un long moment. Peut-être toute sa putain de vie. Et le tocard qui le pilonnait était qu'une vague cause de cette déchirure. La véritable origine se tenait à quelques mètres de Roy, bien moulée dans sa robe écarlate, les lèvres au rouge assorti scellées, sans expression.

Iris lui avait tapé dans l'œil quelques mois auparavant. Cette blague la faisait plus rire depuis le CP. Pas plus que « T'as d'beaux yeux », phrase déjà éculée en soi, mais quand on s'appelle Iris, elle sent carrément le suranné. Roy l'avait même pas tentée. Gabin-Morgan, il connaissait pas. Iris avait aimé la présence animale de Roy, son souffle lourd et rauque, son silence qui cherchait pas à se rendre plus intelligent qu'il l'était. Elle avait aimé sa simplicité et son aura puissante. Le mélange d'un homme et d'une bête. Et sa gueule, elle en avait pas fait état. À un point que Roy avait cru à un moment au miracle. Mais les miracles existent pas. À part la cour des miracles. Et Iris, c'est de là qu'elle venait. Avec ses yeux blancs vitreux et sa canne assortie, elle avait rien à envier à Roy en termes de handicapée de la vie.

Iris était aveugle. Pas de naissance – ses parents auraient quand même pas eu un sens de l'humour aussi tordu –, c'est la vie qu'avait eu un sens de l'humour tordu. Ses parents l'avaient appelée Iris à cause de ses deux billes d'un bleu plus profond que l'océan dans lesquels ils plongeaient à l'infini. Iris, c'est peu dire que ce prénom lui allait bien. Pourtant le gars là-haut, qui prend la vie pour une mauvaise blague Carambar, lui avait collé une de ces sales maladies qui te défoncent tes cellules saines, et tes beaux yeux océan, ils s'effacent en même temps que ta foi en la vie, et ils deviennent blancs comme un ciel nuageux sans fin. Plus de couleur, plus de soleil, plus de lumière. Des yeux vides et blancs. Comme l'âme d'Iris.

Alors quand elle a rencontré Roy, elle a pas vu sa tronche. Elle a juste senti une âme vide et blanche, comme la sienne. Et elle a senti que, étrangement, son vide à lui la remplissait elle. C'est paradoxal. Mais quand on s'appelle Iris et qu'on est aveugle, le paradoxe est pas un concept qui entre en ligne de compte.

Leur histoire avait été brève, unique, mythologique. Il parlait jamais. Elle l'écoutait respirer. Il était son Homme-Bête. Elle aimait sa présence. Pas ses mots, il en avait pas, il en avait pas besoin. Elle avait perdu la vue et aimait pas qu'on lui fatigue l'ouïe avec des banalités. Par contre, ses autres sens, ils se nourrissaient de Roy. Principalement le sixième. Celui qui se remplissait de la vibration de l'Homme-Bête. Ils passaient de longues soirées assis l'un à côté de l'autre dans le noir – Iris était aveugle, donc s'en foutait, et Roy, pour une raison qu'il ignorait, aimait se mettre dans la même atmosphère où Iris était plongée – dans une sérénité que ni l'un ni l'autre n'avaient jamais ressentie. Pour la première fois, chacun avait trouvé plus cabossé que lui. Sans jugement ni moquerie. Et le cul ? Ils en avaient jamais eu envie. Iris avait beau avoir une beauté banale, aux yeux de Roy, c'était une déesse chevauchant un soleil. C'était une femme qu'on accompagnait aux Enfers pour la tirer des griffes de l'autre enculé. Roy, c'était son Homme-Bête. Pas son amant. Et c'était magnifique ainsi.

À chacune de leurs rencontres, la vibration était palpable. Comme les métastases. Y a un moment on peut pas les rater. Au début, elles sont sous les radars et puis elles sortent au grand jour et on peut plus les rater. Et elles aussi, elles finissent par plus vous rater. Et Iris, ces putains de métastases, elles l'avaient dans leur ligne de mire. L'autre là-haut, après lui avoir grillé les rétines, il s'est dit que ce serait marrant de lui griller la moelle épinière, le foie, et deux-trois organes vitaux qui, comme leur nom l'indique, font partie de la liste rouge de composants dont faut prendre soin pour que la vie s'arrête pas là. Iris en avait pris soin pourtant. Mais le résultat était le même pour elle. Terminus, tout le monde descend. On s'arrête là et y a pas de navettes de remplacement. Annonce sans appel. Cancer. Terminal. Fulgurant.

Les médecins, dans toute leur générosité, lui avaient annoncé trois mois, quatre au plus. Au final il a fallu à peine quinze jours pour que le reste d'étincelle derrière le blanc cotonneux des yeux d'Iris s'éteigne. Mais Roy le savait pas encore quand il essuyait la tempête d'uppercuts. Il savait juste que d'ici trois mois Iris s'effacerait.

Iris… Putain. Pas Iris !

Quand elle lui a annoncé la nouvelle, Iris avait une voix calme. Presque atone. Cotonneuse, elle aussi. Comme si la vie avait déjà commencé à s'échapper de ses veines. Dans trois mois, elle fermerait ses magnifiques yeux pour la dernière fois. Elle avait une date de péremption. Une fin de bail. Voilà, mademoiselle, l'entreprise vous est reconnaissante, votre vie avec nous a été riche et fructueuse, mais à présent on va se passer de vos services. Merci, au revoir, la porte, c'est derrière vous.

Roy a encaissé l'information comme il savait faire. En cassant tout autour de lui. Une fois qu'il a eu ravagé le studio minable dans lequel il vivait, il s'est assis près d'elle, plus doux, plus calme, et il a demandé : « Tu as mal ? »

Iris avait beau être aveugle, la larme qui coulait le long de la joue de Roy, elle l'a entendue plus sourdement que le cataclysme qui venait de résonner autour d'elle. Roy le bunker avait versé une larme, si amère qu'elle aurait pu exploser au sol comme une goutte de nitroglycérine.

Puis la vacuité de sa rage a vite rattrapé Roy. Il fallait accepter. On n'allait pas en rire, mais Iris ne voulait pas non plus en pleurer. Elle voulait qu'il l'accompagne vers la sortie. Avec dignité. Roy avait envie d'étrangler l'injustice, de lui ouvrir le bide et de la répartir aux quatre coins d'un terrain vague. Mais l'injustice, c'est pas un ennemi physique, c'est qu'un putain de concept, une saloperie de cancer qui te ronge de l'intérieur. Comme celui d'Iris. Alors Roy avait beau vouloir se battre contre l'ennemi, il pouvait pas.

Il avait plus qu'à encaisser.

Et c'est ce qu'il faisait sur ce ring, depuis quelques rounds. Il encaissait. Il se battait plus. Enfoncer le crâne de l'autre crétin en short étoilé qui sautillait connement autour de lui aurait rien changé. Iris s'éteindrait quand même. Alors à quoi bon ? Encaisser les coups, Roy était bâti pour. Mais les coups comme ceux-là, non. Alors il avait baissé les bras, au sens propre comme au figuré, et il laissait le short étoilé lui matraquer la tronche, en espérant que tout s'effacerait. Pas les yeux d'Iris. Mais son cancer.

Et Iris, à travers ses yeux cotonneux, ressentait le désespoir de Roy, et le coton s'imbibait de larmes salées. Sa bouche, elle, n'exprimait rien. Son souffle non plus. Seuls ses yeux, qui n'imprimaient plus rien depuis bien longtemps, exprimaient une dernière émotion, une larme sur sa joue glacée.

Iris s'est levée. Éclatante dans sa robe rouge sang au milieu des bookmakers en imper gris. Des regards ont vaguement tenté de fantasmer sur ses formes féminines mais se sont vite repris. Iris était toujours aussi rayonnante mais elle sentait la mort. Alors les regards se sont détournés. Sauf celui de Roy.

Un nouveau crochet du droit les a liés une dernière fois. La gerbe de sang que Roy a crachée a atterri sur la joue d'Iris, se mêlant à sa larme et rappelant l'écarlate de sa robe.

Roy respirait lentement. Son corps ruisselant de sang et de sueur. Iris respirait doucement. Son corps ruisselant de cancer.

L'instant a semblé durer une éternité. L'autre énervé est revenu à la charge d'un direct au foie malvenu. Roy était prêt à encaisser les coups mais pas s'ils étaient intrusifs à un moment aussi délicat. Roy a répliqué d'un crochet du gauche que l'autre a pas vu venir et qui l'a fait décoller sur trois mètres. Le crétin étoilé s'est retrouvé la face écrasée sur le ring à plus savoir distinguer le nord du sud et à écouter le décompte de l'arbitre. Il s'est relevé avant le gong mais tous les bookmakers ont crié au match truqué. Ils avaient raison. La maladie avait plané dessus depuis le début.

Roy se foutait du décompte. Il s'est retourné pour voir Iris… mais elle était plus là. Elle s'était effacée. Et c'était la dernière fois qu'il la verrait vivante. Elle s'était retirée pour finir ses quelques poignées de jours à l'abri des regards de tous et surtout de celui de Roy. Elle avait voulu le protéger à son tour. Il aurait continué à se battre contre un fantôme, comme il le faisait sur ce ring. Et il aurait fini par se battre contre lui-même. Et perdre. Comme il perdait ce soir-là. Ce cancer allait emporter une part de lui avec l'entièreté d'elle.

Quand il s'est retourné et qu'il a vu qu'Iris était plus là, Roy a senti que désormais, il errerait dans sa propre existence sans pouls et sans but. Et c'est en gros ce qui est arrivé. Jusqu'à ce qu'il rencontre Guillemette. Mais c'est un autre chapitre. Le chapitre qui s'écrivait ce soir-là allait finir sous les coups du crétin étoilé, et Roy allait se laisser tomber sur le ring, non pas K-O, mais abattu.

— … 9… 10 ! Out !

C'est sur ces quelques mots que la carrière de boxeur de Roy s'est arrêtée. Cette défaite avait pas plus de goût que le sang qui se déversait de sa bouche innervée. Roy ressentait plus rien.

Il a fallu quelques minutes de plus pour que la carrière du crétin étoilé s'arrête également. En même temps que son cœur. Une fois les deux arrivés au vestiaire, il a trouvé malin de faire une remarque sur Iris. C'était sur la couleur de sa robe ? Ou sur sa croupe ? Roy sait plus. Il a pas entendu la fin de la phrase. Quand le crétin a parlé de la « poupée aveugle », la Bête s'est réveillée là où l'homme avait dormi durant tout le match.

Et plus personne a contesté le résultat.

La Bête avait gagné.

Une fois de plus.

Mais le vrai vainqueur, c'était la maladie. Elle avait emporté l'étincelle d'Iris, l'âme de Roy et nourri la Bête un peu plus…

Et Roy a su que c'était le match de trop.

Chapitre 22
Le motel

— J'aurais dû te prévenir, avec moi, tu vas pas que te marrer.

Roy parle avec une voix de bétonnière grippée par trop de sable et d'amertume. Guillemette essuie ses larmes. Elle tente de reprendre contenance.

— Elle est triste, ta vie.

— Elle a pas été que gaie. Comme la tienne. Mais elle a eu des chouettes moments.

— Comme ?

— Rencontrer Iris… Te rencontrer toi.

— J'espère que ça va pas finir aussi mal.

Un container de quinze tonnes de silence s'écroule sur la voiture. Roy pile.

— Pardon… Je… C'est pas ce que j'ai voulu dire.

— Je sais.

— Roy, pardon, je…

— On parle plus d'Iris, d'accord ?

— D'accord.

— Et on parle plus de Xavier.

Guillemette répond sans sarcasme et sans déni :

— Vu la situation, on va être un peu forcés, non ?

Silence. Le ronron du moteur. Le blanc du gaz

d'échappement s'élève dans la nuit, rétro-éclairé par les phares des bagnoles qui passent. Le tic-tac de la montre de Roy.

Puis la bétonnière reprend la parole :

— On a besoin de se reposer.

— On fuit plus ?

— Si. Mais d'abord, on va reprendre des forces.

— OK.

Roy coupe le contact.

— Ici ? Sur le bord de la route ?

Roy pointe du doigt un baraquement sur le bord de la route, justement. Avec une vieille enseigne à l'agonie qui clignote, qui cherche même plus à faire illusion, mais qu'est là, et c'est tout ce qu'on lui demande.

— Un motel ?

— Cliché. Mais j'peux pas m'en empêcher, conclut la bétonnière.

La porte de la réception couine pire qu'un rat qui se fait hara-kiri. La daronne derrière le comptoir, c'est plus un cliché, c'est une caricature : bigoudis dans ses cheveux lavande, tablier en toile cirée, mégot éteint au bec. « Merci pour ce moment de poésie », pense Roy dans un sourire.

Et apparemment pas commode, la daronne :

— Kekchose vous fait marrer ?

— Quoi ? répond Roy, toujours dans son sourire.

— Ben, j'sais pas, c'est pas moi qui me marre.

La daronne a la voix assortie à son look. Un conduit d'évacuation rouillé avec des restes de grumeaux accrochés aux parois. Un vrai festival, et elle vise le Grand Prix.

— Y a rien qui m'fait marrer. J'suis juste fatigué, et j'veux un lit. J'demande même pas qu'il soit douillet.

— Alors pourquoi vous avez ce sourire débile sur votre tronche de tomate écrasée ?

La pogne de Roy lâche le stylo qui remplissait le formulaire d'entrée. Elle s'étire sur le comptoir pour l'attraper tout entier et le balancer à la face de la daronne embigoudée. Guillemette n'en perd pas une miette et retient sa respiration. Va falloir qu'elle le maîtrise, ce tic, ça doit pas être bon pour la santé à force.

Guillemette pose ses doigts délicats sur l'avant-bras gonflé de Roy. Au ralenti, Roy lui lance un regard qui dit : « T'en fais pas, on va pas continuer à semer des têtes éclatées derrière nous. » Puis il se retourne vers la daronne et lui sort un de ses plus beaux sourires, avec des yeux qui disent cette fois : « Je suis à deux doigts de t'ouvrir le crâne pour bouffer le peu de cervelle qui y dort mollement, alors ferme le cendrier qui te sert de gueule et passe les clefs. » Il prend ensuite le relais plus courtoisement :

— Parce que la petite, là, à ma droite, dans quelques minutes, je vais la hisser dans mes bras, je vais plonger mon nez dans la fraîcheur de ses seins et je vais m'y ressourcer jusqu'à plus soif. Et ce bonheur en perspective, il me fait sourire !

Dont acte.

La chambre a beau être miteuse, y a comme un voile rose autour d'eux quand ils finissent de faire l'amour. Autrefois, Roy disait « baiser ». Maintenant, il dit « faire l'amour ».

Il promène ses mains sur le dos nu de Guillemette. Il la goûte du bout des doigts. Et d'une voix toute vaporeuse, Guillemette dit en savourant chaque passage des doigts sur son épiderme :

— Décidément, t'es complètement dingue.

— Tu m'le dis beaucoup aujourd'hui.

— Aujourd'hui, c'était une journée complètement dingue.

— Vrai.

Guillemette se retourne. Elle plonge des yeux un rien mélancoliques dans ceux de Roy. Puis elle lui grimpe dessus. Allongée sur l'immensité de lui, elle pose son menton sur son énorme poitrine.

— Roy, qu'est-ce qu'on va faire ?

— On va continuer ce qu'on fait depuis le début.

— Quoi ?

— Vivre.

— Vivre ?

— Ben ouais.

— Mais c'est pas une réponse.

— Elle me paraît pas mal, moi. Y a bien les trois quarts des gens sur cette foutue planète qui vivent pas. Y survivent. Ou ils attendent. Mais y vivent pas.

— Mouais. C'est un peu de la philo de comptoir, là.

— De motel, tu veux dire.

— Si tu veux.

— J'me vexe pas. Le mot « philo », il m'est pas souvent attribué. Reste que si c'est c'que je vis avec toi, la philo de motel, je prends.

— Mais si demain ils nous chopent ? Si on finit en taule ?

— Eh ben autant vivre à fond d'ici là.

— C'est pas une réponse, Roy.

— J'ai pas de réponse, Guillemette. J'suis pas philosophe, j't'ai dit.

Guillemette se renfrogne. Elle se lève et va à la fenêtre. Elle regarde la valse des 33 tonnes sur l'autoroute. Le néon rouge du motel dessine sa silhouette dans le noir.

« Putain, ce qu'elle est belle ! », se dit Roy.

— Merci.

— Merde, j'ai l'impression que t'entends tout c'que j'pense maintenant.

Guillemette se retourne vers lui, intriguée.

— Qu'est-ce que tu racontes encore ?

— Rien. Laisse tomber… Guillemette, je vois bien que t'as peur. T'as pas l'habitude de ce genre de situation et…

— Parce que toi t'as l'habitude ?

— D'éclater la tronche d'un connard ? Ouais.

Elle tique.

— J'ai pas dit « Xavier ».

— T'as dit « connard ».

— C'est bien c'qu'il était, non ?

— Oui. Mais du coup, je sais que tu parlais de lui. Et on a dit…

Roy sent bien que cette conversation va nulle part. Guillemette a peur, donc elle part dans tous les sens. Alors il se lève du lit et s'approche d'elle. Il est peut-être pas fort avec les mots, mais il sait qu'il a un truc pour lui : sa taille. Et quand Roy profite de sa taille pour prendre une petite chose apeurée comme Guillemette dans ses bras, elle se sent protégée. C'est physique.

— Guillemette, toi, il t'arrivera rien. Le connard,

c'est moi qui l'ai fait danser. Pas besoin d'un médecin légiste pour conclure que c'est pas ton poids plume qui lui a décalcomanié la gueule sur le bitume. Et moi, la taule me fait pas peur. Même la chaise me fait pas peur.

— La chaise ?

— Électrique.

— On est en France, Roy.

— Ben, la guillotine alors.

— Y a plus la peine de mort en France.

— Ben alors, tu vois, pourquoi tu t'inquiètes ?

Chapitre 23

La cabine téléphonique

— Non, vaut mieux pas que je te dise où je suis… Parce que… Ils pourraient nous retrouver… Ben, je sais pas, « ils », les flics quoi. D'ailleurs, j'aurais déjà dû raccrocher. Y a pas une histoire comme quoi ils te repèrent si tu parles plus d'une minute au téléphone ? Putain, je suis complètement paumée, je dis n'importe quoi… Non, Maman, t'inquiète pas, je vais bien. Je me sens juste… Enfin tu vois… Je me sens… C'est normal, non ?… Oui, moi aussi je t'aime… Non, je peux pas revenir, je t'ai expliqué… Oui, il est mort. Enfin je crois. Enfin il doit. Oui, il est mort. Il peut pas être vivant… De toute façon, c'était un sale con… Ah, tu vois que t'es d'accord avec moi. Sur ce point-là, au moins, on a toujours été d'accord… Arrête avec ça, Maman. J'ai pas toujours aimé que des connards. Pas toujours… Enfin, autrefois peut-être, mais là non… Là, je suis bien… Non, je préfère pas t'en parler. Si je te parle de lui, ils vont peut-être retrouver notre trace… Ben, les flics… Mais je sais pas comment ils feraient. Ils vérifieraient l'ADN, ou un truc comme à la télé… Non, effectivement, ils vont pas retrouver son ADN à cause d'un coup de fil.

T'as raison, Maman. Comme toujours, t'as raison. Mais j'ai pas envie de t'en parler… Parce que j'ai pas envie… Putain, t'es chiante !… Il s'appelle Roy, voilà, t'es contente ?

Roy observe Guillemette s'énerver toute seule dans la cabine téléphonique. Une cabine téléphonique quoi ! Y a des bleds où on en trouve encore. Le plus compliqué a été de comprendre comment elle marchait. Autrefois, c'était des cabines à pièces, c'était simple. Après, y a eu les cartes téléphoniques. Aujourd'hui, on doit plus en trouver qu'au musée. Alors il restait la solution de la Carte bleue, mais Guillemette, elle a bouffé du polar à la télé comme tout le monde : la CB laisse des traces. Autant envoyer une carte postale aux flics pour leur indiquer où t'es. Ou un fax. Putain, il est vraiment pas de son temps, Roy.

Guillemette avait eu une envie furieuse de parler à quelqu'un d'autre que Roy. Il a beau la faire jouir de partout, elle le connaît seulement depuis quelques jours. Assez pour qu'il lui retourne la tête. Au sens figuré. Et celle de son ex. Au sens propre. Alors c'est sûr, ça rapproche. Mais on peut aussi comprendre que traverser la France avec l'homme qui a tué son ex lui provoque des crises d'hypoventilation. C'est son truc à Guillemette, quand elle angoisse, elle respire plus. Donc quand une jeune fille fragile arrête de respirer et demande sa maman, on a beau trouver ça un rien étrange, eh ben on lui trouve une cabine téléphonique. Parce que le portable, il va se faire repérer aussi. Restait donc la problématique de la Carte bleue.

Roy avait une solution très simple : prendre le premier mec venu, faire diversion en lui écrasant la mâchoire et lui piquer son portefeuille. Simple, racé, efficace. Guillemette trouvait cette stratégie barbare. Ah, la sensibilité féminine… Et une tronche écrasée de plus sur leur chemin pouvait autant les trahir qu'un coup de téléphone non masqué. Et là, Roy, il avoue qu'elle avait raison.

Donc, plutôt que d'aller chercher la Carte bleue sur un macchabée tout juste étalé par l'enthousiasme démesuré de Roy, Guillemette a eu une idée plus simple : le charme. Ah c'est sûr, Roy, il pouvait pas y avoir pensé. Autant demander à une limace si elle a pas pensé à utiliser ses jambes pour aller plus vite. Roy, avec le charme, c'est pareil. Mais venant de Guillemette l'idée paraît d'un coup beaucoup moins con.

Donc la Bonnie de la départementale 906, elle t'a chopé un quidam, elle te lui a dégainé du sourire ravageur, du genou coquin et de la jupette légère au vent, et le gars a oublié qu'il avait un cerveau, il s'est mis à baver comme une limace et il a donné ce qu'elle a demandé. Sans sourciller. Juste en bavant.

— Voilà, j'ai perdu mon sac, et sans portable, sans Carte bleue, je suis coupée du monde. Il faut que j'appelle ma maman. Vous comprenez ?

Elle a ponctué avec une moue de Marilyn et un coup de balancier de la hanche. Non, le mec, il comprenait pas. Il comprenait plus rien. Y avait plus de sang dans son cerveau, il était entièrement parti dans sa bite. Alors il a dit oui. Il aurait dit oui à tout.

« Putain, la tueuse professionnelle ! », a pensé Roy. « Comme quoi, y a pas que des poings dans la tronche qui peuvent démêler une situation complexe. » C'est la révélation pour Roy. Avec un grand « R ». Y a pas à dire, la femme est le dernier espoir d'humanité chez l'homme.

Et pourquoi le quidam a pas simplement donné son portable ? pourrait-on s'interroger. Eh bien, Guillemette a même pas pensé à le lui demander tellement elle aimait cette cabine. À l'ère du tout numérique, une cabine téléphonique perdue au milieu de nulle part, c'était romanesque. Mieux, c'était cinématographique. Et le quidam, il avait le sang dans la bite, alors il a pas pensé à le proposer.

Roy sirote une bière en attendant que Guillemette passe son coup de fil. Elle lui a demandé de rester à distance. Elle est amoureuse mais pas conne. Sa séduction aurait moins bien marché avec la tronche de Roy dans le passage. D'ailleurs faudra qu'il lui demande comment elle fait pour le désirer. Il veut pas non plus rompre le charme à poser trop de questions, genre :

— T'as vu ma gueule ? Pourquoi tu pars pas en courant ?

— Ah, ben ouais, t'as raison, j'avais pas fait gaffe. C'est vrai que t'es moche à gerber. J'me casse. Allez, salut !

Y a un moment, si Guillemette, elle voit pas qu'il fait peur, pourquoi lui mettre le nez dessus ? Alors qu'avec le quidam, on était moins sûr, donc valait mieux se mettre à l'écart. Et une bière fraîche était bienvenue. La route était longue.

Et Guillemette parle. Avec sa mère. Et parle. Et parle. Ce serait sexiste de dire qu'elle caquette ? Roy est pas sexiste, surtout pas avec Guillemette, mais enfin, là, avec la *mamma*, on va pas se mentir, elle caquette un peu quand même.

Le quidam fait les cent pas devant la cabine. Pour récupérer sa CB ? Mon cul, oui. Il veut serrer la petite. Son cerveau a pas réfléchi depuis dix bonnes minutes. Le sang et les neurones sont tous concentrés dans son entrejambe. Il serait marié et la daronne l'attendrait dans sa caisse qu'il la calculerait pas plus. La gaule au vent, il essaierait de se serrer Guillemette à même le capot de la bagnole conjugale, sans se soucier des conséquences, juste parce que sa bite le lui réclame, comme les poumons réclament de l'air. Et c'est grâce à cette énergie phallique que tourne le monde – pas rond, on est d'accord, mais depuis la nuit des temps. La bipolarité masculine répartie entre la tête et la bite.

Roy observe le prédateur de loin en se marrant. Attitude arrogante ? Ouais, peut-être. Mais il sait que la proie, c'est avec lui qu'elle va repartir. C'est lui qui va la faire jouir encore sur la route, plus tard dans la journée, parce qu'ils sont tellement attisés par l'adrénaline de la fuite qu'ils arrêtent pas de baiser. Ils sont insatiables. Toutes les deux heures, ils s'arrêtent, ils se dévorent, ils se font hurler, ils se font péter les sens et ils reprennent la route de plus belle. À décrire, ce serait monotone. À vivre, c'est une drogue.

Alors le quidam avec la bosse dans son falzar, Roy rigole. Un coq déplumé qui fait le fiérot sur un ring, tu montes même pas au combat, il pourrait finir au KFC. Roy sait que dans pas longtemps, il va plonger la bouche dans l'intimité moite de Guillemette, et l'entendre hurler de plaisir. Donc le quidam ? Ben, y a pas *Des chiffres et des lettres* à la télé ? Paraît qu'y en a que ça divertit.

Le quidam a quand même fini par le remarquer, le type louche avec sa gueule cassée là-bas. On le connaît pas dans la région, ce type. D'ailleurs, il mate beaucoup la jeune demoiselle.

« Ah, non, merde, fais pas ça, gamin… », pense Roy quand il remarque la détermination s'allumer dans l'œil du quidam. Par contre, son corps dit pas du tout la même chose : les mains deviennent moites, il les frotte contre son fute, les jambes commencent à trembler. Le quidam veut jouer les Zorro, mais il a zéro les épaules et il le sait. C'est pas un problème de confiance en lui, il a zéro les épaules, de façon factuelle. Roy les a trois fois plus larges, de façon métrique. Mais la bite fait faire des conneries, alors le coq déplumé, il y croit. Enfin non, il y croit pas, mais il y va.

— Je peux vous aider ? il demande à Roy poliment, mais avec une pointe d'agressivité qu'il ferait mieux de manier avec beaucoup plus de délicatesse. L'agressivité, avec Roy, c'est comme la nitroglycérine, si tu la manies pas avec délicatesse, elle peut te péter à la gueule.

— Je crois pas, non.

— Je peux vous demander ce que vous attendez ?

— Vous pouvez, ouais.

Silence. Impatience du quidam. Et peur. Mains moites. Mais toujours la gaule. Alors il insiste. Le con.

— Et qu'est-ce que vous attendez ?

— J'ai dit que vous pouviez demander. J'ai pas dit que j'allais répondre.

— Vous jouez avec les mots.

— C'est bien la première fois qu'on me dit ça.

Silence. Impatience. Peur. Gaule. Le match se poursuit.

— Si vous n'avez rien à faire ici, je vais vous demander de partir.

— Pourquoi ? Je dérange ?

— Non… Non, mais… Vous… Si vous n'avez rien à faire ici, vous n'avez pas de raison de rester. Point.

La nitroglycérine commence à être trop secouée.

— J'ai quelque chose à faire ici. Alors j'bouge pas, ponctue Roy.

Le quidam a plus de salive. Il déglutit du verre pilé. Et le sang revient progressivement au cerveau. Il débande lentement à mesure que Roy s'approche de lui. Quand la bite prend les commandes, l'homme la suivrait au bout du monde, mais quand elle a fini son ego-trip, l'homme recouvre ses esprits et se dit : « Merde, mais qu'est-ce que j'fous là ? » Et c'est exactement ce que se dit le quidam au moment où Roy se pose face à lui.

— Mais comme j'suis d'humeur joyeuse, j'vais te répondre. J'attends la petite, là…

Yeux ronds du quidam.

— Parce qu'y a bien une heure que j'ai pas goûté la pulpe de son entrejambe et que j'en suis devenu accro, et dès qu'elle a fini son coup de fil, j'vais m'y replonger pour la faire chanter avec les anges.

Yeux ronds du quidam, version XXL. Il cherche une repartie, entre deux haut-le-cœur à imaginer cette monstruosité entre les jambes de sa proie délicate :

— Vous ?… Vous ?!

Dans ce « vous » la surprise se mêle au dégoût. Au début, c'était amusant, mais là, ça devient vexant. Attention, faut pas chercher la Bête avec Roy. Même la petite. Mais c'est pas la Bête qu'est sortie, juste une pointe d'agacement. Rien de monstrueux. Juste une petite baffe.

— Et au fait, merci pour la Carte bleue. Vous nous avez bien dépannés.

Le quidam entend plus rien. Il compte ses dents dans ses chaussures. Mais on reconnaîtra à Roy une certaine politesse.

Guillemette les rejoint, toute guillerette, ladite CB à la main.

— C'est bon, j'ai eu Maman, elle est rassurée…

Puis elle stoppe à la vue du quidam plié en deux sur le trottoir. Et d'un ton de reproche :

— Roy ?

— Oui ?

— À quoi ça sert que j'utilise mes charmes pour pas que tu le plies en deux, si dès que je tourne le dos, tu le plies en deux…

— Pardon.

Elle a raison. Il est sincèrement désolé. Il prend une tête de petit garçon. Et Guillemette fond littéralement.

— Ooooooh, j'adore quand tu fais cette petite tête !

Elle l'irradie du soleil de son sourire, l'embrasse et lance le mouvement pour le départ, joyeuse et cyclothymique. Ah, les filles…

— Allez, on y va ! Je suis contente d'avoir parlé à Maman. Merci !

Une tornade, cette fille. Et Roy est pris dedans. À

en avoir le tournis. Le quidam rouvre un œil après avoir réalisé que le compte est pas bon – il lui manque deux molaires et trois incisives, en neuf lettres –, il en revient pas de cette image : la Belle et cette Bête. Et pas reconnaissante, la Belle !

— Oh, j'oubliais !

Comme si Guillemette l'avait entendu se vexer, elle lui pose la CB dans sa main tordue contre le trottoir.

— Merci, monsieur ! À bientôt.

« Ah quand même ! », se dit le quidam.

Puis Guillemette lui craque un sourire dont elle a le secret et v'là le sang qui lui repart dans la bite. Et il a beau être cassé en deux sur le bitume poussiéreux, le quidam est envoûté. Et il répond entre ses dents pétées et son sourire fêlé :

— Merci à vous.

Chapitre 24

L'odeur de la toile cirée

La camionnette rouillée. Un vieux fourgon Citroën type H. À l'époque, on les appelait les « paniers à salade ». Les flics les utilisaient pour cueillir les poivrots, les petites frappes, les gros caïds et les quelques immigrés qu'on allait gentiment ramener chez eux. Enfin le chez eux d'origine, pas le chez eux de chez nous, fallait pas tout mélanger, même dans la salade. Mais ce panier à salade-là avait une tout autre fonction. Il te promettait pas une nuit de garde à vue mais un bon vieux missionnaire ou une levrette des familles. Tu payais tes cent balles et tu rentrais dormir chez toi, les couilles allégées, l'âme alourdie, en attendant ton prochain chèque pour t'offrir un nouveau rodéo avec Rita.

Rita, la légende de la région. Cent deux kilos, des seins à faire avoir une crise cardiaque à Marc Dorcel, un cul à se lancer dans la spéléologie et une odeur de toile cirée quand tu foutais les pieds dans sa camionnette rouillée. Avec son seau d'eau au pied du lit, elle était pas glamour, cette camionnette, et Rita était pas non plus de toute première fraîcheur, mais elle soignait son hygiène. Enfin, tant que faire se peut vu les conditions de travail pour le moins sommaires dans lesquelles elle pratiquait. Et pour pratiquer, elle pratiquait. Y avait pas de 35 heures à l'époque, encore moins pour une pute dans une camionnette rouillée. Rita se tapait les embouteillages comme tout travailleur. Les embouteillages à sa porte et dans son cul. C'est moche dit comme ça, mais quand t'étais dans sa camionnette, t'avais pas des images de poésie qui te venaient en tête.

L'Italienne au grand cul fatiguait, elle aurait bien pris son samedi soir pour se reposer plutôt que de soulager la solitude des villages avoisinants. Mais faut bien gagner sa vie. Et faut bien se vider les couilles. Et alimentées par cette réalité du marché triste et froide, l'offre et la demande fonctionnaient à plein régime.

Roy, un jour, a eu l'âge où les hormones te pétaradent dans le calbut et t'empêchent de penser. Son regard avait changé avec celui que lui portaient les autres. Aux premières moqueries de la cour de récré, puis aux empoignades quand les moqueries s'étaient transformées en insultes. Au début, il s'en foutait. Il aimait déjà bien se battre. L'autorité était plutôt avec lui, les profs et ses parents comprenaient qu'avec sa gueule il soit en colère. Puis des moqueries des garçons il était passé au mépris des filles. Révélation cruelle : jamais il pourrait aimer et être aimé et, ce qui est plus grave à l'âge ingrat des hormones pétaradantes, jamais il baiserait. Ce genre de torture vous fabrique du psychopathe ou du violeur en série. Mais force est de constater que Roy est devenu ni l'un ni l'autre et que Rita a joué un rôle pas banal dans la chrysalide virile du jeune garçon.

Roy s'est tenu face à la camionnette une bonne heure avant d'approcher. Une bonne heure à malaxer les dix pièces de dix balles dans sa poche. À observer la camionnette tanguer au rythme d'une levrette endiablée à laquelle se livrait M. Lémile, le quincaillier. Roy l'avait reconnu à ses râles. Il poussait les mêmes cris de goret quand il soulevait du gros outil dans sa quincaillerie poussiéreuse. Un type bien, ce M. Lémile. Cinq enfants proprets, une bobonne docile, un pavillon gentillet et un chien fidèle et con. Et tous les vendredis soir, une visite chez Rita pour vérifier que la tuyauterie marchait bien. Entre artisans, on s'entraide, c'est normal. Il laissait pas de pourboire après son cent mètres levrette, mais une odeur de rouille bien à lui. Pour les souvenirs olfactifs trop marqués, Rita avait quelques artifices : des bougies parfumées. Faut pas croire, Rita, c'était une lady. Sous ses yeux chargés de charbon coulant, ses cheveux trop épais et mal coiffés, son râtelier auquel manquaient quelques dents, elle avait des manières et du savoir-vivre. Elle se grillait une bougie parfumée et s'évadait dans le fantasme d'une autre vie. D'où le parfum vanille-coco. Les îles, le monoï. Rita était transportée. Quelques secondes. Quelques minutes. Avant de repartir au charbon.

Roy s'était donc dit que Rita pouvait être une solution à sa sentence de virginité définitive. Mais face à cette camionnette rouillée qui tanguait, ce vague espoir s'effaçait à chaque cri de M. Lémile pour laisser place à l'envie de se barrer en courant. Mais pour aller où ? Dans sa chambre ? Se palucher ?

C'était une option, pas une solution. Il était là, autant y aller.

Alors il triturait ses pièces de dix balles. Il comptait les secondes et les râles de M. Lémile, l'envie de rester dans le caleçon, l'envie de partir au bide.

Et puis la porte s'est ouverte. M. Lémile est sorti en resserrant sa ceinture. Il s'est posé sur le tabouret rose au pied de la camionnette, une marche offerte telle une promesse de purgatoire, il a remarqué Roy et lui a fait un salut de la tête chaleureux et professionnel. Le même salut qu'il lui délivrait quand Roy venait lui acheter une boîte de clous. Un marchand de clous poli, donc. Qu'il soit dans sa boutique ou qu'il sorte du cul de Rita. On a de bonnes manières de par chez nous, monsieur. Roy a répondu par un sourire qui ressemblait plus à une grimace. Mais avec sa tronche, la frontière était mince. Donc M. Lémile a pas décrypté son malaise. Il a opiné du chef avant de s'en retourner vers sa camionnette à lui, pas rouillée celle-ci. Une camionnette de commerçant respectable qui tire sur son slip une dernière fois pour se remettre une couille en place avant de partir sans demander son reste.

Et Roy a attendu comme un con, la main dans la poche, les pièces de dix balles entre les doigts, face à la camionnette à la porte ouverte.

Et elle est apparue. Rita !

On la lui avait décrite, il avait eu toutes les versions, du dragon à la sirène du bord d'autoroute. Mais on peut décrire un corps, c'est plus difficile de décrire un regard. Et c'est ce qui a le plus frappé Roy : le regard de Rita. Elle avait beau ressembler à un morceau de barbaque maquillée à la truelle, elle avait dans son regard de l'humanité. De plus, voir Rita aussi abîmée la lui a rendue touchante et il s'est senti moins monstrueux.

— Merde, j'suis désolée pour toi, petit, elle a lâché sans méchanceté.

Roy l'a quand même pris dans les dents. Si même cet ersatz de vache surmaquillée avait pitié de lui, eh ben putain…

Alors Roy a tourné les talons. Il a encaissé en se cassant d'un même mouvement. C'était pas la première insulte qu'il essuyait mais c'était pas loin d'être la plus humiliante. Putain, Rita quoi ! Une pute déconfite dans une camionnette qui pue ! Même elle, elle le regardait avec dégoût !

— Ben où tu vas ?

— J'rentre chez moi, a répondu Roy sans se retourner.

— Tu vas nulle part, tu fais demi-tour et tu viens voir Rita.

Roy s'est arrêté. Mais pas retourné.

— T'es venu me voir et, avec ta tronche, j'comprends pourquoi. Alors fais pas le vexé et viens là.

Elle était brute de décoffrage, la Rita. Fallait admettre qu'elle avait de l'autorité, mais chaleureuse. L'autorité d'une pute pas du genre à se laisser démonter par les crasses de la vie, même quand elles étaient sur la tronche de ses clients. Raison de plus pour s'en occuper, et bien. Rita avait le syndrome de la pute au grand cœur. Faut comprendre d'où vient le cliché avant de critiquer : plus t'écartes les jambes, plus t'as intérêt à ouvrir ton cœur, faut faire circuler l'énergie, bonne ou mauvaise, pour pas exploser en route, question de survie.

— J'croyais qu'j'vous dégoûtais, a lancé Roy.

— Qui a dit ça ?

— Vous.

— Tu m'dégoûtes pas. Ta tronche, elle est c'qu'elle est, et si y a une femme qui peut passer outre, c'est bien moi. N'empêche que la vie, elle doit pas être rose tous les jours pour toi alors j't'exprime qu'j'suis désolée.

— J'suis pas venu pour votre pitié.

— Ben tant mieux parce que c'est pas c'que j'vends ici. Alors tu t'ramènes ?

Roy fixait le bitume fumant. Immobile.

— C'est pas en matant la route que tu vas l'perdre, ton pucelage.

Rita l'a touché direct dans son amour-propre. Roy s'est retourné, piqué au vif.

— Qui vous dit que…

Rita l'a pas laissé finir sa phrase. Les puceaux qui se la jouaient petits durs, elle connaissait et elle avait pas que ça à foutre d'écouter leurs histoires. Elle avait un détecteur à puceaux dans le nez, ça s'appelle l'expérience. Et c'est en gros ce qu'elle lui a dit.

— Alors amène-toi, que je m'occupe de ton cas, elle a conclu.

Roy, un rien paumé, a fait demi-tour et a rejoint la camionnette en traînant les pieds comme un gosse qui va au coin. Il s'est retrouvé face à Rita, mélange improbable d'accidents de la vie et de promesses de volupté. Elle l'observait avec un sourire tendre, un rien vulgaire, fallait reconnaître, et peut-être le premier regard bienveillant qu'on ait posé sur lui depuis sa naissance.

— Tu vas voir, on va faire ça bien.

Roy a grimpé sur le petit tabouret rose et a pénétré dans l'antre de Rita.

Et elle a fermé la portière derrière lui dans un grand CLAC !

La première impression à l'intérieur de la camionnette passait par les narines. Elle te prenait à la gorge et te soulevait le cœur. La deuxième passait par le toucher. Pas le tien, celui de Rita. Sa main experte te prenait fermement le poignet pour te ramener à la surface du plaisir et de l'envie d'en prendre. Puis d'un coup sec, elle tirait sur ton bras pour te plaquer entre ses seins. Et là, c'était plié. T'étais transporté dans le moelleux infini de son bonnet E et shooté par les phéromones de femelle à l'état brut. Tes sens étaient bastonnés, étourdis, et tu t'abandonnais. Et c'était par cette clef de bras combinée d'un bon impact mammaire que Rita avait bâti sa réputation.

Roy s'est donc retrouvé en moins de cinq secondes entre les seins de Rita. Sa tronche cabossée s'était jamais sentie aussi bien que dans ces coussins. Il en a lâché un râle d'apaisement profond. Et Rita, telle une Mère Teresa du cul, savait qu'elle prodiguait le bon soin à son malade et que le sérum commençait à faire effet.

— Je vous paie maintenant ?

Étouffé entre les mamelles italiennes, Roy trifouillait dans ses poches pour en tirer ses pièces, à présent gêné par une gaule de taureau qui prenait toute la place dans son fute et venait foutre le bordel dans sa monnaie.

— Je fais pas payer la première fois. La première

fois, c'est sacré, faut pas la tacher avec des histoires d'argent.

Roy a pas eu le temps de s'étonner qu'il a senti une bête lui happer la queue par-dessus son jean devenu soudain bien trop serré. Une bête énorme, avec une mâchoire puissante, mais sans dents, l'enserrait à l'en étouffer. Pour une raison physique inexplicable, Roy arrivait plus à respirer alors que c'est sa queue que la main de Rita garrottait et faisait gonfler à l'en éclater. Le choc, sans doute.

Rita faisait dans l'humanitaire du cul. Elle attendait pas seulement que tu lui files quelques biftons après t'être dégorgé le poireau, elle voulait que tu prennes du plaisir, de l'authentique. Elle avait l'amour du travail bien fait. Et un puceau qui débarquait dans sa camionnette, elle se donnait pour mission de lui baliser le chemin du cul pour la suite. Si tes fondements sont solides, tu peux construire. Cette règle vaut pour le bâtiment, pour la morale mais aussi pour le cul. Et Rita avait peut-être plus grand-chose de féminin, mais elle servait la cause des femmes. Et pour servir leur cause, fallait passer par celle des hommes et leur faire comprendre deux-trois fondamentaux.

— Je vais pas juste te dépuceler, mon beau. Cracher ton jus, c'est pas le plus compliqué, tu m'as pas attendue pour ça. D'ailleurs vu que c'est ta première fois, j'imagine même que c'est déjà fait.

Rita était pas devin, elle était professionnelle et elle connaissait sa marchandise. Bien sûr que Roy avait craché la première salve dans son calbut. Un crash dans les seins de Rita te fait sauter les airbags, logique. Roy avait honte d'avoir pas su se retenir.

— T'en fais pas, mon mignon, ça fait souvent ça la première fois. Maintenant tu vas te concentrer un peu moins sur ta queue et un peu plus sur moi et tu vas découvrir des choses.

Au début, Roy a pas compris ce qu'elle voulait dire. Il avait bossé dur pour ces cent balles, et il était pas là pour s'occuper de Rita mais pour que Rita s'occupe de lui. Quand on va au resto, c'est pas pour faire la bouffe au cuistot, alors c'était quoi son délire ?

— Réfléchis pas trop, mon mignon, je te rappelle que tu paies pas.

C'est vrai que cette nuance changeait la donne.

— Secundo, ta queue de puceau, là, elle prend pas du plaisir, elle crache. Tu vas comprendre qu'il y a une grosse différence entre les deux. La fin, c'est pas le moment intéressant. C'qui va t'intéresser, toi, c'est le chemin pour y aller. Et c'chemin, tu l'prends pas seul.

Et elle lui a montré. Tout. Tout ce que tout bonhomme devrait savoir avant de toucher une femme. Comment elle fonctionne, comment elle réagit, où appuyer, de quelle manière et pourquoi. Et surtout, elle lui a appris que le plaisir, on le prenait en le donnant, pas en le recevant.

Au début, Roy a cru qu'il se faisait enfler. Et puis en pratiquant, il a compris. Il a réalisé que faire son va-et-vient pour lui-même et passer la ligne d'arrivée le premier, c'était pas plus bandant que d'être sur un ring sans adversaire. Sauf que là, c'était un partenaire dont il avait besoin pour jouer. Et que ce soit sur un ring, dans un lit, ou sur une table drapée d'une toile cirée puante, t'as envie que le match soit beau. T'as envie de danser, de valser, de suer et que, même quand ça pue, toi tu trouves que ça sent bon. En boxe, tu veux mettre l'autre au tapis, pour le cul, tu veux le mettre en extase. C'est là que tu prends du plaisir.

En définitive, malgré les apparences pour le moins trompeuses, cette camionnette rouillée était un temple de l'amour. Sa prêtresse y pratiquait l'élévation de l'esprit et de la queue, afin que ses puceaux excellent dans l'art du cul bien fait. On a la science qu'on peut.

Rita avait accepté la misère, la camionnette, la toile cirée, les queues pas toujours reluisantes mais elle avait pas abandonné l'idée qu'elle pouvait transmettre des belles choses. Une missionnaire en pays ignorant, celui des hommes cons et machos parsemés sur les routes de France et d'ailleurs. Roy l'a aimée tout de suite, cette paroisse. Évangélisé direct, le puceau. Il s'y est rendu religieusement tous les dimanches pendant plusieurs années. Il apprenait bien ses leçons et il les mettait en pratique avec ferveur et foi. Grâce à ses prêches, Rita a tissé une complicité avec son paroissien et tous les deux allaient caresser les nuages ou fouetter les fesses du diable, qui aimait ça, le coquin. Ils se faisaient plaisir, s'en donnaient, en prenaient. Très vite, Roy est devenu le client préféré de Rita. Le gosse était l'élève le plus assidu et le plus doué qu'elle ait eu. Alors plus il s'améliorait dans l'art qu'elle lui enseignait, plus elle en profitait de son côté. Après ses samedis soir mornes à s'occuper de tristes bites de tristes sires, Rita se réjouissait d'accueillir son élève à la gaule de titan et à l'écoute d'or. Et cette qualité-là, elle était rare. Il fallait la cultiver. Rita allait façonner son chef-d'œuvre. Un amant magnifique.

Elle espérait seulement que ce chef-d'œuvre trouverait son public. Des tronches comme Roy, le professionnalisme de Rita pouvait passer au travers, mais ces petites connes de minettes élevées au prince charmant et aux pubs pour dentifrice, est-ce qu'elles arriveraient à le dépasser ? Elle avait la peur d'un immense gâchis. Pour lui. Mais aussi pour elle. Son chef-d'œuvre. Elle voulait le partager, le livrer au monde entier ! Au monde des femmes ! Et plus ses élans mégalo-érotiques la faisaient délirer, plus Rita se donnait à corps perdu dans l'entraînement de son étalon au fond de sa camionnette puante.

Bobby avait appris à Roy à être un bon boxeur, Rita, elle lui avait appris à être un bon amant. Roy savait pas trop si ce talent lui servirait un jour. Mais au cas où, il était prêt.

Et vingt-cinq ans plus tard, il est monté chez Guillemette.

Chapitre 25

Merci Rita

— Eh bien, merci Rita alors.

Guillemette balance à Roy un sourire extrêmement coquin. Et Roy d'approuver :

— Ouais… Merci Rita.

Un 33 tonnes passe en rugissant et klaxonne. Roy et Guillemette sursautent même pas. Ils les entendent plus. Les 33 tonnes qui klaxonnent quand ils passent à côté de leur bagnole garée à la va-vite sur le bord de la route, c'est devenu une routine. Ils font partie de la chorégraphie. À la va-vite puisque l'envie irrépressible de se dévorer les reprend. D'ailleurs pourquoi se réfréner ?

L'effort a été intense, l'orgasme était beau, comme à chaque fois, et la peau moite de Guillemette brille dans la lumière orangée du soleil couchant. Les doigts de Roy se promènent sur son ventre tendu, glissant délicatement sur la surface de l'épiderme, goûtant chaque arrondi, chaque trésor offert. Roy se perd dans cette contemplation un peu plus après chaque étreinte. Une drogue dont il arrive plus à se passer. Et le regard de Guillemette plongé si profond dans le sien lâche toute pudeur. « Je suis à toi. » Les mots auraient du mal à sortir, ils feraient mauvaise littérature. Mais le regard, c'est une fenêtre ouverte sur l'âme et sur les tripes, il s'en fout des mots. Y a des regards de haine qui peuvent tuer, et y a les regards d'après le cul. Les plus beaux. Ceux qui t'envoient tellement d'électricité dans la poitrine que t'as l'impression d'avoir un orage prêt à péter dans le cœur. Tu te prends pour Zeus planté là-haut sur son nuage à balancer des poignées d'éclairs en hurlant : « Putain, mais ce regard qu'elle me lance, les mecs ! Non mais ce regard ! Je suis le putain de roi du monde, là ! »

Et les doigts de Roy se promènent sur la peau moite de sa belle. Il veut que ce moment s'arrête pas. Qu'il se fige. Il veut en profiter. Encore. Ses doigts explorent. Plus profond. Ils glissent sur la peau huilée et sombrent entre les jambes de Guillemette. Ils vont y chercher son sexe encore gonflé de jouissance. Encore gorgé de leur échange de semences. Encore avide de sensualité. Alors les doigts de Roy s'y enfoncent, voraces, et Guillemette prend une énorme inspiration, les sourcils froncés, la bouche grande ouverte, comme si une épée venait de lui transpercer le bide et que c'était putain de bon. Le plaisir lui a coupé la respiration. Roy, les doigts plantés dans sa fente, lui agrippe alors le sexe fermement, il chope sa proie avec autorité et délicatesse et lui balance un nouveau regard qui dit : « Ouais, t'es à moi ! » Et en réponse, le sexe de Guillemette balance des petites salves de spasmes.

Roy s'abat sur sa proie.

Et un 33 tonnes passe en klaxonnant.

« Putain, ouais… Merci Rita… »

Chapitre 26

Chez Ginette

Un troquet de bord de départementale, hors du temps. Parfait pour une collation. Roy et Guillemette ont la dalle et le McDo, ils en ont marre. Ils ont envie d'un plat avec de vrais aliments dedans et un jaja pas trop dégueulasse qui sentirait bon le terroir. Pour un couple en cavale, ils prennent le temps de bien vivre. Enfin, bien vivre, « Chez Ginette », comme dit la pancarte à moitié effacée au-dessus de la baie vitrée sale, ça fleure pas non plus le champagne et le romantisme. Mais on est en région agricole, ici. Ce genre de rade on y vient pour bouffer des produits venus du sol en vraie terre, des œufs venus du cul d'une vraie poule et un steak issu d'une vache qui mange pas du mouton. Alors, c'est pas beau mais c'est bon, et c'est tout ce qu'on demande à un p'tit troquet de bord de départementale.

Roy et Guillemette pénètrent dans les lieux et s'immobilisent. OK, être bon, c'est pas tout. Être chaleureux, ce serait pas mal non plus. Parce que Chez Ginette, y a peut-être que cinq clients, mais ils sont pas super avenants. Les conversations se sont arrêtées net à l'arrivée des fugitifs. Roy scanne les ennemis potentiels et les dangers cachés. Réflexe professionnel cumulé à un vieux fond de paranoïa. Donc, quand t'es un villageois venu manger ton civet de sanglier chez Ginette et que Roy te mate, t'as beau avoir la conscience tranquille, tu te sens coupable. Et les cinq spécimens, là, ils seraient un peu chasseurs, un peu racistes, un peu limites dans leur ouverture d'esprit que Roy serait pas étonné. Guillemette est pas pro, mais elle tire la même conclusion. Une jolie demoiselle, si fraîche et si charmante, au milieu de cinq types qu'ont pas foutu les pieds hors de leur routine ces dernières décennies ? Autant lâcher un lapin dans un enclos de dobermans.

Et Roy le sent. Et se tend. Guillemette respire plus, signe extérieur maintenant parfaitement identifié par Roy comme référent de malaise. Mais Roy a faim et il va pas se priver d'un bon poulet fermier parce que cinq connards ont une sale tronche à la table à côté. Qui il est, Roy, pour juger de la sale tronche des gens ?

— C'est pour dîner ?

La voix de Ginette est à l'image du lieu : vieillotte, un rien sale, pas franchement avenante. Mais Ginette, on lui demande pas d'avoir la voix de Marilyn, juste d'être une bonne cuisinière. D'où une réponse simple :

— Parfaitement. Et on a très faim.

Surprise de Guillemette. Pour elle, la suite logique serait de tourner les talons et de se casser avec un vague mot d'excuse. Mais Roy lui fait un de ses rictus qui dit : « T'en fais pas, je gère. » La façon de gérer de Roy a quelque chose de toujours légèrement… extrême, donc Guillemette est pas plus rassurée. Roy lui lance un deuxième rictus qu'elle décrypte comme : « Et j'ai la dalle. » Débat clos.

Ginette, quant à elle, avenante comme la porte des chiottes de son troquet, désigne du bout du menton une table dans un coin, s'en va derrière son bar choper deux menus et les rapporte à ladite table. Roy et Guillemette ont pas bougé. Ginette s'agace :

— La table avec vue sur la mer est prise, il me reste que celle-là.

Ambiance. Ricanement des cinq bas-du-front. C'est le premier son qu'ils émettent depuis que Roy et Guillemette sont entrés.

— C'est parfait, merci.

Roy fait le premier pas vers la table. Le parquet craque sous son poids, si fort qu'il doit résonner à vingt kilomètres à la ronde. Guillemette en est assourdie. Comme si Roy venait de faire un pas sur sa cage thoracique à elle et l'avait enfoncée. Les cinq bas-du-front en perdent pas une miette. Pourtant, c'est pas bien passionnant, c'est juste un mec qui va s'asseoir à une table pour commander un poulet. Certes, le mec a un regard de tueur et c'est un étranger – et Dieu sait qu'on les aime pas dans la région –, mais hormis ces détails, y a pas de raison de focaliser outre mesure.

L'énorme pogne de Roy saisit la chaise et la tire vers lui, en prenant bien soin de faire grincer sourdement les pieds sur le parquet. Puis il s'assoit. La chaise fatiguée pousse un couinement d'étouffement, Roy à son tour un soupir de bien-être. On est dans le surjeu le plus total. Roy s'amuse. Guillemette, moins. Maintenant que son amant s'est plongé dans le décorticage du menu, l'assistance s'est tournée vers elle. Elle baisse la tête et se déplace d'une manière totalement opposée à celle de Roy. Elle file tel un courant d'air à peine perceptible et atterrit dans un léger souffle aérien sur la chaise. Les yeux au sol, la tête rentrée dans les épaules, cherchant à disparaître sous la table, Guillemette attend que quelque chose vienne briser le silence et qu'enfin les regards se détachent d'elle.

— On va prendre deux poulet-haricots, et un pichet de votre vin maison.

Roy ponctue sa phrase en plaquant les menus sur la table puis en balançant un regard dans l'assistance qui dit : « Voilà, le show est fini, vous vous êtes bien marrés, maintenant circulez, y a rien à voir. » Le genre de regard qu'attend pas une réponse autre que celle qu'il obtient : les cinq bas-du-front retournent à leurs assiettes. Ginette lâche un râle dans sa moustache et disparaît dans la cuisine.

Guillemette relève les yeux, mais pas le menton. Roy lui craque un sourire gourmand.

— Putain, j'ai une dalle d'enfer. J'suis sûr que ça va être super bon.

Quinze minutes plus tard, deux assiettes de poulet-haricots atterrissent face à eux. Trois haricots dégelés dégorgeant d'eau. Un poulet qu'a jamais vu le ciel. Une fiente de ketchup pour assaisonner le tout.

Roy observe son assiette. Y a pas grand-chose dedans, mais il met du temps à imprimer. Il cherche le poulet derrière le poulet, la sauce sous la sauce, le plat dans le plat, qui se serait caché quelque part derrière cette farce. « Chez Ginette », putain. Un rade du terroir tellement dans son jus qu'il peut être que bon comme chez ta grand-mère. Et là, face à lui, une assiette pas digne d'un buffet Flunch. Alors Roy scotche. Guillemette ferme les yeux, retient sa respiration et attend la déflagration. Avec juste une pensée qui rebondit dans sa tête un rien fatiguée : « Et merde… »

Et Ginette toise Roy : « Ben quoi, mon beau, tu t'croyais à la capitale ? Tu voulais du bio servi façon cuisine moderne comme à la télé ? Ben, tiens, t'es servi. » Leur échange est silencieux mais ils se comprennent très bien. Enfin, Roy comprend très bien Ginette. Mais Ginette a pas encore suffisamment cerné Roy. Elle devrait pas lui parler sur ce ton. Même en silence.

Les bas-du-front ont relevé leur nez de leur soupe. Ils observent le spectacle. Ils en ont pas souvent dans la région, alors ils savourent.

Roy, par contre, il a perdu son sens de l'humour. Il est en cavale, il a laissé un macchab derrière lui, il est pas du genre à se laisser marcher sur les couilles en général, mais là, c'est même plus le problème, il a la dalle et plus du tout de patience. Il se racle la gorge bruyamment. « Et merde… », se dit Guillemette en écho.

Roy fait un signe du doigt à Ginette pour qu'elle se penche vers lui. Ginette hausse un sourcil de dédain, mais elle s'exécute, un signal quelque part dans ses tripes lui dit de le faire. Ça s'appelle l'« instinct de survie ». Alors elle se penche. Et d'un geste vif et ferme, Roy lui chope la nuque. De l'extérieur, on pourrait croire à un geste anodin. Ginette, elle, elle sait qu'elle vient de faire un pas trop près du précipice. La main qui lui tient le cou exerce une pression qui peut le lui briser dans la seconde. Elle prend conscience de sa mortalité comme jamais auparavant. Son sourire narquois disparaît, elle se le carre au cul sans même qu'on le lui demande.

— Vous vous êtes trompée dans notre commande. J'ai demandé deux poulet-haricots. J'vois pas d'poulet, j'vois pas de haricots.

Roy serre les doigts plus fort et lui déplace deux vertèbres. Ginette ferme un œil, se mord l'intérieur de la joue mais elle émet pas un son. Elle sent qu'il vaut mieux rester discrète. Roy réitère :

— Vous allez me chercher ça, vous êtes gentille.

Silence de Ginette, non pas d'hésitation, mais de douleur, mélangée de peur.

Dans le saloon, les regards sont fixés sur Roy, mais lui, il s'en fout. L'explication s'passe entre lui et Ginette. Et Ginette, elle en a bien conscience.

— Tout de suite, monsieur.

La voix de Ginette a gagné en respect. Suffisait d'appuyer sur quelques points d'acupuncture.

Et quinze minutes plus tard, deux assiettes magnifiques sont déposées face à Roy et Guillemette. Un poulet parfaitement juteux. Des haricots d'un vert qui rappelle une forêt chatoyante. De la sauce au fumet divin. Et un petit jaja vraiment pas dégueu.

« Ben voilà, c'était pas compliqué », balance Roy sans un mot mais dans un regard souriant à Ginette. Elle lui sourit en retour. Un sourire tordu et crispé, mais un sourire quand même. Et Guillemette rouvre les yeux, surprise que l'orage soit passé sans avoir éclaté. Roy lui désigne son assiette avec les yeux brillants.

— Mange, ça va être froid.

Et il se jette sur son poulet avec une voracité d'adolescent en pleine croissance.

Roy tire la chasse. Rien de tel que de pisser un coup après un bon repas et avant de reprendre la route. Finalement, il l'aime bien, le rade de Ginette, il s'y sent plutôt bien, il se dit en poussant la porte couinante des chiottes qui le sépare de la salle principale.

Et à nouveau le temps se fige.

« Et merde… »

Guillemette est perdue dans la contemplation du sol, la tête bien profond enfoncée dans les épaules, le souffle pour ainsi dire inexistant. Les cinq bas-du-front se sont rapprochés d'elle. Deux d'entre eux sont assis à sa table. Ginette, quant à elle, s'est posée sous la télé fixée à la va-vite au mur. Observateur comme il est, Roy avait pas fait gaffe à cette putain de télé. Elle est vieille, l'écran est pourri, et elle diffusait du foot jusqu'à ce qu'il aille aux chiottes. Donc, même si elle est passée dans son champ de vision, la télé, il l'a pas imprimée comme un élément du décor important. Surtout qu'il en a rien à carrer du foot. Maintenant qu'il est revenu des chiottes la vessie et le cœur légers, la présence de cette télé lui saute aux yeux. Parce qu'elle diffuse plus le foot. Elle diffuse une photo de Guillemette.

Guillemette respire plus. Mais elle sent la respiration des bas-du-front autour d'elle. Une respiration de dobermans prêts à bouffer le lapin. Le barbu à sa gauche a posé sa main sur son poignet gracile. La main dégueu la maintient fermement, lui ordonne de pas bouger, et en profite pour goûter la douceur de sa peau. Du bout de ses doigts rugueux, le barbu goûte l'essence de Guillemette. C'est à peine perceptible, des caresses de quelques millimètres, mais Guillemette a l'impression que ce gros porc a la tête entière plongée dans sa culotte. Et Roy l'a bien vu. Et ça lui plaît pas du tout. Euphémisme abyssal.

Roy scanne la pièce et en tire un bilan pour le moins délicat : le barbu qu'a signé son arrêt de mort au moment où il a posé sa main sur sa luciole, le dégoût de la luciole qui se sent violée et impuissante à cinq mètres de l'homme qu'elle aime, les quatre autres connards qui boivent du p'tit lait dans le sordide de la situation et cette saloperie de télé qui exhibe la photo de Guillemette montée en parallèle d'images de Xavier, raide sur son brancard après avoir été ramassé par les flics. Et la mère de Guillemette au micro. Cette conne a lancé un avis de recherche contre Roy. Pour l'enlèvement de sa fille. En plus du meurtre du beau-fils. Roy a jamais été très famille, mais là, il se sent trahi. Putain de cabine téléphonique !

Guillemette se liquéfie de culpabilité. Roy va pas creuser. La psy familiale, il a eu assez de la sienne pour pas se plonger dans celle de Guillemette. Heureusement ils ont pas sa photo à lui. Mais les cinq bas-du-front ont fait le rapprochement. Et Ginette aussi, elle a fait le rapprochement. Pour preuve, elle tient un fusil entre ses mains. Évidemment qu'elle a un fusil. Roy avait pas tort de tous les imaginer chasseurs.

Roy commence à échafauder différentes tactiques

pour se sortir de ce traquenard quand Ginette lui coupe le fil de son raisonnement :

— On dirait qu'y me reste plus qu'à appeler les flics.

Sacrée Ginette. Une femme vraiment bien. Roy s'imagine lui faire bouffer ses dents, une à une, avec un zeste de sa sauce ketchup de merde en assaisonnement. Mais pour l'instant, il avance tranquillement dans la salle et se rapproche de Guillemette.

— Joue pas les cow-boys, mon beau. Comme tu peux voir, j'suis armée, et j'suis pas la seule dans la pièce.

— OK, alors on va reprendre du début. Faut pas croire tout ce qu'on dit à la télé. Le gars dans le sac plastique, s'il a fini là, c'était de la légitime défense, se défend Roy légitimement.

— Bouge pas, j't'ai dit.

Ginette a redressé le fusil et le pointe bien sadiquement vers Roy. Du coup, il bouge plus. Ginette est pas bien maligne mais à force, elle peut être dangereuse. Côté droit, le groupe des bas-du-front savoure le moment. Le barbu continue de lécher Guillemette du bout de ses doigts dégueu. Et Roy, ça commence à le gratouiller sérieusement. Au fond des tripes. Dans un recoin sombre qu'il vaudrait mieux laisser dormir. Mais il reste diplomate :

— Pas besoin de me braquer, madame. Vous pouvez appeler les flics mais…

— Il me sert du « madame », maintenant. Il était moins poli tout à l'heure.

— J'vais pas m'excuser parce que votre poulet était dégueulasse.

— Répète !

« Eh ben, elle est susceptible, Calamity Jane. » Mais la patience de Roy commence à s'épuiser. « Et l'autre connard avec ses doigts sur le bras de Guillemette, j'vais lui faire bouffer ses yeux, s'il arrête pas », Roy pense malgré le fusil à deux mètres de lui. Le fusil, il le calcule même pas. C'est tous des amateurs dans cette pièce. Faut juste faire gaffe aux maladresses, ils sont plus cons que dangereux, mais ils peuvent le devenir, par accident. Alors Roy raffermit le ton :

— Écoutez, on va arrêter les conneries. Tout ce bordel vous dépasse totalement alors vous allez vous mêler de vos affaires…

BOM ! Ginette frappe son comptoir avec la crosse de son fusil pour lui fermer sa gueule. Susceptible, Ginette. Et puis de moins en moins aimable :

— Non mais tu vas changer de ton ! T'es recherché par les flics, tu viens chez moi me menacer, t'as un fusil sous le nez et tu te permets encore de la ramener ?

Roy s'en fout de Ginette. Par contre, le barbu, il a envie de le choper dans un coin et de cuisiner avec ses entrailles. Alors il épice sa voix d'une pincée de sang :

— Maintenant vous allez bien m'écouter, bande de crevards. On joue pas du tout dans la même cour, donc vous nous laissez partir sans faire d'histoires, sinon vous allez comprendre pourquoi je suis recherché pour meurtre, et pourquoi je reste quand même calme.

Silence dans la salle. Roy a capté leur attention. Il est pas seulement calme, il est d'un sang-froid glacial. Et même des crétins aux fronts aussi bas, ils ont senti la différence.

Mais y en a toujours un plus crétin que les autres pour reprendre la parole :

— Ah ouais et pourquoi alors ?

Roy tourne les yeux vers le chauve à moustache qu'a effectivement l'air encore quelques grammes plus con que les autres.

— Parce que je suis un professionnel, connard. Et des macchabs de mecs comme vous, j'en ai balancé dans des déchetteries par camions entiers.

Ils savent pas si c'est du lard ou du cochon, mais les bas-du-front sentent bien que c'est pas du bio, cette menace, et que le plat risque de pas être facile à digérer. L'un d'eux, un petit et malingre, a d'ailleurs changé de couleur. Il a viré à un dérivé de vert lavasse qui trahit son envie pressante de se casser d'ici. Il a compris que Roy était sérieux et que Robert, son pote barbu, devrait peut-être lâcher la main de sa copine, parce que le tueur, là, il a l'air d'être un vrai tueur, et qu'il a pas quitté Robert des yeux depuis cinq bonnes minutes.

Et effectivement, Roy le quitte pas des yeux parce qu'il s'apprête à lui arracher la tête et à la jeter dans les chiottes.

— T'as vu trop de westerns, mon beau. Tes menaces, elles me font…

Le hurlement de Robert interrompt Ginette dans sa repartie pourtant longuement mûrie. Guillemette vient de planter sa fourchette dans la cuisse du goûteur de peau. Ginette ravale sa phrase dans un hoquet de surprise puis se prend la crosse de son propre fusil dans la mâchoire. Exit Ginette. Roy a réagi avec une vélocité de tueur professionnel qu'il est, profitant de la réaction surprenante – et terriblement excitante – de Guillemette pour faire un bond vers le comptoir, désarmer Ginette, lui péter la mâchoire avec son joujou et retourner l'arme contre l'assistance. Une seconde quarante-trois centièmes, record régional battu. Les quatre bas-du-front qu'ont pas une fourchette plantée dans la cuisse sont embourbés dans trois tonnes de surprise. Robert est le seul à s'exprimer. Il hurle avec sa fourchette dans la cuisse qui pisse le sang. Elle doit être plantée pas loin de l'artère fémorale. Brave Guillemette, en plus elle vise bien.

— Putain d'amateurs… lâche Roy entre ses dents avec mépris.

Cette fois, c'est les bas-du-front qui contemplent le sol.

Guillemette, quant à elle, se lève avec détermination. Son expression a changé. Y a du noir dans son regard.

Et dans sa main, Roy remarque qu'elle tient son couteau à viande.

Guillemette se dirige vers Robert qui s'est roulé par terre avant de se débarrasser de la fourchette. Le sang continue à bien pisser. Robert a pas encore remarqué Guillemette, contrairement aux quatre bas-du-front. Eux osent pas réagir, ils osent même plus penser et ils se demandent si ce fou furieux qu'a l'air de maîtriser les armes comme dans les mauvais films à la télé va les abattre de sang-froid. Robert, lui, est concentré sur sa cuisse ensanglantée et sur son envie de décrocher deux tartes à la petite pute responsable. Guillemette vient lui changer les idées. Elle lui plante son couteau dans l'omoplate pour qu'il arrête de penser à sa cuisse. Bien profond. Nouveau hurlement. Il a du coffre, le Robert. Puis Guillemette se penche sur lui, elle le manipule avec calme et fermeté, comme un enfant le ferait avec sa poupée. Et lui se laisse faire parce qu'il sait plus comment il s'appelle, ni pourquoi il vote FN. Alors le fait que cette inconnue lui écarte les jambes lui semble même plus déroutant. Une fois le bonhomme dans la bonne position, Guillemette, la tête plongée dans un nuage noir constellé d'éclairs rouges, prend son élan, son pied bien haut derrière elle, et frappe. De toutes ses forces. Une fois. Juste une. Mais si fort qu'un des testicules de Robert éclate à l'intérieur de sa bourse. Robert gerbe son repas du soir et quelques restes pas digérés du midi, et tourne de l'œil dans sa mare de vomi. Pas inhumaine non plus, Guillemette l'agrippe fermement par les cheveux, lui arrachant quelques morceaux de cuir chevelu au passage, et lui tourne la tête sur le côté pour qu'il s'étouffe pas dans sa gerbe. Sympa quand même. Puis elle finit sa chorégraphie en lui bastonnant le bide d'un dernier coup de pied dans les entrailles bien ravageur. Sympa, oui, mais en colère.

— Y en a un autre qui veut me caresser sans me demander la permission ?

Le ton de sa voix est suffisamment glacé pour que les bas-du-front comprennent que le point d'interrogation appelait pas une réponse. Alors ils répondent pas. Ils fixent le sol comme des gamins qu'ont fait une bêtise et qui savent pas encore s'ils vont se prendre une mandale parentale ou si on va juste les envoyer au lit après un sermon. Et la mandale parentale, vu les deux énervés en face d'eux, elle commence à les terroriser. Ils ont mis du temps, mais ça y est, ils ont compris.

Roy admire Guillemette depuis qu'il l'a rencontrée. Mais là, il éprouve un sentiment qu'il avait pas encore ressenti pour elle : il est fier. Sa guerrière ! Ah ben putain, parlez-lui du sexe faible ! Elle te leur a bien explosé les couilles, le sexe faible, et elle te leur a bien fait comprendre qu'il fallait la respecter. Et elle a pas mâché ses mots. Ni ses coups. Roy s'est assis sur le comptoir, le fusil posé sur la cuisse, et il observe ce joyeux spectacle avec des étoiles dans les yeux. « Merde, quand même, quelle meuf ! »

Guillemette se balade lentement entre les quatre loques humaines, ersatz de chasseurs et vieux restes de virilité émasculée. Puis la guerrière installe son autorité :

— Non ? Sûr ?

Elle colle une claque humiliante sur la tempe du plus balaise des bas-du-front. Il ose même pas se vexer.

— On voulait pas vous manquer de respect, madame.

Un mollard de Guillemette fend l'air et éclabousse sa gueule.

— Mademoiselle.

— Mademoiselle, reprend piteusement le balaise.

Guillemette finit son tour de table avec de l'acide dans les yeux, de quoi les faire fondre sur place dans une longue et douloureuse agonie.

— Tssss !

La rencontre de la langue et des dents de Guillemette émet un simple son pour résumer tous les discours : « Vous êtes que des merdes, vous méritez même pas que je vous fasse la morale, baissez les yeux de honte et allez soigner vos âmes malades. »

Maintenant que ce léger différend est réglé, Roy aimerait avoir l'esprit tranquille une fois parti :

— Bon, on s'est bien échauffés, on va pouvoir passer aux choses sérieuses.

Le plus chétif des bas-du-front resserre son sphincter, parce que son corps est prêt à tout lâcher de peur. Les trois autres font pas beaucoup plus les fiers.

— Vous allez me filer vos cartes d'identité.

Roy passe dans les rangs et récupère les pièces tendues docilement. Guillemette, dont le nuage a commencé à se dégager, observe la scène avec curiosité.

— Comme vous avez compris, on est pas de la petite frappe occasionnelle. On est plutôt dans le très sérieux, le très professionnel et potentiellement le très mortel. Et vous avez aussi compris qu'on est recherchés. Avec vous derrière nous, on court un risque, donc, option un : on fait pas dans le détail, on vous colle une balle dans la nuque à chacun, ça salera pas plus l'addition qu'elle l'est déjà, et on part d'ici l'esprit tranquille.

Une odeur nauséabonde vient confirmer que le plus chétif s'est fait dépasser par sa peur et a tout lâché.

— Vous chier dessus vous tirera pas d'affaire.

Le chétif s'est plongé dans les limbes de sa honte et s'apprête à passer les vingt prochaines années de sa vie en thérapie à essayer de se remettre de cette humiliation.

— Option deux : vous fermez vos gueules. J'ai vos cartes d'identité. Je vais les prendre en photo et les envoyer à mes associés. Les règles sont simples : on se fait gauler par les flics parce que vous nous avez dénoncés, mes associés vous retrouvent, vous et vos familles. Je vous fais un dessin ou vous avez compris ?

Ils ont compris.

— Et si on vous dénonce pas, mais que les flics vous trouvent quand même ?

C'est le plus balaise qui parle avec une voix étonnamment peu masculine vu son format.

— Y peut y avoir quiproquo, j'te cache pas. Donc vous avez intérêt à prier pour que les flics nous trouvent pas.

Nouvelle salve d'odeurs nauséabondes et parfum de la victoire. Roy a l'esprit tranquille, ces mecs-là les balanceront pas. Ils connaissent rien au bluff, ni aux truands. Ils ont gobé ses menaces et sont partis dans le *bad trip* de leur vie qu'ils vont passer à regarder par-dessus leur épaule. Ils vont enterrer cette soirée au tréfonds de leur mémoire et reviendront jamais dessus.

Roy et Guillemette sortent de chez Ginette sans un mot et scrutent autour d'eux. La voie est libre. Ils s'installent dans la bagnole, pas précipitamment, mais tout de même, ils traînent pas. Puis Roy appuie sur l'accélérateur et s'enfonce dans la nuit en laissant derrière lui un mauvais souvenir et une sale odeur.

Chapitre 27
Invulnérables

— Guillemette ?

— Oui ?

Roy la contemple dans l'obscurité de la voiture. Un liseré de lumière de lune dessine son doux visage silhouetté dans la nuit.

— Je t'ai trouvée magnifique tout à l'heure.

Guillemette accueille le compliment en se prenant de la chaleur dans tout le corps. Et rougit.

— Merci…

— J'voulais le dire, c'est tout. Ça fait p't'être con, mais j'voulais t'le dire. T'as été magnifique.

— Non, non… Ça fait pas con… Ça… me touche.

Gêne mêlée d'un brin de timidité côté Guillemette. Roy, lui, a rarement été aussi ferme sur ses assises. Son cœur veut parler. Alors il le laisse parler.

— Ouais, magnifique !

De la fenêtre ouverte s'engouffrent des bourrasques de liberté. Une sensation d'insouciance virevolte dans la caisse. Galvanisés d'adrénaline, Roy et Guillemette se sentent vivants. Et invulnérables.

Le gars qui tente sa chance contre Guillemette, Roy viendra le chercher jusqu'en enfer pour finir de lui écraser la tronche à grands coups de pompes. Et Guillemette, cette passion qui transpire de son amant, non seulement elle la rassure, mais elle l'excite. Elle en a le sexe gorgé de moiteur depuis qu'ils ont pris la route. Chacun de ses regards lui tape dans le cœur et dans la culotte, elle en a des soubresauts de bassin, un besoin de s'emboîter perpétuel, comme si elle était pas entière quand elle est pas empalée sur lui. Comme s'ils étaient devenus, dans leur étreinte continuelle, une créature à deux têtes.

D'ailleurs, rien que d'y penser… C'est reparti… La culotte palpite… Faut qu'il s'arrête ! Maintenant !

La bagnole pile et dérape sur plusieurs mètres en laissant une traînée de pneus derrière elle.

La créature à deux têtes se contorsionne au son du moteur qui ronronne. Elle se plie, se retourne, se casse en deux et crie ! Merde, qu'est-ce qu'elle crie ! Mais pas d'inquiétude, hein, elle crie que du bonheur.

Rassasiée, Guillemette observe la route défiler et se dit que non, rien les arrêtera jamais. Ni les flics, ni la mort. Se sentir invulnérable, c'est déjà le devenir. Elle sait pas combien de temps cette cavale durera, mais elle compte bien en savourer chaque seconde, comme si c'était la dernière. Car c'est bien ce qu'elle était : peut-être la dernière.

Chapitre 28

Tire la chevillette

Clic, les loquets s'agrippent, clac, les rouages débloquent, et hop, la portière s'ouvre. Guillemette admire l'artiste en action, une pointe d'angoisse de se faire gauler au fond du bide. C'est la quatrième caisse qu'ils volent depuis qu'ils sont partis. Roy se sert au passage comme on cueille des pâquerettes dans un champ. « Roy les doigts de fée », on l'appelait. Parmi les jobs minables qu'il a éclusés, y a eu voleur de bagnoles. Un job comme un autre. Sauf qu'y a pas d'mutuelle. Et pour la sécurité de l'emploi, aujourd'hui, même une caissière, elle en a plus, donc autant tirer des caisses, c'est plus fun. Enfin au début. Passer ses nuits à triturer de la portière, à maquiller de la ferraille et à changer des plaques d'immatriculation a ses limites au niveau du développement personnel.

Guillemette aime bien ce sobriquet. Les doigts de fée de Roy, Guillemette les a expérimentés depuis plusieurs jours et c'est vrai qu'ils savent faire des trucs magiques. Ils t'ouvrent les portières de bagnole mais aussi les portes du septième ciel. Comme quoi, y a que sur le terrain qu'on apprend bien. Et faut croire que Roy, l'école de la rue lui a enseigné des choses que certains hommes dits de bonne éducation feraient bien d'apprendre pour s'occuper des demoiselles de la bonne façon.

— On bouge plus ! Fais pas le malin, marlou, c'est du calibre 22.

Ah ben voilà ce qui arrive quand on se perd dans des pensées érotico-mécaniques en plein vol de caisse : on se fait braquer.

« Elle va être longue, cette soirée… », se dit Roy en levant les yeux au ciel avec une certaine lassitude. Braqués deux fois à deux heures d'intervalle, c'est pas banal. C'est plus la France, c'est le Far West. Les médias arrêtent pas de parler d'insécurité, faut croire qu'ils les ont tous rendus paranos. C'est la quatrième caisse qu'ils volent mais c'est la première fois qu'ils se font cramer. Et pour cause, ils choisissent toujours la nuit, la ruelle sombre et calme, le moment où tout le monde écrase tranquillement avant de reprendre sa vie sans lendemain. Pourquoi changer de caisse si souvent ? C'est le meilleur moyen de pas se faire repérer, selon Roy. Tu changes de caisse une, deux ou trois fois par jour, tu brouilles les pistes. Et faut pas croire, les caisses volées, c'est comme les parapluies perdus à la RATP, y a de quoi relancer l'industrie. Et les flics ? « On est aux 35 heures, ma bonne dame, et on est en fin de patrouille du parc à chiens du square d'en face, faudra revenir demain. » Donc impossible de remonter leur piste, y a rien de moins suspect que des bagnoles qui disparaissent. Alors que garder la même, autant mettre un autocollant sur le pare-chocs arrière : « Amants en cavale, armés, dangereux, que pensez-vous de ma conduite ? » Et vu l'aventure qu'ils viennent de vivre chez Ginette, y avait urgence de changer à nouveau. Et qui dit urgence dit manque de prudence. Se faire braquer fait aussi partie des risques du métier. Par du calibre 22, c'est plus rare. Par une grand-mère, c'est de l'ordre de l'exceptionnel. Mais Roy, y a plus grand-chose qui le surprend ces derniers temps. Guillemette, elle, un peu plus. Alors elle pousse un cri de souris quand elle voit la grand-mère à la fenêtre de sa chambre, au premier étage de sa maisonnette en pierres apparentes. «Putain, mais c'est quoi cette soirée?»

Elle a l'air chou, cette grand-mère, cela dit. On aurait envie d'enfiler une capuche rouge et de lui apporter un pot de beurre dans un panier en osier. Elle donnerait envie de tirer la chevillette pour entendre la bobinette choir.

— T'as entendu, marlou? Sors de ma voiture ou je t'envoie du plomb dans l'buffet.

Alors c'est pas clair si c'est une grand-mère ou si le loup l'a déjà bouffée et s'est déguisé. Mamie, on la sent plus sortie des *Tontons flingueurs* que de la maison de retraite. Guillemette, elle peut pas s'empêcher de sourire. Elle est submergée de tendresse pour cette grand-mère cachée à sa fenêtre derrière une carabine deux fois plus grande qu'elle.

— OK, OK, ma p'tite dame, on s'détend. Je sors.

Roy ressort de la 4L, mains vaguement en l'air. On peut pas dire qu'il se sente trop menacé. Même si Mamie tient du calibre 22 dans ses mains tremblotantes bouffées par l'arthrose.

— Un peu d'respect, morveux. On t'a jamais appris à parler aux aînés?

— Pardon, madame. J'voulais pas vous manquer d'respect.

— Ben, pour ça, fallait commencer par pas essayer de voler ma 4L.

— J'ai pas essayé de…

Roy parle en baissant les bras, détendu. Un coup de carabine entre ses pieds l'interrompt et vient lui rappeler qu'il a une arme braquée sur lui. Nouveau cri de souris de Guillemette. Sursaut peu glorieux de Roy. « Ben merde, qu'est-ce qu'elle fait, cette conne ? C'est pas vrai qu'elle me tire dessus ? »

— Quelle partie de la phrase « Fais pas le malin, c'est du calibre 22 » t'as pas comprise ? Mains en l'air, morveux.

Faut espérer que c'est soir de polar à la télé, avec coups de feu et poursuites de bagnoles, parce que la pétoire de Mamie, elle risque d'alerter tout le quartier.

— On se calme, ma p'tite dame, on s'calme.

— Je suis pas ta p'tite dame. Je suis une pauvre vieille à qui t'es en train d'essayer de piquer une vieille 4L. T'as pas de morale, mon garçon, en plus de pas avoir le sens pratique. T'as pas vu qu'y avait une Audi TT devant le garage du voisin ?

— J'aime bien les vieilles voitures.

— Une 4L, c'est pas franchement un objet de collection.

— J'suis sentimental. J'en avais une pareille quand j'avais quinze ans.

Un temps. La grand-mère sourit dans le noir. On peut pas le voir mais on peut le sentir, c'est comme la nostalgie.

— Tu conduisais à quinze ans ?

— J'faisais plein d'trucs pas d'mon âge à quinze ans.

— Et maintenant qu't'es adulte et moche, tu braques les grand-mères.

— C'est vous qui m'braquez. Moi, j'suis pas armé.

— Fais pas le malin, marlou. Tu braques ma 4L.

— Elle est chouette votre bagnole. Même l'odeur c'est la même que ma 4L de l'époque.

— T'es en train d'me dire qu'elle pue ?

— Ça vous dérangerait d'éloigner votre doigt de la gâchette ?

— Quoi ? T'as peur que j'ai le Parkinson ?

— J'vous trouve bien chatouilleuse derrière votre carabine. C'est tout.

— T'es insultant, marlou.

— C'était pas mon intention.

Roy se retourne. BAM ! Un autre coup part. Cette fois à deux doigts de sa tête. Et v'là le pare-brise de la 4L qu'explose. Roy a perdu son sourire mais a gardé sa tête, c'est pas si mal. Pour Guillemette, c'est pareil, le sourire s'est évaporé et elle respire plus.

— Hé mais vous êtes malade ! J'suis pas armé, j'vous dis.

— Le coup est parti tout seul.

— Putain, vous avez failli m'arracher la tête.

— Merde, ma 4L… T'as vu c'que t'as fait, marlou ?

— Mais j'ai rien fait, moi. C'est vous, putain !

— Un peu d'respect, j't'ai dit. Tu veux qu'j'te tire encore dessus ?

— Avec quoi ? Vous avez tiré vos deux cartouches. Vous êtes à sec et recharger, ça va vous prendre trois jours.

Silence venant de la fenêtre du premier étage.

— Bon, je descends.

La silhouette disparaît de la fenêtre. Guillemette craque un sourire à Roy dans le noir. La silhouette réapparaît à la fenêtre.

— Et pas d'mauvais coup, hein ? Sinon j'tire.

— Vous êtes à sec, j'vous dis. Heureusement que j'suis pas armé, j'aurais eu le temps de vous dézinguer dix fois.

— Quoi ? T'es armé ?

— Ben non, j'vous ai dit.

— Qu'est-ce qui m'prouve ?

— Ben, j'vous ai pas butée alors que vous m'avez tiré dessus.

— C'est pas faux.

Silence. Réflexion.

— Bon, je descends.

Quelques minutes plus tard – « Putain, elle doit pas être jeune la grand-mère pour mettre autant de temps à descendre ! » – la porte s'ouvre. La grand-mère : un mètre deux, pliée en huit, un chignon trois fois plus haut que sa tête, des culs de bouteilles devant chaque œil et plus une dent au râtelier. On comprend qu'elle se planque derrière du calibre 22, c'est une vraie invitation au cambriolage, la mamie. Roy a pas le temps de finir d'articuler sa pensée qu'il se retrouve avec un Luger sous le nez. Nouveau sursaut.

— Hé, vous allez pas recommencer !

— Joue pas au malin avec moi.

La grand-mère tient peut-être un flingue nazi mais elle a Roy, boxeur maître ès esquives, face à elle. Il glisse sur le côté et lui retire le Luger des mains entre deux battements de pacemaker.

— Rends-moi mon flingue, marlou.

— Vous allez finir par blesser quelqu'un et j'crains bien qu'à force ce soit moi.

— C'est l'idée.

— Ouais, ben elle me plaît pas, votre idée.

Il vide le chargeur et rend le Luger à la grand-mère.

— Je vole pas les grand-mères.

— Et ma 4L ?

— J'savais pas qu'elle appartenait à une grand-mère.

— Tu t'es dit une 4L rouillée, elle doit appartenir à un cadre dynamique ?

Roy se marre. Décidément, il l'aime bien, la grand-mère. Une histoire qui commence par un tir de 22, c'est forcément le début d'une chouette relation, non ?

— J'ai pas réfléchi si longtemps.

— Toi, tu m'as pas l'air du genre à réfléchir souvent.

— On peut rien vous cacher.

— Heureusement que t'as une bonne tête.

Ladite tête de Roy se fige dans une expression de surprise, puis explose de rire.

— Ben vos culs d'bouteilles, y m'ont pas l'air super efficaces !

— Quoi ? J'y vois parfaitement bien.

— Mouais.

— C'est pas parce que t'as une sale tronche que t'as pas une bonne tête.

Alors celle-là, on la lui avait jamais faite. Une

mise en perspective de toute la problématique de sa vie résumée par une phrase choc d'une centenaire armée d'un Luger. Souvent, quand tu crois avoir compris quelque chose, y a un événement qui pointe son nez sur la route qui te fait regarder dix degrés sur le côté. Une perspective différente de dix degrés et tu réalises qu'en fait, t'avais pas bien vu, qu'au bout du chemin, tu croyais qu'c'était un mur, ben non, y a un embranchement, avec une ouverture. Et tu l'avais pas vue, parce que tu regardais dix degrés trop à gauche. Alors forcément, quand t'as cent dix ans, plus de dents et que t'es à moitié aveugle, la vie, tu la vois à trois cent soixante degrés. Surtout celle des autres. Tu leur fous en l'air leurs perspectives à coups de sagesse imparable, et tu finis de les achever par un brin d'humanité :

— Vous prendrez bien un peu d'soupe tous les deux ? Ça creuse de voler les 4L des vieilles, hein ?

Vaincu par K-O, le petit cœur de Roy s'écroule au sol, fondu. Guillemette, elle, réagit plutôt de façon solaire. Son sourire irradie tellement qu'on voit dans la rue comme en plein jour. Faut qu'elle fasse gaffe, ils vont attirer l'attention, à force.

Chapitre 29

Mamie Luger

Roy a jamais supporté les horloges, encore moins les balanciers et surtout pas ce putain de tic-tac qui te fait savoir que le temps passe. Chaque putain de seconde. Pour te rappeler que t'es éphémère ? Mortel ? Que ta journée s'écoule vainement entre tes doigts ? Et avec cette journée, un morceau de ta vie. Pour Roy, l'égrenage des secondes pendant un dîner, c'est de l'ordre de la torture chinoise. Quand le seul signe de vie se résume au tic-tac qui te dit que personne a rien à se dire, à chaque tac, tout le monde le sait mais on fait semblant, à chaque tic, pour pas s'avouer qu'on est tellement vide qu'on a pas de quoi remplir l'espace entre deux mouvements de balancier, à chaque tac, on veut pas se l'avouer, à chaque tic, et simplement se lever et se casser, pour qu'au prochain tac on puisse reprendre sa respiration. Tic. Mais on bouge pas. Tac. Et on mange sa soupe. Tic. En comptant le temps qui passe. Tac. Chaque. Tic. Putain. Tac. De. Tic. Seconde. Tac.

Roy étudie l'horloge de la grand-mère. Elle lui rappelle les dîners silencieux chez lui, quand il était gosse. Mais celle de la grand-mère, elle est magique.

Parce qu'elle fait aucun bruit. Elle est pétée. Alors elle égrène que dalle. Le temps est figé. On est dans le présent. Alors on peut profiter du moment. Et bouffer sa soupe à son rythme. Sans crise existentielle. Le silence peut faire place à la conversation. Et la grand-mère, elle en manque pas. C'est même un vrai moulin à paroles :

— Effectivement, t'as bien fait de lui coller la tête dans la flaque, c'était pas un type bien, ce gars.

— On est bien d'accord, dit Roy.

— Vous êtes une femme très moderne, Berthe, lance Guillemette, surprise du ton de la conversation et de l'ouverture d'esprit de la grand-mère qui a quand même deux tueurs qui mangent de la soupe dans son salon.

— Ah, mais ma petite, moi, je suis une grande féministe dans l'âme. J'ai essayé de l'expliquer à mon quatrième mari qui avait des fois des réflexions pas très élégantes. Voire franchement macho. Eh ben, il voulait rien entendre. Tu sais, une femme dans les années 50, c'était un peu comme les homosexuels aujourd'hui. On les tolérait tout juste, on leur donnait des droits au compte-gouttes. Alors la parole, on y avait moins droit qu'à une bonne rouste de temps en temps pour qu'on reste à notre place. Mais moi, j'avais du mal à tenir en place. Et mon mari aimait pas ça. J'ouvrais trop ma bouche, donc Norbert, il voulait me la faire fermer. À force, il m'a agacée. Je lui ai expliqué avec ça.

Elle tapote sur son Luger posé sur la table et enchaîne son conte de fées :

— Un souvenir de guerre. Un sale nazi qui s'est cru chez lui chez moi. Il a voulu visiter mon grenier et mon arrière-train. Il a pris un coup de pelle dans le crâne. Faut pas croire, à l'époque, j'étais véloce. Les garçons, ils aimaient bien me courir après, alors à force de courir, j'étais devenue athlétique, et puis un garçon, tout nazi qu'il soit, il court pas vite quand il a son pantalon sur les chevilles. Y se croient malins à t'exposer leur engin, mais baisser son froc, ça rend vulnérable. J'ai pas fait l'armée mais j'ai fait la guerre. Mon nazi, il devait être bleu. En tout cas, il était pas vif. Et avec son pantalon sur les chevilles, il m'a pas couru après longtemps. Et après un coup de pelle sur le crâne, son engin, il faisait moins le fier aussi. J'l'ai enterré dans la cave, ici, et je lui ai gardé son autre engin, là.

Elle tripote le Luger et enchaîne sans mâcher son pain, ni ses mots :

— Celui-là, au moins, il pouvait servir à quelque chose. Ben, j'me suis pas trompée. Dix ans plus tard, il m'a servi à expliquer deux-trois notions de féminisme à mon quatrième mari qui entendait pas bien les voix féminines. Même celle de sa femme. J'l'ai enterré à côté du nazi. Avec le tas d'fumier que j'ai dans ma cave, j'ai de quoi faire pousser des carottes sur quatre générations.

Roy et Guillemette sont cloués, la cuillère à soupe face à leurs bouches ouvertes. Ils boivent les paroles de la grand-mère au lieu de leur soupe.

Roy finit par reposer sa cuillère et vérifie s'il a bien compris :

— Vous avez deux macchabs dans la cave ?

— Oh, mon bon ami, beaucoup plus. J'ai eu cinq maris, huit chats, un nazi et un inspecteur des impôts trop fouineur. Ça fait du monde. J'ai eu du mal à tous les y mettre.

Barbe-Bleue. En femme. Rencontre Charles Manson. En femme. Édentée. Centenaire. Mais plutôt sympathique. Et accueillante de surcroît. Et la soupe est bonne. D'un coup, Roy et Guillemette, ils se sentent moins Bonnie and Clyde. Comparés à Mamie Luger, ils font téléfilm allemand du jeudi soir sur France 3. Mamie Luger, c'est plutôt la grosse prod' américaine, avec de l'action, du sang et du suspense. Et combien de cadavres dans la cave ? Roy a pas réussi à faire le compte. Trop d'informations.

— Vous avez sept hommes enterrés dans votre cave ?

« Merci Guillemette », pense Roy qui était en train de compter sur ses doigts.

— Et huit chats.

— Mais…

— Et un chien, mais il compte pas. Il était con comme ses pieds, ce chien. Et il sentait pas bon.

Silence de circonstance dans l'assistance qui digère l'information.

— Ils vont se marrer les prochains proprios quand ils vont se lancer dans des travaux, lance Roy.

— Oh, mais je compte pas vendre. À mon âge.

Nouveau silence de circonstance. Petit sourire poli de Roy. Décidément, elle est classe, Mamie Luger.

— Vous reprendrez bien un peu d'soupe ?

— Merci, Berthe, elle est vraiment excellente.

Guillemette, en jeune fille bien élevée, tend son assiette et provoque un réjouissement total chez Mamie Luger. Les grand-mères, rien au monde peut leur faire plus plaisir qu'un invité qui reprend de leur soupe. Tu t'assois, tu manges, elles te resservent, tu remanges, elles te resservent, t'en peux plus, elles se vexent, t'en reprends, elles se réjouissent et elles te resservent. Les grand-mères sont simples, elles veulent juste que tu reprennes de la soupe. Même celles qui ont sept macchabs dans la cave, c'est leur raison de vivre.

Alors Guillemette, elle en reprend. Et elle se force pas. Contrairement à Roy, vu l'ambiance chez Ginette, elle a rien bouffé. Et ensuite parce que cette soupe est absolument divine. Normal, elle a été cuisinée avec amour par une grand-mère. Label de qualité ancestral. Et depuis deux jours qu'ils bourlinguent avec les flics au cul, l'amour, ils s'en sont donné beaucoup tous les deux, mais ils se sont sentis un peu seuls aussi. Seuls au monde. Alors la halte chez une grand-mère qui ressert une assiette pleine d'amour, elle remplit le ventre, et elle remplit aussi le cœur. Se faire péter la panse d'amour de grand-mère, que demander de plus ? Un *happy end* ? Alors qu'on a les flics au cul ? Après avoir été trahie par sa mère ? Guillemette a pas envie d'ouvrir cette porte. Elle est bien, là. Avec une grand-mère qui sent la soupe à dix kilomètres. Avec son mec qui sourit. Et avec sept macchabs sous les pieds. Elle se sent en sécurité. Et elle veut en profiter encore jusqu'à demain.

— Elle mange bien, cette petite, ça fait plaisir. Elle a besoin de se remplumer. Et toi, mon gros, costaud comme t'es, faut que tu te nourrisses.

— Vous êtes très généreuse, Berthe, dit Roy en lui tendant son assiette à son tour.

Roy, il s'est peut-être bien gavé chez Ginette, mais

pour son gabarit, se faire péter le bide deux fois dans la soirée aurait plutôt tendance à le réjouir.

— Ben c'est pas souvent que j'ai de la compagnie. Surtout des jeunes mignons comme vous. En général, la compagnie qui pointe son nez, j'ai plutôt envie de les enterrer dans ma cave. Mais vous, vous êtes mignons.

— C'est gentil, Berthe, dit Guillemette en reprenant une cuillère d'amour aux salsifis et carottes.

— Oh, j'dis ce qu'y est, j'dis pas ça pour vous faire plaisir.

— Ben, ça nous fait plaisir pareil, enchaîne Roy dans un sourire.

Avec une grand-mère comme Mamie Luger, faut pas être pingre en sourires. Faut lui en distribuer par pelletées, elle les mérite. Et Roy sent bien qu'elle en reçoit pas souvent par ici. Elle a beau avoir de la personnalité et de la repartie, elle doit être bien isolée. Elle a plus de maris, au pluriel, même si c'est un choix de sa part, y a pas une photo de gosse au mur, la maison sent le rance et la naphtaline, elle est funky, Mamie Luger, mais c'est surtout une grand-mère seule comme y en a des milliers partout en France. Partout dans le monde. Des grand-mères seules qui sentent l'amour et la soupe et qui voudraient juste recevoir quelques sourires de temps en temps. Entre deux enterrements de vieux cons de maris qui leur donnent pas la délicatesse qu'elles méritent. Enfin, en ce qui concerne Mamie Luger. Doit pas y en avoir des milliers d'autres qui courent les rues, des veuves noires. Quoique ? Faudrait enquêter, on pourrait être surpris. Roy se marre à cette pensée et reprend une gorgée de cet excellent calva que lui a servi Berthe avant de lancer le poulet au four.

— Ça va être cuit, d'ailleurs.

Elle voit plus rien, la grand-mère, mais elle a l'odorat au taquet. Et c'est vrai que le poulet sent bon jusqu'ici. Berthe met le starter et essaie de démarrer mais les pistons sont grippés. La chaise bouge pas. Elle va bien mettre dix minutes à se lever à ce rythme-là. Et Guillemette, on l'a dit, c'est une jeune fille bien élevée, alors elle saute de sa chaise en inondant la pièce de son sourire.

— Bougez pas, Berthe. Je m'en occupe.

Et elle file dans la cuisine. Et Berthe a le temps de rien dire que c'est déjà fait. Et l'ordre de pas bouger est proche de la paraphrase. Non, effectivement, elle bouge pas. Elle voudrait qu'elle pourrait pas. À croire qu'elle a tout donné tout à l'heure avec ses coups de pétoire. Ça lui fait une journée chargée, faut dire. Avec de l'action et de l'émotion. On comprend qu'elle soit trop claquée pour aller chercher le poulet en moins de quarante-trois minutes. Et Roy qu'est aussi un garçon qu'a de bonnes manières, on dira pas bien élevé vu l'univers familial où il a évolué, mais il sait faire plaisir, surtout aux grand-mères armées d'un sourire édenté et d'un Luger, alors il lui ressert un p'tit verre de calva. Elle lui tapote la main en remerciement. Il lui lâche un clin d'œil et une moue, genre pincement de bouche qui dit : « Allez bois, t'es mon pote ! » Rasade de calva.

Mamie Luger aussi, elle se sent bien, là. Ils sont chouettes, ces petits jeunes. Et ce moment aussi, il est bien chouette. Et elle tend son verre à Roy. Ben quoi ? Elle va pas en mourir. Et même si, elle a bien donné, autant qu'elle profite. Pour ce qui lui reste à vivre… Alors il la ressert. Tapotage de main, clin d'œil, moue, rasade. Une chorégraphie bien huilée. Qui va pas durer toute la nuit, sinon on va enterrer Berthe avec ses défunts maris d'ici pas longtemps. Mais quand un moment est bon, faut en profiter. Parce qu'on sait bien qu'il va pas durer. Alors tiens, on s'en ressert un p'tit.

— Berthe, j'ai une question.

— Pose, marlou.

— Vous êtes pas très déco.

— C'est pas une question, c'est une affirmation. T'aimes pas mes papiers peints ?

— Si, si, j'ai pas dit ça.

— Ces papiers peints sont plus vieux qu'toi. Et puis les hortensias, ça s'démode pas.

— Y sont très beaux, vos papiers peints. J'parlais pas de ça.

— De quoi tu parlais ?

— De photos.

— Quoi, les photos ?

— J'vois pas d'photos. Même pas d'vos enfants.

Chlack ! Le couteau s'enfonce bien net entre l'index et le majeur de Roy. Merde, elle est rapide quand elle veut, Berthe. Et habile. Elle aurait pu l'empaler. Elle a visé pile entre les deux doigts. Ou elle voulait vraiment l'empaler et c'est sa vue qui baisse. Pour l'instant le doute subsiste. Roy bouge pas. Il observe sa main, le couteau planté, et il comprend qu'il s'est aventuré sur un terrain glissant.

— T'es bien indiscret, marlou.

— Pardon, Berthe. J'voulais pas vous froisser.

— Tu m'froisses pas. Tu m'chagrines.

Elle reprend son couteau, se coupe une tranche de pain de mie avec et l'enfourne dans sa bouche édentée. Et elle mâche. Longtemps. En silence. Une vache qui rumine. Le pain de mie mélangé à sa salive. De l'écume blanche. Et son regard perdu au loin derrière ses culs de bouteilles. Roy s'en veut. Guillemette apporte le poulet sur la pointe des pieds. Elle a tout vu, a pas lâché le plat, comme quoi elle a quand même les nerfs solides, et essaie de les rejoindre sans trop se faire remarquer. De peur que quelque chose pète. Quoi ? Elle sait pas, mais elle va pas prendre de risques. Ambiance comme le pain de mie : à couper au couteau. Alors Roy fait la seule chose qui reste à faire pour désamorcer la situation : il sert un petit calva à Berthe. Elle mâche. Elle rumine. Les yeux dans le vide. Puis elle lui tapote la main. Roy respire. Clin d'œil, moue, rasade. Putain, vive le calva !

— Aucun des cinq a réussi à m'en donner un. Aucun.

Y a de la tristesse dans cette voix centenaire. Un puits sans fond de tristesse. Un puits de vide d'une femme qui a tout vécu, la guerre, les nazis, les Luger, mais qu'a pas été mère.

— Aucun des cinq…

Y a rien à dire. Y a des chagrins qui se consolent pas. Alors Roy, il fait la seule chose à faire. Il lui sert un calva.

Chapitre 30

Une chenille dans l'escalier

Berthe ouvre la marche. À son rythme. Mais Roy et Guillemette sont pas pressés. Mettre une demi-heure pour monter dans leur chambre les dérange pas. Berthe s'éclaire à la bougie pour monter son escalier. Comme à la guerre. Alors une demi-heure dans cette ambiance, c'est plutôt doux et chaud. Roy et Guillemette échangent des regards complices qui confirment qu'ils ressentent bien la même chose. L'escalier en bois est aussi abîmé que les articulations de Berthe et craque à chaque pas. Cette jolie musique accompagne parfaitement cette danse au ralenti.

— Les draps sentent la poussière, faudra pas m'en vouloir. La dernière visite que j'ai eue ici, c'était en 76. Pendant la canicule.

— Pas de souci, Berthe. C'est très gentil de votre part de nous héberger.

La douceur qu'il y a dans la voix de Guillemette met du baume au cœur par kilos. Berthe, elle prend. Elle apprécie. Son cœur, il est un peu asséché. Alors le baume, il l'hydrate, il lui fait du bien.

— Elle est gentille, ta douce, marlou. T'as intérêt à être à la hauteur.

— Il est à la hauteur, Berthe. Il est même bien plus.

Une tomate écrasée, quand elle rougit, ça se voit même dans un escalier éclairé à la bougie. La gêne de Roy fait sourire Guillemette qui ajoute un peu de lumière à l'escalier sombre.

— C'est bien. Mais te repose pas sur tes acquis, marlou. Faut que tu sois à la hauteur jusqu'au bout.

— J'y compte bien, Berthe. Sur ce coup-là, j'serai indéboulonnable.

C'est sa façon à lui de dire qu'il aime Guillemette, qu'il lui offrira des perles de pluie venues de pays où il ne pleut pas. Indéboulonnable, dans la bouche de Roy, c'est du Brel, du Ronsard, du *Roméo et Juliette*. Indéboulonnable, c'est peut-être la chose la plus romantique qu'on ait jamais dite à Guillemette, alors elle s'illumine, à un point que Berthe en lève la tête vers le plafonnier.

— Ben, elle remarche cette ampoule ? J'croyais qu'elle avait grillé y a dix ans.

— C'est pas l'ampoule.

Berthe se retourne vers la voix lumineuse de Guillemette et comprend. Puis elle voit la tomate phosphorescente, et son vieux cœur desséché reprend une salve de baume. Il va dégorger à force, faut faire attention aux débordements.

— J'suis contente que t'aies essayé de voler ma 4L, marlou.

— Moi aussi, j'suis content, Berthe.

Et Berthe monte une marche. Et Roy et Guillemette lui emboîtent le pas. Une chenille de douceur dans l'escalier.

— Et le bébé ? Berthe lâche avec un mélange d'espoir pour eux et d'amertume pour elle.

— Quoi, quel bébé ? répond Roy, pris de court.

— Ben, vous allez vous y mettre, non ?

— Euh… c'est pas au programme.

Pointe de gêne entre Roy et Guillemette. Ou comment une petite vieille te fait griller quinze mois d'étapes dans les prémices de la relation amoureuse en une question.

— J'te demande pas si t'as *Télé 7 Jours*. Mais la petite, là, elle est faite pour pondre des merveilles.

Et Guillemette s'éteint comme l'ampoule grillée il y a dix ans et les plonge dans l'obscurité. Berthe voit bien que c'est pas sa bougie. Donc c'est Guillemette qui éclaire plus.

— Qu'est-ce qu'y a mignonne, j'ai dit un truc qu'il fallait pas ?

Silence. Malaise.

— À ton silence, j'en juge que t'as pas eu que des expériences joyeuses sur le sujet. J'connais. Tu sais, quand tu sors de la guerre, des expériences pas joyeuses, t'en as collectionné pour le reste de ta vie. Alors t'as deux solutions : tu choisis de ressasser, tu t'assèches dans ton coin, tu vis plus parce que t'as eu trop mal, ou alors tu te dis que si t'en es sortie, de cette saleté de guerre, si t'as collectionné tous ces sales moments, c'est pour te battre dans ce qui te reste à vivre. Te battre pour le vivre. Quand t'as vécu la guerre, tu sais que t'as plus le droit de te laisser abattre. À notre époque, tout le monde se plaint. Quoi, la crise ? Quoi, la peur de l'engagement ? C'est des enfantillages tout ça. Cinq ans avec les nazis devant chez toi, et t'apprends à pas hésiter. Quand t'en sors, tu vis. Parce que tu peux. Pas parce que tu veux.

Guillemette écoute. Elle entend. Et s'en veut. Face au courage de Berthe. Mais elle comprend aussi. À l'intérieur. Tout au fond. Dans ses tripes. Le message de sagesse. La sagesse d'une centenaire armée d'un Luger, d'une bougie et d'un courage inspirant.

Roy écoute aussi. Et il entend aussi. Mais il sent que le message s'adresse à Guillemette. Non pas qu'il ait pas besoin de leçon de sagesse, mais il veut pas lui prendre son moment, à Guillemette. Parce qu'il est joli, ce moment.

— Avec ta tronche et son sourire, vous allez nous faire des sacrés beaux bébés.

Et Berthe monte une nouvelle marche.

Plus que dix. Dans une heure, ils sont au lit.

La chambre est à l'image de Berthe : à l'abandon. Parfum Naphtaline N° 5, papier peint saveur de printemps, mélange d'hortensias et d'infiltrations sous toiture relevant le tout d'un jaune saumâtre harmonieux et de quelques champignons champêtres, un lit défoncé, un couvre-lit nappé d'une large couche de poussière, une armoire sans étagère. Cette chambre, c'est Berthe. Et c'est doux et chaud pareil. Et en vrac pareil. Roy et Guillemette, ils savent déjà qu'ils vont y passer une des nuits les plus douillettes de leur courte vie à deux.

— C'est un taudis mais les flics viendront pas vous chercher ici.

— C'est parfait, Berthe. Merci.

Elle est pas grande, Guillemette, c'est pas souvent qu'elle se penche pour embrasser quelqu'un. Un enfant, oui. Mais un adulte… Ben là, elle se penche pour embrasser Berthe, c'est dire si elle est pliée en huit, la grand-mère.

— Allez, bonne nuit. Et faites comme chez vous.

Berthe fait demi-tour et s'apprête à les laisser dans la douceur où elle les a enveloppés, puis tourne les talons pour clarifier sa pensée :

— C'qui veut dire « bonne bourre ».

Cette fois, c'est Guillemette qui rougit.

— Rougis pas, mignonne. J'suis sourde comme un pot, j'entendrai rien.

Elle attend pas de réponse et s'en retourne dans son couloir vide et sombre, vers son lit de solitude, laissant derrière elle deux jeunes amoureux dont elle envie l'appétit et la tendresse qu'elle connaîtra plus, une sensation douce-amère au fond de la gorge.

Roy et Guillemette se retrouvent seuls dans la chambre, comme deux ados puceaux. Mamie Luger a semé un léger malaise. Roy rompt la glace :

— Berthe est en vrac mais ses oreilles, elles marchent parfaitement.

— C'est clair, répond Guillemette dans un murmure amusé.

— Coquine.

— Embrasse-la et t'occupe donc pas de mon audition !

La voix de Berthe perce comme un clairon à travers la vieille cloison. Guillemette explose de rire. Roy secoue la tête. Décidément, elle lui plaît bien, Mamie Luger.

— Faudrait pas être impolis et la contrarier, dit

Guillemette en tirant sur la ficelle nouée sur sa poitrine qui tient, on ne sait comment, le bout de tissu qui lui sert de robe.

Les femmes ont un don pour balancer des bombes H dont le détonateur ressemble à de légères ficelles en soie sur lesquelles elles tirent avec une fausse innocence totalement dévastatrice.

Et Berthe sourit dans son lit en entendant la déflagration.

Chapitre 31

Les années boxe

La carrière de boxeur de Roy a été un long chemin constellé d'étoiles et de flashs. Dès son premier match, les meilleurs spécialistes ont reconnu en lui un grand. Et ils se sont pas trompés. Roy a écumé les rings du monde entier, collectionné les victoires et les ceintures de champion. Il se douchait au champagne, enfilait des top-modèles comme des perles et nageait dans les rivières de dollars que sa carrière lui rapportait.

Voilà ce que fantasmait le gamin de seize ans chaque fois qu'il montait sur le ring de Bobby. Mais on parle de la vie de Roy, pas de celle de Stallone. Et Roy a vite compris qu'on ferait pas un film sur sa vie. Encore moins six suites.

Quand Roy montait sur un ring, il en imposait, il explosait des mâchoires, il tétanisait ses adversaires, et pourtant il perdait. La raison ? Il avait la carrure, mais il avait pas le mental. L'échec d'une carrière, comme celui d'une vie, se résume en un mot : loser. Roy a été façonné avec cette idée depuis tout gosse. Monstre, poissard, maudit. Le mental te pète les genoux, bien épaulé par une société sans pitié et une famille dont on a déjà décrit la générosité. Va déprogrammer ce schéma. Grâce à René, Roy a caressé l'idée qu'il pouvait sortir du moule cabossé qui l'avait mal façonné, que l'étiquette qu'on lui avait collée était justement qu'une étiquette, qu'il pouvait être un grand.

Et, galvanisé par cette motivation, Roy montait sur des rings… et se faisait rétamer. Au moment de conclure, après avoir labouré son adversaire façon champ de patates polonais, Roy lâchait, pour une raison qu'il s'expliquait pas. La peur de la victoire ? S'il gagnait, soudain le monde deviendrait beau ? La rage au ventre partirait ? Son mal-être faisait mal mais c'était une douleur familière, donc gérable. Alors que la douceur du bonheur… Un chien qu'a été battu, quand on approche la main pour le caresser, il mord. La douceur, il a peur qu'elle le blesse. Le mental, c'est pareil.

Et, faible de cet adage, Roy perdait. Match après match.

René lui assenait continuellement : « Ton mental, c'est ton meilleur allié, mais c'est aussi ton pire ennemi. Si t'es pas convaincu toi-même de ta valeur, comment tu comptes convaincre les autres ? Ils vont voir que t'es que du flan. Tu vas perdre confiance et tu vas croire aussi que t'es qu'du flan. C'est pas un ring dans lequel tu tournes, c't'un cercle vicieux ! » Comme souvent, ces conversations se concluaient par la même phrase de Roy : « Comprends rien ! »

Alors Roy perdait. Enfin pas systématiquement. Il gagnait des matchs, mais ceux qui avaient pas d'enjeu, ceux qui faisaient pas de différence. Bobby et René en étaient désespérés. Ils voyaient bien que ce garçon avait de l'or dans les mains. Un métal beau et précieux qui, bien balancé dans la gueule de l'adversaire, aurait pu en rapporter encore plus. Hélas, comme l'autre tapette d'Achille, il avait un talon pété, alors il se cassait la gueule. Et c'est bien la dernière chose à faire sur un ring. Donc la carrière de Roy s'est jamais envolée. Et son mental a fait que chuter plus bas. Et plus dur.

Quand Roy est monté à la capitale, il s'est rabattu sur les matchs sales. Truqués. Pas d'enjeu, pas de mental. Conclusion, ceux-là, il les gagnait. Haut la main dans la gueule. Sauf quand on lui demandait de les perdre. Une enveloppe sous la table, l'amour-propre au fond des chiottes, une valse chiquée face à un public chauffé à blanc et plongeon au tapis. Il arrivait que l'adversaire la ramène trop et comprenne pas que le combat était du chiqué, alors Roy pouvait pas s'empêcher de lui faire une piqûre de rappel. Une piqûre en forme d'uppercut à te faire péter tous les sismographes et, plus emmerdant pour les bookmakers, à t'amener direct à l'hôpital. Roy a pas fait exprès de pas perdre certains matchs. Les bookmakers et la mafia l'avaient dans le collimateur, mais il restait malgré tout une bonne bête de compétition. Avec lui, y avait toujours du spectacle. Donc de l'argent à se faire. Alors ils le gardaient dans le circuit, en le sermonnant de temps en temps. Et un sermon mafieux, ça t'oblige à rester sur les rails.

Roy avait goûté à la victoire, certes pas glorieuse, mais il aimait cette sensation nouvelle d'être sur un ring et d'étendre ses adversaires comme bobonne étend son linge, sans y penser. Il se sentait libéré de ses blocages. Toutes ces années, sous les bons conseils généreux de Bobby et René, il perdait. Pourquoi maintenant c'était si simple ? Est-ce qu'il avait trouvé le lâcher-prise ? Au vu du pathétique de la situation, il se doutait que non. Surtout quand la mafia avait commencé à lui demander plus souvent de perdre que de gagner. Règle économique de base du monde de la boxe sale : une fois que t'as pris de la valeur, c'est là que te faire perdre devient juteux. Si les défaites de sa première carrière étaient amères, celles de la deuxième, les truquées, ont eu un goût encore plus aigre. Roy avait compris qu'il pouvait gagner mais qu'il continuerait à perdre. Il avait beau fuir cette image de lui, elle lui revenait en pleine sale gueule.

Loser.

Et les mauvais souvenirs, comme tout ce qu'on a mal digéré, ça laisse des traces.

Chapitre 32
Putain de mental

Roy et Guillemette fixent le plafond plus écaillé qu'un crocodile qui aurait pleuré toutes ses larmes. L'un à côté de l'autre. Pas contre l'autre. C'est la première fois. D'ordinaire, pour les désemboîter, faut y aller au pied-de-biche. Là, y a un nuage de malaise qui les sépare.

— C'est la conversation dans l'escalier ?

— Je sais pas.

— Détends-toi, Roy. J'attends pas de toi que tu me fasses un bébé ce soir.

Il se tourne vers elle, blessé. Et légèrement vexé.

— Je sais, Guillemette.

— Tu t'es mis la pression ?

— Non.

— C'est peut-être juste la fatigue.

Non, c'est pas la fatigue, putain ! Avec un corps comme elle a, Guillemette, avec l'énergie de cul qu'elle dégage, y a pas moyen qu'il soit fatigué. Jamais. Là, c'est le mental qu'opère pas. Le corps de Roy, il est toujours au taquet. C'est une machine de chair, de muscles et de sang. Et sa bite, elle fait partie de la même artillerie. Et l'envie de plonger dans

Guillemette, de lui tirer des coups de canon et de lui soutirer des cris de jouissance, c'est un carburant 5 étoiles pour faire fonctionner la machine à plein régime. Alors pourquoi sa bite le lâche ? Alors qu'il a une putain d'envie ! Et que chaque seconde où il profite pas du corps de Guillemette, chaque seconde où il se rassasie pas de son appétit à elle, c'est une seconde gâchée.

Peut-être parce qu'il arrête pas de repenser à la photo de Guillemette à la télé chez Ginette. Et que, pour la première fois depuis que la cavale a commencé, il pense qu'elle peut finir. Et y a rien de pire pour te descendre le mental. Et si ton mental descend, la bite suit.

La petite mort. Roy l'a souvent vécue sur le ring. Mais c'est une autre histoire. Pour l'instant, il cogite sur son mental qui le lâche. Et si y a quelqu'un avec qui il pensait que le mental le lâcherait pas, c'est bien Guillemette. La déflagration a eu lieu. Elle lui a pété à la gueule et à la braguette. Roy a avalé Guillemette dans ses bras, il l'a soulevée, il l'a empalée, elle a commencé à grimper dans les cieux direct, à crier, à enfoncer ses ongles dans les dorsaux bandés de Roy… et puis il s'est rendu compte que ses dorsaux étaient bien bandés, oui, mais pas sa bite. Elle l'a lâché en cours de route. Une seconde avant que le cri de Guillemette ne s'éteigne avec son plaisir avorté et que naisse une interrogation dans son regard. Son Minotaure qui faiblit ? Impossible. Et pourtant.

Et pourtant ouais. Le mental, cet enculé, a pris Roy par-derrière et lui a coupé les jambes. On pourrait dire les cornes. Ou ici, plus concrètement, la bite. Et un taureau sans cornes, il a plus rien de dangereux. Il peut plus se défendre. Et, plus grave, il peut plus défendre qui que ce soit. Alors c'est la fin de l'aventure.

Roy se pose pas souvent de questions, mais quand il le fait, il le fait pas à moitié. Et il le fait surtout pas au bon moment. Sur un ring, et il finit au tapis. Au lit, et c'est pas beaucoup plus glorieux. Enfin, dans ce cas précis, c'est bien la première fois qu'il a une panne. Il a jamais été au lit avec une fille qui comptait. Et avec Guillemette, y a un putain d'enjeu. Parce qu'il l'aime, et qu'il a jamais ressenti ça. Et que dans son regard à elle, il voit aussi quelque chose qui ressemble à de l'amour, même s'il comprend pas bien pourquoi. Quand elle le regarde avec cette étincelle dans les yeux, il se sent indestructible. Quand elle crie dans son oreille, elle lui fait pomper le sang à trois cents kilomètres-heure dans le cœur et dans la bite.

— C'est pas grave, Roy. Ça arrive.

Elle essaie de le réconforter comme un gamin qu'a peur du noir ! Roy est passé de la machine de guerre au taureau sans cornes. À l'homme castré. Donc vulnérable. Guillemette va voir qu'il est pas indestructible. Donc qu'il peut pas la protéger. Et cette pensée le fait débander encore plus. Son putain de mental lui tape dans le crâne et lui coupe le corps en deux. Y a plus rien qui circule sous le bide.

Et Guillemette, la pauvre, sait pas comment réagir. Elle commence à douter. Quoi, la routine du couple ? Déjà ? L'ennui ? Si vite ? La fin du désir ? Pas Roy. Le mental se répand en elle à son tour. Ce putain de virus se propage dans la chambre poussiéreuse.

— Roy, tu dis plus rien. Parle-moi.

Roy peut rien dire. Il se morcelle. Sa tête, son cœur, sa bite en cellule de crise. Et pendant ce temps, le monde s'écroule autour. Le monde ne tient qu'à la qualité d'une bonne érection.

Mais Guillemette, elle est pas conne non plus. Elle comprend qu'on est pas là juste dans un problème de cul. Elle en a eu des amants avec qui c'était tiède, certains avec qui c'était naze. Et qu'on lui parle pas de question de taille, c'est un faux problème. Oui, c'est sympa une belle bite, et si elle a du volume, c'est encore mieux. Mais c'est la chimie qui fait tout. L'électricité. Et Roy et elle, quand ils baisent, c'est nucléaire. Et sa bite, c'est pas juste qu'elle bande, c'est un pont en acier sur lequel elle peut courir traverser des océans d'orgasmes. Donc, là, Roy bande pas, c'est pas un problème de cul, c'est un truc qui le travaille. Et comme elle l'a jamais trop connu se poser de questions, elle s'inquiète. Mais elle sait aussi qu'elle l'aura pas par la rhétorique, alors elle va utiliser des arguments qu'il peut comprendre.

Elle se redresse et elle l'enjambe. Ses gambettes frêles à droite et à gauche des montagnes d'abdos de son Minotaure. Enfin plutôt d'un veau déconfit tout englué dans son misérabilisme. Il fait peine à voir. Et Guillemette, elle aime pas ce misérabilisme. C'est bon pour les faibles. Roy, c'est pas un faible. Faut qu'il se batte. Et pour qu'il se batte, faut le provoquer.

Alors elle lui colle une grande baffe dans la gueule. Une étincelle s'allume au fond de l'œil du veau. Curiosité piquée au vif. Et pointe de vexation. Roy, il aime pas prendre des coups. Et par Guillemette, ça lui mélange les émotions.

Paf ! Une autre baffe dans sa gueule. Plus forte celle-là.

L'étincelle devient plus brillante. Les brindilles prennent. Faut souffler pour que le feu reparte.

Paf et chlack ! Double grosse baffe dans la tronche mélancolique de Roy qui change enfin d'expression. Le feu repart doucement. Guillemette brandit la main et frappe de toutes ses forces. Et l'énorme pogne de Roy s'en empare avant que le coup porte, la stoppant net dans son élan.

— Qu'est-ce que tu fous, Guillemette ?

Y a une pointe d'agacement dans sa voix. Un soupçon de vexation teinté de colère. Et tout au fond, à peine perceptible, une pincée d'excitation.

Guillemette répond par un brasier qui rougeoie dans ses yeux bleus. Puis, de sa main libre, elle lui colle une énorme claque sur la fesse. Roy se redresse direct, piqué au vif.

— Qu'est-ce que tu fous ?!

Pointe d'agacement plus petite, poignée d'excitation plus grosse. Et elle te l'achève en s'empalant sur son braquemart de taureau. Il l'a pas senti venir, il était trop concentré sur la vexation de se prendre des baffes par Guillemette, alors le mental, Roy l'a oublié. Il est reparti dans l'animal. Dans le corps. Le barrage a sauté. L'énergie s'est remise à circuler. Et avec le barrage explosé, c'est une cascade de sang qu'a dévalé dans sa bite. Sans qu'il s'en rende compte.

— Je te chevauche ! Parce que tu es mon Minotaure ! Et que tu vas me faire jouir !

Et Roy fait ce qu'elle lui dit. Parce qu'il est sa monture. Et elle est sa Walkyrie !

« Ah, ben j'ai bien cru qu't'y resterais coincé, dans les cordes.
— Moi aussi, Bobby. J'me suis fait peur sur c'coup-là.
— Sacré adversaire faut dire.
— Ouais. Sacré adversaire…
— Mais beau match !
— J'te l'fais pas dire ! »

Et Berthe dans son lit sourit de sentir la vie reprendre à côté d'elle.

Chapitre 33

On the road again

Quand le jour se lève, Roy reçoit une tornade d'infos dans le corps : les lombaires en vrac – la literie de 1942, c'est pas c'qu'on fait de plus confortable –, les papilles en émoi – l'odeur du café de Berthe, par contre, il envoie du stimulus agréable – et la gaule du matin ! Soulagement. Après le doute et la chevauchée de la Walkyrie qui les a menés jusqu'à l'aube, confirmation que l'artillerie marche, fausse alerte matérielle. Alors il se tourne et observe Guillemette enfoncée dans le moelleux de son oreiller. La guerrière au repos.

Illuminé par cette image, et après cette chevauchée épique, il se réveille avec la conviction inébranlable d'un taureau qui charge : plus jamais il la lâchera, jusqu'au bout il la protégera. C'est leur seul but. Se sentir vivants ! Et avec sa Walkyrie, Roy a du souffle de vie qui lui remplit les veines, le cœur et la bite à n'en plus douter. Et le mental ? Il est devenu docile, obéissant. Il a été dompté par une guerrière !

Le petit déj' a le même goût que la soirée de la veille. Doux et chaud. Ils auront fait un gros plein de réconfort de grand-mère durant cette halte. Et pour Berthe, c'est pareil. Elle sait qu'elle va pas trop tarder à passer le Luger à gauche, mais elle part avec une dernière sensation de chaleur, le cœur bien hydraté, donc paradoxalement plus léger. Alors elle sourit en versant un troisième bol de café au grand gaillard. Faut qu'il reprenne des forces. La chevauchée de la Walkyrie, Berthe en a été témoin, elle était même aux premières loges. Sous les rides de ses yeux souriants, Roy déchiffre les messages de Berthe, chargés de tant de bienveillance qu'ils lui donnent envie de reprendre une rasade de café et de partir avec la maison et Berthe sur l'épaule, comme un géant de conte qui s'en irait au loin sur la montagne à l'horizon, transportant sa Walkyrie et sa grand-mère au Luger dans sa chaumière. Mais il sait que c'est pas possible. Il sait que la vie, c'est pas un conte. C'est un mauvais roman de gare. Ou un polar glauque, au mieux. Qui finit mal. En tout cas, pas un conte pour enfants. Enfin en ce qui concerne Berthe, il a pas trop à se soucier de la plume de son auteur. C'est bientôt fini pour elle. Elle a eu le roman qu'on lui a écrit. Avec des chapitres bien durs. Et une fin un peu chiante. Une fin poussiéreuse qui s'étirait trop. Et même s'ils sont venus y mettre un peu de sel, ça reste la fin de son roman à elle. Et Roy, il doit reprendre son roman à lui. Mais c'était bien de se retrouver au cours d'un chapitre commun. Il lui a bien plu ce chapitre, à Roy. Et à elle aussi.

— Finissez les croissants, je vais chercher les clefs de la 4L.

Une grand-mère qui te reçoit avec un calibre 22 et

qui te raccompagne en te filant les clefs de sa bagnole, si c'est pas une grand-mère en or massif.

— C'est adorable, Berthe, mais on va pas vous prendre votre 4L.

— Tu disais pas ça hier quand t'essayais de me la voler, marlou.

— C'était hier. J'vous connaissais pas encore.

— Ben, hier c'était un vol, aujourd'hui c'est un cadeau.

— On a déjà bien assez abusé de votre gentillesse, lui glisse Guillemette avec son soleil du matin dans le sourire.

— Vous m'ferez plaisir.

— C'est super gentil, Berthe, mais c'est non, dit Roy plus fermement. En plus le pare-brise est défoncé.

— Ah ben tu laisses une grand-mère avec une 4L au pare-brise défoncé sur les bras, toi ? C'est du propre.

Roy est fauché. Merde, il sait pas comment le prendre.

— J'te fais courir, marlou. J'ai pas conduit depuis quinze ans. De toute façon, j'ai jamais eu le permis. La 4L c'était juste un joli souvenir. J'suis contente de vous l'offrir, mais le pare-brise, je comprends que ce soit un problème. Alors, tu comptes t'y prendre comment ?

— J'ai mon idée.

— Bon, je vais vous préparer un encas pour la route. C'est quoi ton idée ?

Clic, les loquets s'agrippent, clac, les rouages débloquent, et hop, la portière s'ouvre. Guillemette et Berthe admirent l'artiste en action. L'Audi TT du voisin est prête à les accueillir.

— Faut qu'on file avant qu'il se réveille, lance Roy en entrant dans la voiture, son panier avec galette et pot de beurre sous le bras.

— Foncez, les marlous. La route est longue et la vie est courte.

Guillemette prend Berthe dans ses bras pour pas lui dire ce que les mots rendraient trop sucré. Berthe apprécie la retenue. Une caresse sur la joue de porcelaine de Guillemette avec ses doigts centenaires pour clore les adieux, et Berthe les laisse partir sans verser dans le lacrymal.

L'Audi démarre dans un bruit apocalyptique, un rugissement de dragon prêt à dévorer la route. Ce qu'il fait sous les yeux bienveillants de Berthe.

— Putain, mais qu'est-ce que c'est que ce bordel !?

Le voisin sort de chez lui en peignoir et en hurlant. Berthe l'avait vu venir. Elle se retourne et tire partout autour de lui avec sa pétoire qu'elle avait pris bien soin d'emporter avec elle. Le voisin saute se planquer dans la niche de son chien. Berthe recharge sa carabine – elle a retenu la leçon – et continue à tirer, surtout sur la niche, en délirant comme une vieille sénile qu'elle n'est pas :

— Des voleurs ! Ils ont voulu voler ma 4L ! Ma 4L presque neuve ! Je les ai vus ! Deux gitans et leur chien ! Ma 4L adorée !

Bang ! Bang ! Deux nouveaux coups de chevrotine. Berthe s'en donne à cœur joie.

« V'là qui devrait leur laisser le temps de disparaître. »

Le voisin pointe le bout de son nez hors de la niche, voir si l'orage est passé. Bang ! Bang ! Elle recharge vite, Mamie Luger, en fait.

« À la niche, toi ! »

Elle se marre. Et elle recharge.

Chapitre 34

Un p'tit détour

La route encore. Mais avec moins d'ivresse, moins de vitesse, moins de sensation de liberté dans l'Audi TT.

— Ça va, Roy ? Tu dis rien depuis une heure.

— J'suis pas très causant, tu le sais.

Moins d'ivresse donc. Est-ce que c'est le temps qui le rend glauque ? Le Massif central, c'est un microclimat de chape de plomb. Pendant que les juillettistes se font dorer les traces de maillot sur la côte, les Auvergnats rangent les déneigeuses mais gardent leurs bottes de caoutchouc aux pieds. Avec pour seule plage leurs champs qu'ont pas vu le soleil depuis huit mois, ils s'enfoncent dans la boue et la bouse de Salers en oubliant de rêver des Baléares parce qu'ils savent même pas où c'est. Alors c'est vrai que depuis une heure qu'ils roulent en silence sous le ciel plombé auvergnat, même Guillemette, habituellement toujours guillerette, commence à avoir le moral gentiment dans les chaussettes.

Peut-être aussi parce que Roy est encore plus mutique que de coutume. Dans son regard chargé de gris, Guillemette perçoit un orage qui gronde en silence. Roy veut rien laisser paraître mais Guillemette le sent. Sa lumière a du mal à percer dans le ciel gris de Roy, et elle aime pas cette sensation. Putain de ciel auvergnat !

« Pourquoi on est toujours dans le Massif central, d'ailleurs ? », elle se demande. À croire qu'ils avancent en zigzag depuis qu'ils sont partis. Pire, qu'ils tournent en rond. Comme si Roy prenait pas la bonne route. Systématiquement. Et faisait des détours pour revenir au même point. Inconsciemment. Ou pas ? Depuis trois jours qu'ils sont partis et qu'ils tracent la route, ils en sont rendus qu'au Cantal. Guillemette y connaît rien en bagnole et elle a pas souvent voyagé en France – elle préfère l'exotisme des longues distances, Bali ou Paramaribo, Saint-Flour, elle est moins familière –, mais elle a bien conscience qu'ils devraient déjà être loin. Beaucoup plus loin même. Elle l'a compris depuis un moment mais elle aime la balade. Et c'est Roy qui conduit, et elle le suivrait partout. Même dans ses errances. Mais là, elle a l'impression qu'ils avancent plus. Ils stagnent. L'Audi TT, c'est une bagnole puissante, alors pourquoi ils se traînent ? Comme s'ils tractaient une caravane trop chargée. Chargée de trop de bagages.

Ils passent sous un panneau de sortie d'autoroute. Guillemette y prête pas attention, mais Roy si. Il a changé de couleur et de vitesse. Le gris a viré plus foncé et l'Audi TT a décéléré avant de passer sur la voie de droite.

— On va faire un p'tit détour, Roy lance un peu sèchement. Sans beaucoup de ménagement. Et surtout sans concertation.

Surprenant, ce ton. Roy impose jamais rien. Ils

dansent habituellement en harmonie sur l'arc-en-ciel idyllique de l'amour fusionnel, et là, retour à la réalité sans sas de décompression. Attention. Risque de vertiges.

— Roy, je crois pas qu'on ait trop le temps pour un détour.

— On va le prendre.

Manque un brin de souplesse au goût de Guillemette. Elle enchaîne, plus froidement :

— Tu m'expliques ?

— Faut que je passe voir quelqu'un.

— C'est pas super le moment d'aller rendre visite à tes potes, Roy.

— C'est pas des potes, c'est un p'tit détour.

— Va falloir que tu sois plus précis.

Guillemette commence à s'agacer franchement. Roy le sent. Il sait qu'il va le faire, ce détour. Il le sait depuis longtemps, sans se l'avouer. Mais il se rend compte qu'il a pris le virage de façon trop abrupte. Il se tourne vers Guillemette et lui lance un regard lourd en émotion.

— Tu vois le panneau, là-bas ? Il indique un village. Il faut que j'y passe. Pas longtemps. Mais il faut que j'y passe.

— C'est quoi ce village ?

— Rien…

— …

— … C'est un village de rien.

Chapitre 35

Lâche prise, gamin !

— Si tu lâches pas prise, tu vas finir par terre.

— J'me prends des coups dans la gueule, et toi, tu m'dis d'baisser ma garde ! J'vais finir au tapis avec trois dents en moins, c'est tout c'que j'vais gagner avec ta philosophie de mes couilles.

— *Show some respect, kiddo.*

Bobby intervenait souvent quand Roy perdait patience. Il avait beau être boxeur et bâti comme une armoire à glace, Bobby était sensible à l'agressivité et fallait pas qu'on parle mal à René. Il le protégeait. C'en était touchant. Dans la salle de boxe, y avait que du gros balourd, de la testostérone par kilos, de la virilité par hectolitres. Eh ben, y a jamais eu un propos déplacé, jamais un mot malveillant, jamais une allusion homophobe. Pas une. Pourtant, René et Bobby, c'était bien deux pédés. C'était très clair pour tout le monde. Et dans ce genre de milieu, dans ce genre de village, c'est pas des choses qu'on apprécie. Ni même qu'on tolère.

Eh bien ces pédés-là, les apprentis boxeurs les respectaient. Tout pédés qu'ils étaient, Bobby et René faisaient figure de pères pour chacun de ces boxeurs qui avaient eu leur lot de galères et de remises en question de l'existence de Dieu, voire de l'existence tout court. Bobby et René les avaient pris sous leurs ailes, sans jugement et sans questions. Avec bienveillance. Alors si c'était ça, être pédé, ben y avait pas un boxeur dans cette salle qui le condamnerait, bien au contraire. Ils allaient pas virer de bord non plus, mais ces deux pédés avaient été plus humains envers eux que toutes les raclures de chiottes d'hétéros côtoyés jusque-là, parents compris. Cette conclusion te met en perspective la question de la moralité quant à l'orientation sexuelle. Ils l'auraient pas exprimé dans ces termes, on parle de gars qui passaient leurs journées à se taper sur la gueule, mais ils éprouvaient pour Bobby et René du respect. Et de la gratitude.

Résultat, malgré les coups qui pleuvaient toute la journée, régnait une sensation d'harmonie dans cette salle de boxe. Et Roy l'aimait, cette sensation.

Donc Bobby intervenait quand il sentait que Roy dérapait.

— *Show some respect, kiddo.*

— J'pige pas le ricain, Bobby, tu le sais.

— Mais t'as compris, *right? Respect! It sounds almost* pareil *in French*.

— Ouais, j'ai compris, Roy lâchait entre ses dents, mais avec calme.

Il savait que Bobby avait raison, on pouvait discuter sans être arrogant. Ils avaient souvent cet échange, René insistait avec son histoire de lâcher-prise, et Roy se crispait. Alors il lâchait encore moins. Il s'agrippait. Et Bobby intervenait. Pour rappeler le respect. Un entraînement de boxe avec un sparring-partner qui cherche à t'élever. Pas à te mettre au tapis.

— Lâche prise, gamin. Sinon tu vas finir au tapis.

Cette phrase a raisonné pendant les années d'entraînement qu'a passées Roy chez Bobby. Il la comprenait pas. Il se voyait accroché à une falaise, les bras tendus, les pieds dans le vide, le sol trois cents mètres plus bas, et l'autre lui assenait comme une succession de droite-gauche dans la tronche : « Lâche prise… »

« Mais merde, si je lâche prise, je vais tomber ! »

René avait une affection particulière pour Roy. Ce gamin était un écorché. Il cicatrisait pas. Volontairement. Il gardait la chair à vif. Pour pas oublier qu'il avait mal. Et se rappeler. De pas pardonner. Et de pas se pardonner à lui-même. Lou. Il avait pas réussi à la protéger. La culpabilité le rongeait de l'intérieur. Et nourrissait sa colère. Comme on nourrit une bête. Une bête à abattre.

René disait qu'il fallait avoir le bon équilibre entre le yin et le yang. Entre la part féminine et la part masculine. Venant d'un homo, Roy trouvait ça frais. Mais entre deux remises d'équerre bien viriles, Roy a fini par se sentir en confiance et il a baissé la garde, comme un chien blessé arrête de montrer les crocs. Il te laisse pas soigner sa blessure pour autant, mais au moins il arrête de te faire savoir qu'il va te sauter à la gorge si tu t'approches. Pas encore une victoire, mais déjà un progrès.

Roy, valait mieux pas lui assener trop de mots, il les digérerait pas. René l'avait compris. Mais des moments calmes, sans enjeu, pourraient faire office de pansements. Alors ils partaient marcher de longues heures dans la forêt. En silence. De ses longues marches est entré un soupçon de lumière dans la tête de Roy. Une tête plongée dans le noir depuis tellement longtemps. René lui a expliqué que cette sensation s'appelait la méditation. Roy comprenait pas mais il le ressentait. Il a desserré les poings. Et il a commencé à accepter de cicatriser. La caresse était encore loin. Mais la douleur s'estompait. Et la colère avec. Grâce aux sourires silencieux de René.

— Tu peux mettre des adversaires au tapis par wagons entiers, celui à qui tu la feras pas, c'est toi-même. C'est toi, ton adversaire le plus costaud.

— Je sais, faut qu'je lâche prise, Roy répondait dans un soupir, en levant les yeux au ciel, fatigué par cette litanie, et pour que René ferme sa gueule.

— Tu m'réponds ça pour que j'ferme ma gueule. T'as toujours pas compris. T'y viens. Mais t'as toujours pas compris.

René lui lançait alors un sourire édenté avec des yeux rieurs perdus sous des vagues de rides. Un sourire inaltérable. Ce sourire t'aurait fait fondre un iceberg. Et c'était tant mieux, parce que c'est ce qu'était le cœur de Roy, un putain d'iceberg.

Et un jour, dans ce village de rien au milieu de rien, Roy et René sont revenus de leur balade. En silence. Comme toujours. René souriait. Pourtant, ce jour-là, y avait une odeur différente dans l'air. Une odeur qui prenait au cœur. Une odeur d'irréparable.

Tout d'abord l'expression sur le visage de René avait changé. Quelque chose s'était éteint. Puis c'est

Roy qui a senti. Pas dans son nez. Dans ses tripes nouées. Tu sais pas encore pourquoi, mais ton bide te dit que tu vas pas bien digérer la nouvelle.

En s'approchant de la salle d'entraînement, René et Roy ont ralenti. Pourtant, vue de l'extérieur, la salle avait rien d'anormal. Une lumière printanière arrosait la façade d'un orangé très chaleureux. C'était l'heure de l'apéro et le cadre était parfait. Alors pourquoi ils ont ralenti ? Comme s'ils savaient…

Quand ils sont entrés dans la salle, tous les boxeurs étaient immobiles. À Hiroshima, on a retrouvé les ombres parfaites de gars fauchés par la bombe. Leurs silhouettes debout, toujours en mouvement, plaquées en noir sur un mur. Un instantané de leur dernier moment de vie.

Les boxeurs se tenaient immobiles. Depuis combien de temps ? Ils auraient pas pu dire. Ils étaient arrivés tous ensemble pour le débrief quotidien avec Bobby. Et depuis ils étaient pétrifiés…

Comme se sont pétrifiés Roy et René.

Fauchés par le souffle d'une bombe.

Sur le ring, le corps désarticulé de Bobby ressemblait à une œuvre d'art contemporaine. Une œuvre abstraite, choquante. Mais ce n'était plus Bobby. Ce reste de corps désarticulé au milieu du ring n'avait plus rien d'humain.

Les boxeurs, tout chargés de testostérone qu'ils étaient, avaient accepté depuis longtemps l'amour et donc la différence de Bobby et René. Pour eux, c'était les deux mecs les plus droits qu'ils aient rencontrés. Pour d'autres, c'était deux mecs qui s'enculaient. Et cette idée, ce simple concept, depuis la nuit des temps, deux mecs qui s'enculent, est indigeste pour certains. Viscéralement. Pour beaucoup. Et ces gens-là se mettent du côté de la morale. Ces bien-pensants, deux mecs qui s'enculent, ça les gêne. Parce que c'est différent ? Parce que c'est contre nature ? Ou juste parce que c'est deux mecs qui s'enculent ? On va pas trop creuser, on risquerait de tomber sur notre propre merde. Alors on va les faire payer. Y a des choix de vie, vaut mieux pas les faire si on veut pas finir sur un ring démantibulé à coups de démonte-pneu. Le choix d'être pédé. Mais pas de jalousie, hein, ce postulat vaut aussi pour les Noirs, les Arabes, les Juifs, les femmes. Tout ce qui est différent de l'autre. Sauf que l'autre a pas compris que lui aussi était différent de l'un et qu'à ce compte-là, le démonte-pneu, il pourrait bien lui revenir dans la gueule sous le même drapeau moral selon l'interprétation très personnelle de celui qui tient ledit démonte-pneu.

On l'avait bien aimé, au début, le Ricain débarqué de sa Normandie avec son rogaton de cigare et ses idées farfelues de monter une salle de boxe de par chez nous. Il amenait de l'exotisme. Et puis, il venait des États-Unis d'Amérique quand même. Ça imposait le respect. Les Ricains, c'est comme le McDo, ils ont un ingrédient chimique qui fait saliver le Français. Et Bobby dérogeait pas à la règle. Il faisait saliver. Surtout au début. Y a même quelques daronnes qui se le seraient bien mis sur la tartine. Et des grincheux que ça faisait soudain moins rigoler. Jusqu'au jour où René est arrivé. Ce drôle de Niakoué rabougri. On les aime pas trop les étrangers dans la région. Surtout ceux-là. On sait qu'ils vont pas nous piquer nos femmes, pas comme les autres Nègres, mais le commerce par contre, c't'une vraie mafia, ces citrons jaunes. Quand on est français et fier de l'être, on garde son territoire avec patriotisme et moralité. Depuis la collaboration, pardon, la Libération, ces belles valeurs morales avaient fait régner paix et harmonie au sein des foyers les plus moribonds. Alors le René, quand il a pointé le bout de son nez et, pire, le bout de sa queue, les villageois ont grincé des dents. Ils étaient pas discrets, les deux pédés. Les daronnes ont fait la gueule de constater qu'elles avaient flashé sur de la jaquette. Et les grincheux ? Ils auraient pu être rassurés, ils étaient plus en danger. Eh ben non. Vaut mieux être cocu qu'entouré de pédés. Dans ce village de rien, y en a quelques-uns qu'avaient ce genre de raisonnement. Trois en particulier. Trois grincheux plus énervés que les autres. Plus indisposés par la présence de ces deux hommes amoureux. Était-ce le fait qu'ils s'enculent ou qu'ils soient amoureux qui les dérangeait ? La question restait posée et risquait de le rester encore longtemps, tant que trois grincheux, dont une grincheuse – faut pas croire, le fanatisme n'a pas de sexe défini, on peut être con de tout bord et de toute couleur –, pouvaient s'armer de trois démonte-pneus pour aller démonter du pédé. Un pédé et un pneu, c'est pareil, c'est bien connu. En tout cas, dans ce village de rien, c'était bien connu. La preuve, Bobby il s'est fait démonter bien sagement. Comme un bon vieux pneu.

Et maintenant Bobby reposait là, désarticulé, sur le ring. Les boxeurs étaient pétrifiés. Mais Roy, lui, tremblait. Il était secoué de tous ses membres. Une douleur se réveillait au fond de lui. Tout au fond. Elle hurlait et elle râlait. Une bête…

…

La Bête.

…

Elle allait sortir. Il fallait qu'elle sorte… La cicatrice s'était rouverte. Trop d'horreur… À nouveau trop d'horreur !

…

La Bête.

…

Elle sortait pas ?

…

Elle avait arrêté de rugir ?

…

Roy a senti quelque chose. Venu le chercher. Loin. Très loin. Pour le rattraper.

Une main sur son épaule.

La main de René.

Douce.

La douceur de René.

Malgré tout.

Et la Bête s'est calmée.

…

Puis elle est repartie.

…

Roy en revenait pas…

Il s'est tourné vers René. René et son sourire si apaisant. René au visage de pruneau séché. Il avait pas de colère sur son visage. Pas même de la tristesse. Mais son sourire avait disparu.

Le sourire de René…

« Lâche prise, gamin. Si tu lâches pas prise, tu vas finir par terre. »

Malgré l'horreur, Roy a pas lâché la Bête. Il s'est retourné face à René, a ouvert ses immenses bras et les a refermés sur lui. Avec une délicatesse dont il s'était jamais imaginé capable. Il a soulevé René et l'a entraîné en dehors de la salle, loin de ce qu'il restait de l'homme qu'il avait aimé, dont la carcasse désarticulée n'était plus que le souvenir du bonhomme exceptionnel qu'il avait été.

Si exceptionnel que trois grincheux en ont eu peur et ont préféré le briser. Comme un enfant brise le jouet qu'il ne peut pas avoir.

Ainsi, René ne pourrait plus avoir Bobby.

Roy et les boxeurs non plus.

Alors que Roy s'éloignait dans la forêt, en portant René en silence contre sa poitrine, les boxeurs ont réagi avec moins de philosophie. Ils ont pas trouvé de démonte-pneu, ils y sont allés à mains nues. Ils ont traqué les trois grincheux. Et cette fois, c'est pas la Bête qui a fait un carnage mais une dizaine d'adolescents apprentis boxeurs à qui on avait pris la seule personne qui avait de la valeur dans leur vie. Une dizaine d'adolescents brisés, rendus fous de douleur. Et de rage animale.

Roy est arrivé dans une clairière calme. Quelques oiseaux chantaient au loin. Il s'est assis sur la souche d'un arbre fraîchement abattu. Il a relâché son étreinte. Sur son T-shirt, quelques traces d'humidité. Des larmes probablement. Pourtant le visage de René était toujours impassible. Peut-être même encore un peu plus sec que d'ordinaire.

Dans la tête de Roy, une phrase lui revenait en

boucle. Elle voulait sortir, mais il osait pas. Elle aurait été cruelle. Mais il aurait voulu comprendre : « Ce qui ne te tue pas te rend plus fort ? Bordel de merde ! Ce qui ne te tue pas te rend plus fort ?! »

Et comme s'il l'avait entendu, René a relevé son visage ridé vers Roy et lui a répondu simplement :

— Mais ça fait quand même un mal de chien…

La réaction de René a été la plus grande leçon de sa vie. La plus belle. Et la plus incompréhensible… Le lendemain, René était reparti. Roy a jamais su où. René a pas laissé de mot, pas d'adresse. Juste le souvenir de ces longues promenades silencieuses et de cette phrase qu'il assenait à Roy chaque fois qu'il était sur un ring.

Jusqu'à ce jour, Roy est toujours pas sûr de bien avoir compris ce qu'il voulait dire. Tout ce qu'il sait c'est que René lui manque… Putain, qu'est-ce qu'il lui manque !

« Lâche prise, gamin… »

Chapitre 36
Recueillement

Roy se tient face à une vieille bâtisse bouffée par la rouille, les mauvaises herbes et le temps qui passe. Des carcasses de machines à laver échouées tout autour, des bidons d'essence défoncés, deux-trois épaves de vieilles Motobécane. Un dépotoir à l'abandon derrière lequel se cache le souvenir de la salle de boxe de Bobby. On peut encore lire quelques lettres sur l'enseigne à la peinture effacée et patinée, telle une pierre tombale : *Bobby's Boxing Club*. Roy les lit parfaitement. Comme si Bobby venait de la peindre. Il se souvient de ce moment, très précisément, Bobby qui passe un dernier coup de pinceau, fier comme un aigle américain. *Bobby's Boxing Club*. Le nom claquait autant que le clairon de la cavalerie qui débarque alors qu'y a plus d'espoir. La pancarte pétée en deux, avec toutes ses lettres effacées, lui rappelle Bobby, son pinceau à la main, qui lui disait : « *What's up, doc?* » Roy en lâche un sourire nostalgique.

Et Guillemette, ce sourire lui fait du bien. Depuis une bonne heure qu'ils sont devant ce hangar désaffecté et que Roy lui raconte une de ses histoires, cruelle au-delà de l'imaginable, triste au-delà du supportable, une chape de plomb lui compressait le cœur. Et elle s'est sentie d'un coup beaucoup moins invulnérable. Elle a vu trembler son Minotaure. Elle l'a vu pleurer. Elle en a conclu que c'était aussi un homme. Elle en a été émue. Et elle en a été terrifiée. Parce qu'un homme, c'est mortel. Révélation antinomique avec le trip épico-romantique qu'elle se racontait depuis quelques jours.

— On va aller lui dire bonjour.

— Hein ? Quoi ?

Guillemette en revient pas. Qu'est-ce qu'il raconte ?

Roy fait coulisser l'énorme porte métallique qui bloque l'entrée.

— Roy, on va peut-être y aller, non ?

Guillemette est pas rassurée. Roy est distant. Ou plutôt ailleurs. Il flotte dans ce cimetière, avec solennité et introspection.

— On reste pas longtemps. Je peux pas passer devant la salle de boxe de Bobby sans lui dire bonjour.

— Mais, Roy… T'es sûr que…

Roy lui lance un regard des mille kilomètres. Celui des mecs revenus de la guerre, témoins de tant d'horreur que dans leurs yeux, on voit l'horizon. Ils sont plus jamais là, dans ce qui les entoure. Leurs yeux sont un mélange d'introspection et de discussion tendue avec un Dieu à qui ils réclament des comptes. Et ce traumatisme, il se retrouve dans leur regard, grave, intense, qui se perd à mille kilomètres. Guillemette voit bien que Roy lui passe au travers. Il regarde dans sa direction mais il la voit pas. Il voit le passé, l'horreur, la souffrance, il voit la conversation avec Dieu… Il a besoin d'ouvrir cette porte pour se recueillir sur la tombe d'un boxeur américain gay, assassiné sur ce lieu même, il y a plus de vingt ans, et rien l'en empêchera. C'est le moment où le spectateur a envie de gueuler au héros qui va chercher un truc inutile dans la cave obscure : « Tu devrais pas ! » Parce que le hangar face à eux, il a rien à envier à une maison hantée de film d'horreur. Et Guillemette, elle a qu'une envie, c'est de dire à Roy : « Tu devrais pas ! » Mais elle dit rien. Quand un homme te lance un regard de mille kilomètres, tu peux lui parler, il t'entendra pas. Il est trop loin. Mille kilomètres trop loin. Alors Guillemette fait ce que toute héroïne amoureuse du héros ferait : elle le soutient. Et elle lui emboîte le pas. Avec une voix dans sa tête qui lui dit : « Tu devrais pas… »

La porte hurle, couine et grince. L'impression d'entendre Satan au fond des Enfers dévorer une locomotive à pleines dents.

— Faudrait passer un coup d'huile, elle grince.

« Doux euphémisme », se dit Guillemette. Mais elle veut pas contrarier Roy. On contrarie pas une âme en deuil dans un cimetière.

L'intérieur les laisse sans voix. Tous les deux. Et Roy, en plus, ça le laisse sans souffle. La vue de la salle d'entraînement de Bobby lui a fait l'effet d'un direct sous les côtes. Il l'a pas vu venir, il avait la garde baissée. Forcément, il se savait pas dans le match. Pourtant, René arrêtait pas de lui dire : « Si tu lâches pas prise, tu vas finir par terre. » Mais lâcher prise voulait pas dire baisser sa garde.

Il croyait quoi en entrant ici ? Qu'il allait rien ressentir ? Qu'il trouverait un hangar désaffecté et que ses souvenirs feraient le reste? Que ce serait une bulle introspective aussi anecdotique que de tomber sur une vieille photo jaunie? Le déni, un adversaire fourbe, il avait jeté Roy dans la gueule du loup, sans le préparer à la déflagration. Le hangar était pas vide et désaffecté. Il était tel que Roy s'en souvenait. Pire. Il était exactement identique à la dernière fois où il l'avait vu. Et la dernière fois, Bobby gisait désarticulé au milieu du ring. Le carnage a été nettoyé. Ils ont fait preuve de la décence requise. Mais le reste… Tout le reste était identique. Chaque objet au même endroit. Une photo parfaite du moment fatidique. Saupoudré d'une bonne couche de poussière. Les boxeurs étaient restés soufflés face au choc de découvrir Bobby sur le ring. La salle était une photographie de ce qui avait été un instant de vie. Puis un moment de mort. Hormis la dépouille de Bobby, tout avait été laissé en place. La salle avait été abandonnée après l'explosion nucléaire. Ce lieu était tellement fantomatique que l'atmosphère en devenait palpable. Et quand un fantôme devient palpable, c'est le moment de se casser en courant chercher un exorciste. Ce que ne fait pas Roy. Roy fait tout l'inverse. Un pas en avant.

Le plancher craque. Rien n'a bougé, si ce n'est l'invisible. Et l'invisible, ça te bouffe le bois, ça te patine la peinture, ça te rouille le métal. L'invisible, ça laisse des traces.

Roy avance lentement, scrutant chaque détail avec émotion. Il visite le musée de son adolescence et de ses souvenirs. Il se mange dans la gueule des madeleines par kilotonnes. Même si certaines sont savoureuses, on frôle l'indigestion.

Roy avance au milieu de cette photo en relief, soulevant des nuages de poussière fantomatique à chaque pas. Et Guillemette l'observe. Bras croisés. Serrés. Fort. Contre elle-même. Elle préférerait nettement qu'ils le soient autour de Roy. Et ceux de Roy autour d'elle. Elle voudrait être loin de ce hangar. Elle respecte la tristesse de Roy, mais elle est pas fan du timing. Ils devraient être sur la route à creuser la distance entre eux et les flics. Ou sur le bas-côté à baiser sur la banquette arrière. Quitte à se faire gauler, que ce soit parce qu'ils sont enivrés de cul, pas parce qu'ils se sont fait aspirer dans le vortex de la mélancolie. Le sentiment peut être beau, voire romantique, donc on se sent le droit de s'y laisser aller, mais c'est surtout une bonne excuse pour se complaire dans la glauquitude. Donc, non seulement c'est pas constructif, mais c'est vite chiant. Et Guillemette, le chiant, elle aime pas. Elle veut sortir Roy de cette torpeur dans laquelle il s'est englué.

Une réponse divine lui est alors envoyée. Pas exactement celle escomptée, mais elle fait le job : elle désenglue Roy. Et pour cause, si Roy relève ses yeux chargés de tristesse sur Guillemette, c'est qu'elle vient de lâcher un cri étouffé. Étouffé parce que le bras autour de son cou lui écrase la trachée. Et le cri parce qu'elle a un Glock 9 mm posé sur la tempe.

Chapitre 37

Martinot, fils de pute…

Martinot. Sa gueule de con. Son haleine de chacal. Son énergie de merde. Martinot, qu'est-ce qu'il fout là ?

Martinot, c'est le choléra qui vient frapper à ta porte. T'as beau t'être mis en quarantaine, y a une saleté de bactérie qu'a réussi à s'infiltrer et tu finis sur un brancard avec un tas de macchabs qui sentent la charogne putride. C'est Martinot. Question de karma. Y en a, y naissent pour sauver des enfants malades en Afrique, Martinot, il est juste là pour propager une sensation de maladie. Et des séquelles qui vont avec. On pourrait parler de son enfance malheureuse, de ses troubles comportementaux à l'école, de ses problèmes affectifs avec les femmes, mais Roy connaît pas cette facette. C'est pas comme s'il avait eu de grandes conversations avec Martinot. En général, leurs échanges se jouent à coups de poing dans la gueule ou à coups de 9 mm. Le dénouement a jamais été fatal. Sinon ni l'un ni l'autre serait là pour discuter revanche. Mais il a toujours été… pimenté.

La première fois que Martinot et Roy se sont rencontrés, ça sentait le poisson pas frais. C'était à Rungis. Derrière les entrepôts où se déversent quotidiennement des tonnes de poiscailles pour approvisionner les restos de la capitale. Et pour approvisionner les dessous-de-table de types pas franchement recommandables : les boss de Roy. Qui dealent donc souvent avec d'autres types pas franchement recommandables : les boss de Martinot. Les escrocs des bas-fonds, c'est pas d'une grande complexité diplomatique. C'est juste des mecs qui escroquent, extorquent, détournent et se font une marge au passage. Comme à Wall Street. Et pour se faire cette marge – d'aucuns diraient du détournement de fonds, mais d'aucuns feraient mieux de fermer leur gueule s'ils veulent pas la voir éclatée en deux sur le bitume à coups de manche de pioche –, pour faire cette marge donc, on recourt à des gens d'expertise. Des traders, dans le cas de Wall Street. Ou on recourt à Roy, dans le cas de la rue tout court. Celle qu'est sale, celle qu'est moche, celle qui pue. Celle des 99 % qui ont le caniveau pour seule ligne d'horizon, et la bouche d'égout pour seule perspective d'avenir. Eh bien Roy, c'est le trader de ces 99 %. Il marge, mais pas à coups de transactions virtuelles. Ses transactions sont très concrètes. Des phalanges en béton armé pour discuter les termes et un bon coup de boule pour sceller l'accord. Roy est un businessman très professionnel. Très carré. Cent trente centimètres d'une épaule à l'autre. Martinot est un trader de seconde zone. Il joue le coup en douce, vicelard mais trop gourmand, qui finit toujours par se voir.

La première transaction sentait donc le poisson pourri. Et pas qu'un peu. Sac de sport contre enveloppe kraft. Dans le sac de sport, y avait quelques armes prohibées. Dans l'enveloppe, la valeur marchande en petites coupures. Mais quand Martinot a tendu l'enveloppe à Roy, alors que celui-ci lui tendait le sac en échange, Martinot a pas lâché. Il a plongé son regard de gros rat noir dans celui de Roy et a craqué un sourire jaune. Roy a noté qu'une molaire droite manquait à l'appel. Apparemment le trader Martinot avait pas eu que de la chance dans ses précédentes transactions. Et là, il retentait le coup. La fièvre du jeu. Le joueur invétéré a beau se brûler les doigts régulièrement, perdre l'argent du loyer familial alors que la daronne est enceinte du cinquième, il peut pas s'en empêcher, il y retourne. La fièvre dans les yeux. Il fonce. Il laisse le cerveau au vestiaire. Le cerveau qui lui dit : « Mec, depuis vingt ans tu perds plus que tu gagnes. T'as pas percuté ? Faut qu't'arrêtes ! » À la place, il reprend une double ration de tripes, celles qui lui disent : « Vas-y mon poto, fonce ! Tu sens comme tu vibres, là ? Tu sens comme c'est bon ? Allez, bande ! Bande pendant que t'es vivant ! Tu peux clamser demain, alors c'est le moment de kiffer ! » Alors il joue. Il laisse la fièvre s'emparer de lui, comme un shoot de crack. Il est plus maître de ce qu'il fait. Il réfléchit plus. Juste la sensation de vibrer, l'excitation de gagner, la peur de perdre. Putain, c'est bon de se sentir en vie ! Et le plus souvent, le joueur perd. Sa partie de cartes mais aussi une partie de sa vie.

Martinot est joueur. Mais lui, c'est pas les cartes, sa came, c'est les escroqueries. Et là, en face de lui, il avait Roy. Roy voulait l'enveloppe et Martinot se disait qu'il allait peut-être pas la lui laisser. Le temps s'est arrêté la demi-minute qu'a duré le sourire édenté de Martinot en réponse duquel les sourcils froncés de Roy ont lancé le ton. Encore un duel sans paroles comme les affectionne Roy. La transaction silencieuse a eu lieu. Martinot a lâché l'enveloppe. Non pas qu'il était impressionné par la carrure de Roy – dans ce milieu, ce genre de format, on en croise aussi souvent que des genoux pétés à la barre à mine –, mais y avait quelque chose derrière ses sourcils froncés qui l'ont stoppé. Par peur, certes, mais surtout par excitation : un adversaire intéressant. La tentation de monter les paris. La partie s'envenime. Les tripes prennent le relais. La fièvre du jeu. Le sang bat plus vite dans les veines de Martinot. Merde, il bande presque en se plongeant dans le regard de Roy. Pourtant, Martinot, il a pas de problème d'identité sexuelle. Les pédés le débectent. Il en casse même de temps en temps. Pour le sport. C'est le genre de raclure de chiottes que le bon Dieu, dans sa grande miséricorde, égrène sur notre charmante planète pour rendre notre quotidien plus savoureux. Mais là, Martinot, avec l'excitation du jeu, il bandait en matant Roy. On est pas à un paradoxe près.

Pourquoi Martinot a lâché l'enveloppe? Parce qu'il bandait à un point qu'il s'est dit que la prochaine fois, ce serait orgasmique, leur rencontre. Il a ferré le gars, il l'a chauffé, il va faire monter la pression, et après, il va l'empaler, comme un trophée de chasse. La tronche de Roy joliment empaillée dans son salon, au-dessus de sa télé. C'est l'image qu'il avait en tête en pensant à leur prochaine transaction.

Et Roy ? Il lisait très clairement dans les yeux de son interlocuteur. Entre traders, on se comprend. Surtout que Martinot était pas d'une grande subtilité dans sa stratégie. Alors qu'il tenait l'enveloppe fermement et qu'il contemplait le trou laissé par la molaire disparue dans la bouche de cette crevure de Martinot, Roy se disait : « Toi, mon cochon, tu veux essayer de me la mettre. Et comme tu sens que je suis pas docile, tu vas attendre que j'aie le dos tourné pour m'enculer sans passer par la case dîner aux chandelles. Et tu vas pas me laisser ton numéro et un bisou dans le cou quand tu vas me quitter. Tu vas me laisser un sale goût dans la bouche et un sale souvenir dans le cul. Le problème, c'est que ta tronche de caricature joue pas pour toi. Et ton coup de pression, là, avec l'enveloppe, il me chatouille juste un chouille. J'ai une furieuse envie de jouer les dentistes et de continuer à t'aérer le sourire en t'enlevant chacune de tes trente et une dents restantes. À la pince rouillée. Mais je te le réserve pour notre prochain rencard. Parce que quelque chose me dit qu'on en est qu'aux préliminaires. »

Alors Martinot a lâché l'enveloppe. Et comme la confiance existe pas dans ce métier, Roy a recompté. Le compte y était. Pas comme les dents de Martinot, qui a quand même lancé un dernier sourire en guise d'au revoir. Putain, ce sourire, c'était une agression esthétique dès qu'il surgissait. « Faut abattre cette pauvre bête, elle souffre trop », pensait Roy chaque fois qu'il se perdait dans la contemplation morbide de la bouche de Martinot. Cette bouche était pas juste un problème esthétique, c'était un gouffre qui te promettait une chute dans les différents cercles de l'enfer.

Le deuxième rendez-vous donc. Les quais de Seine. Ceux qui sentent bien la pisse et la désertion des efforts municipaux. Ils te rappellent que Paris, c'est une carte postale et qu'au-delà des bords détourant la charmante photo de la tour Eiffel, y a le reste de la bourgade, dont certains coins sont pas franchement reluisants pour une ville appelée Lumière. Ils sont même sombres et lugubres. Idéaux donc pour les transactions dont Roy et Martinot sont les orfèvres. Bien sûr, Roy se doutait que Martinot allait lui faire un plan de pute. Les poings bien serrés, prêts à cogner de suite, il était sur ses gardes. En alerte. La vision à trois cent soixante degrés. Un vrai périscope. Les naseaux dilatés. On croirait pas mais, derrière la pisse, on peut sentir une raclure de chiottes comme Martinot si on a l'odorat affûté et coutumier de ce genre d'odeur.

Bruits de pas sur le bitume. Il était derrière lui. Roy s'est retourné d'un coup. Prêt à bondir. Martinot a ouvert le bal :

— On m'avait dit que t'étais rapide. Suis impressionné.

— Dix ans de boxe.

— Poids lourds ?

— À ton avis ?

Martinot a souri. Les portes de l'enfer s'ouvraient à nouveau. Merde, Roy avait oublié à quel point il était dégueu, ce sourire. Il a enchaîné :

— On discute régime ou on bosse ?

— T'es pressé ?

— Non, j'suis bien là. L'odeur de pisse m'apaise. Et la vue, elle me met dans une humeur romantique. Mais j'ai pas le temps d'écrire des poèmes, j'ai encore trois autres tronches de cons dans ton genre à visiter ce soir. Alors passe la thune.

— Passe la marchandise.

Roy a empoigné les sangles de son sac Le Coq Sportif. Roy a toujours négocié français. Le coq fier, qui sent bien le camembert, cocorico et tout le toutim ! Dans le sac, y avait une autre marchandise pas recommandable. Came ? Flingue ? Roy avait même pas vérifié avant. Lui, son boulot, c'était juste de faire le passe-plat.

— La thune, Martinot.

En guise de réponse, ce putain de sourire. Merde, c'était un trou noir, ce sourire, il t'aspirait dans l'antimatière, il t'hypnotisait et te faisait disparaître. Roy sentait que la transaction allait partir en couille. La machine était enclenchée. Mais d'où elle allait venir, la volée de merde ? Martinot bougeait pas. Il était trop détendu. Il allait rien tenter. Roy a fait volte-face brusquement. De derrière. Elle pouvait venir que de derrière.

— T'es tendu. Y a quelque chose qui va pas ?

Martinot se marrait. Roy faisait face à l'obscurité. Rien. Il s'est retourné. Martinot était immobile. Alors, c'était quoi le piège, putain ?

Et là, le sol s'est dérobé sous ses pieds.

« Merde. La grille. La putain de grille ! »

Roy était occupé à surveiller à trois cent soixante degrés, il avait pas fait gaffe qu'il se tenait sur une putain de grille. Et quatre mètres plus bas, y avait le sol pour l'accueillir. Pas molletonné, le sol. Le choc a été lourd. Les rats se sont tous carapatés comme des rats qu'ils sont. Le coup de feu est parti. Mais trop tard. Pendant la chute, et sans viser, Roy avait tiré, comme un réflexe de survie. Comme on s'accroche aux branches. Mais y avait plus de branches. Alors il avait chuté. Et il avait tiré, mais dans le vide. Martinot se marrait. Ses deux acolytes cachés dans le noir l'ont rejoint. Ils ont parlé dans l'obscurité. Mais c'était trop loin pour que Roy entende. Et puis, après sa chute, ses oreilles bourdonnaient trop pour percevoir distinctement le sifflement de ces salopards.

Il a quand même aperçu le sac et le coq disparaître avec cette raclure de Martinot.

Et puis le noir.

Le troisième rendez-vous, c'était dans les chiottes du resto où Roy passait son premier dîner en tête à tête avec Guillemette. Martinot a fini les couilles éclatées, la gueule ouverte dans son vomi. Un partout, balle au centre.

« Martinot, fils de pute ! Qu'est-ce que tu fous là ?... »

Chapitre 38

L'arène

Le Glock s'enfonce dans la chair de Guillemette. Cet enculé presse le flingue contre sa tempe. Fort. Et il la serre contre lui. Encore plus fort. Il veut qu'elle comprenne qu'il est sérieux. Il fait ce qu'il faut pour. Avec succès. Elle a compris, elle respire plus. Elle sent la main du mec contre sa bouche. Elle fait mal, cette main. Et elle pue. Elle pue le cuir vieilli de gants qu'il utilise pour ce genre d'occasion. Souvent donc. Elle pue la sueur et un reste de sauce blanche d'un kebab qu'il a dû bouffer sans couverts sur le chemin qui l'a mené à eux. Mais elle a une autre odeur, encore plus imprégnée. Le genre d'odeur qui part pas au lavage. Elle pue la mort. Et le gars, avec son Glock, il l'aime, cette odeur. Il l'arbore comme les Indiens leurs peintures de guerre. Un message pour l'adversaire qui dit : « Je suis là pour te tuer. »

Message reçu.

Guillemette a pas vu le visage de son agresseur. Tout se passe dans le nez. L'odeur de la mort sur lui. De sa mort à elle. Alors elle se glace de partout. L'agresseur lui glisse un doigt sous le nez. Sous l'arête. Et il pousse. Sourdement. Il lui fait un mal de chien. Qui l'immobilise. Et la liquéfie. Un filet d'urine coule le long de sa cuisse. Quand la peur prend le contrôle, le corps perd celui des fonctions les plus basiques. Comme se retenir de pisser. Guillemette est assaillie par la peur et se rend même plus compte qu'elle est en train de se souiller. Le seul élément dont elle a encore conscience, c'est le décompte du temps qui passe. Son trésor le plus précieux. Parce qu'il devient rare. Donc fragile. Elle sait pas combien il lui reste à vivre. Une poignée de secondes ? Quelques battements de cœur ? Ou juste un clignement d'yeux ? Le temps se diffracte au ralenti depuis que cette main puante s'est glissée sous l'arête de son nez. Y a pas cinq secondes. Cinq secondes qui lui ont paru cinq heures, à se demander pourquoi Roy réagit pas.

Roy, son Minotaure.

« Pourquoi tu réagis pas ? »

« Parce que, Guillemette, ça fait que cinq secondes que tout a basculé. Toi, ça te paraît une éternité. Mais pour le reste du monde, ça fait que cinq secondes. »

« Martinot, fils de pute ! Qu'est-ce que tu fous là ?… » Au son du cri de Guillemette, Roy s'est retourné et s'est pris cette pensée dans le plexus. Bam ! Sans lui laisser le temps de rentrer dans le match. Il s'est pas encore débarrassé de son peignoir rouge et or, l'arbitre a pas sifflé le début du round que l'autre lui a déjà sauté dessus. Le message est clair : le match sera sale, sanglant et surtout, il se fera pas dans les règles. Rien à foutre de l'arbitre, je te chope quand t'as le dos tourné et je te colle un handicap direct. Martinot sait bien que s'il la joue à la régulière, il va se faire rétamer. Roy est un putain d'adversaire, il va pas se laisser mettre au tapis docilement. Alors qu'avec des coups de pute en douce, Martinot te le fragilise et là, il peut gagner.

Roy a le souffle coupé. Pour lui aussi, le temps s'est ralenti. Mais contrairement à Guillemette qui panique – la coulée d'urine le long de sa cuisse a pas échappé à son amant et encore moins à son agresseur qui se délecte –, Roy jauge. La putain de distance qui les sépare. Dix bons mètres. Il scrute autour de lui. Il cherche, fébrile, une arme à portée de main, un projectile facile d'accès qu'il pourrait balancer à la gueule de l'autre enculé pour qu'il lâche sa fée en train de se fêler. Des gants de boxe poussiéreux, des cordes à sauter laissées à l'abandon, des haltères. Rien. Y a rien qui ferait l'affaire.

« Martinot, fils de pute ! Qu'est-ce que tu fous là ? Je t'ai laissé à moitié mort dans les chiottes du resto. T'avais bien foutu ma soirée en l'air. T'es pire que l'choléra, on peut pas se débarrasser de toi. Avec ce qu'j't'avais mis, t'aurais dû finir à la morgue, ou au moins en réanimation. Comment t'as survécu ? Comment tu t'es relevé ? Et comment tu m'as retrouvé ? »

Martinot s'avance lentement dans le hangar. Bien au chaud au fond de son fauteuil roulant. Le cliquetis de son goutte-à-goutte est le seul son à percer l'air opaque. Il fait peur à voir, Martinot, et il le sait. Depuis quatre jours qu'il était alité à l'hôpital à regarder sa gueule cassée dans le miroir et à chier dans une poche, Martinot était animé par une unique pulsion : retrouver le responsable et lui faire bouffer ses organes vitaux. Les multiples fractures, déchirements et contusions sont censés te rappeler à l'ordre et te clouer dans la position qui te sied le mieux : allongé. Sur un lit d'hôpital ou entre quatre planches. Sauf qu'il faut pas sous-estimer l'énergie de la revanche. Elle est encore plus puissante que celle du désespoir. Et Martinot, cette énergie lui balançait des décharges d'adrénaline et des déflagrations d'endorphine qui lui anesthésiaient la douleur. Ressuscité par sa pulsion de mort, boosté par les shoots chimiques qui permettaient à son corps de pas tomber en miettes, les yeux injectés de sang sous les bandelettes qui tentaient de contenir les morceaux fracassés de son visage, porté par la foi, contestable mais qui soulève aussi des montagnes, Martinot s'est levé et a marché. Pas longtemps. Pas loin. Deux mètres. Mais il a marché. Le temps de choper son portable. Et de passer un coup de fil. À Max. Le Ferrailleur.

Max avait hérité de ce sobriquet parce qu'il faisait dans le recyclage d'os. Il te récupérait du bonhomme en état de marche, te le concassait et te le faisait disparaître. Plus efficace qu'une casse de bagnoles. Max était le cousin de Martinot. Raclure de chiottes, faut croire que c'est de famille chez les Martinot.

La momie a pas tenu debout longtemps, mais assez pour appeler Max.

Le Ferrailleur.

Et Max, maintenant, est en train d'éclater le nez de Guillemette qui se pisse dessus. Il vient donc de rentrer dans le cercle pas très fermé des mecs que Roy veut se faire une urgence de crever façon tartare.

Donc repérage des lieux : Max derrière Guillemette, qui la tient fermement à dix mètres de Roy, au pied du ring. Martinot revenu de chez les morts, momifié des pieds à la tête, intubé par tous les orifices – « Respect, quand même, un mec qui se fait souffrir à ce point pour avoir ma peau, il mérite un minimum de considération » –, dans le coin près de la porte. Et derrière Martinot, son infirmière qui l'aide avec son fauteuil et sa poche de merde. Une infirmière d'un mètre quatre-vingt-neuf, quatre-vingt-dix-huit kilos, le cheveu long et gras, les dents en or, un Beretta dans chaque main. « Merde ! Le Gitan. Martinot a été chercher le putain de Gitan ! »

Le Minotaure est dans l'arène et les toreros la jouent pas régulière. Ça commence à sentir le barbecue.

Guillemette tremble de tous ses membres, mais la douleur provoquée par le doigt sous son nez la ramène progressivement à la réalité.

— Martinot, fils de pute, qu'est-ce que tu fous là ?

Guillemette est suffisamment revenue pour se dire que Roy devrait pas entrer en matière sur ce ton. Elle prie le ciel, ce qu'elle a jamais fait, pour que Roy s'adoucisse dans le verbe, ce qu'il a jamais fait non plus, et qu'il lâche plutôt la Bête.

« La Bête… s'il te plaît, lâche la Bête ! C'est maintenant. Je ferme les yeux et tu les tues tous. Tu les dévores. Et je les rouvre et c'est fini. S'il te plaît… »

Elle implore. Dans sa tête. Et dans ses yeux. Roy le voit bien, et en a le cœur brisé. Parce que pour l'instant, il peut pas faire grand-chose si y veut pas que la fête parte en méchoui. La Bête, elle vient pas sur commande. Et surtout elle fait pas dans la stratégie. Et vu la distance qui le sépare de Guillemette, et celle qui la rapproche du Glock, si y a un invité de plus dont ils ont pas besoin, c'est bien la Bête. Elle ferait qu'empirer les choses. Ce dont ils ont besoin, c'est un bon jeu de jambes.

Roy scrute ses adversaires. Il danse sur le ring, dans sa tête. Petites foulées. Depuis le coup dans le plexus, y a pas un autre coup qu'est parti. Ils se tournent autour. Ils se reniflent. Quand la cloche sonnera, il va en pleuvoir des coups, mais plutôt des coups de feu. En attendant, ils dansent immobiles.

— Moi aussi, j'suis content de te revoir, Roy.

Merde, il est vraiment bien abîmé, Martinot. On comprend un mot sur deux sous ses bandages. Le fait qu'il ait perdu la moitié de ses dents aide pas. Cette pensée lui donne du baume au cœur, à Roy. Martinot enchaîne :

— J'ai eu l'impression qu'on s'était quitté sur un malentendu à notre dernière rencontre. Je voulais qu'on éclaircisse un ou deux points.

— T'étais pas forcé de te déplacer, on aurait pu se téléphoner. Ton médecin doit être contrarié que tu t'sois levé.

— Oui, il s'est montré peu ouvert à ma sortie prématurée. Mais le Gitan lui a expliqué et il a fini par s'assouplir. Après avoir chié dans son falzar, il a compris que c'était important pour moi qu'on se parle de visu. J'avais envie de revoir ta tête. Tu sais que je l'aime, ta tête.

— Ça m'touche ce qu' tu m'dis là. Je l'entends pas souvent, c'compliment.

— J'imagine. Et je compatis. Tu sais pourquoi ?

— Parce que depuis quelques jours, t'as la même gueule que moi et qu'ça te fait pas marrer ?

Pourtant, si, Martinot se marre. De la perspicacité de Roy.

— T'es moins con que j'croyais.

— Faut pas s'fier aux apparences. Maintenant que t'as aussi une tronche de tomate écrasée, tu vas l'comprendre.

Nouveau rire de Martinot. Jaune, le rire.

— Ben t'es en forme, dis-moi. J'te savais pas plein d'esprit comme ça.

— C'est parce que j'suis amoureux.

— De la petite, là ?

Écarquillement d'yeux de Guillemette.

— De la petite, là, confirme Roy.

— Elle est jolie, faut reconnaître.

— Très.

— Elle baise bien ?

— Tu veux entrer dans cette zone, Martinot ? T'es sûr ? C'est déjà assez tendu, tu crois pas ?

— Me dis pas qu't'es jaloux ?

— J'suis surtout surpris que ça t'intéresse. La dernière fois que j't'ai vu, j'ai bien fait en sorte que tu puisses plus utiliser ta queue pour quelques décennies.

Martinot perd le sourire. « Qu'est-ce qu'il fait ? Pourquoi il continue de le provoquer ? », Guillemette se dit en boucle, plutôt que de reprendre sa respiration bloquée depuis trop longtemps.

Et Max et le Gitan ? L'avantage des sbires, c'est qu'en général, c'est pas des intellectuels, donc sur la partie joute oratoire, ils s'impliquent pas, ils savent qu'ils sont pas armés pour, ils se mettent de côté, ils grognent de temps en temps, pour rappeler qu'ils sont là et dangereux, ils se marrent quand ils comprennent un bon mot malgré leur QI atrophié, et ils attendent sagement le top départ de la boucherie.

Donc pour l'instant, ils laissent les orateurs jouter. C'est pas non plus la Comédie-Française, Roy et Martinot, mais vu le contexte, leur cerveau en ébullition leur donne de la verve.

— J'ai pas besoin de ma queue pour lui déchirer le cul à ta pétasse. Un bon fer à souder fera très bien l'affaire.

Pas la Comédie-Française, donc.

Guillemette lâche une dernière goutte d'urine et une première larme.

Roy scrute, sautille, danse. Il attend que l'adversaire baisse sa garde. Il espère…

Mais au fond de lui se propage une ombre. Le doute que l'adversaire baisse pas sa garde. Qu'il y ait pas de brèche dans sa défense. Et que Roy perde le match.

— Comment tu m'as retrouvé, Martinot ?

— Je te parle de déchirer le cul de ta meuf au fer à souder et tu veux savoir comment je suis venu ? Par la D5, j'ai pris la sortie par la A13 vu qu'y avait des bouchons.

Roy gagne du temps, Martinot est pas dupe. Tout le monde a soupé du *James Bond* et sait qu'il faut faire parler le méchant dans ce genre de moment. « Dévoile-moi ton plan, Dents-de-Requin. Comment comptais-tu faire sauter le Pentagone avec ton armée de zombies cyborgs ? Plus tu parles, plus j'ai le temps de me libérer de mes liens et de choper un trombone par terre pour te faire la peau. »

Mais on est pas dans *James Bond*, Roy voit pas de trombone par terre, et même s'il en trouvait, il saurait pas quoi en faire face au Ferrailleur et au Gitan.

Dernier essai, entre désespoir et vague curiosité :

— J'ai été si peu discret ?

— Les 33 tonnes, Roy. T'as beau changer de caisse trois fois par jour, un mec avec ta tronche qui peut pas s'empêcher de baiser une mignonne comme elle sur les bords de route toutes les dix bornes, il passe pas inaperçu. Et tu sais comment sont les routiers avec leur CB. Tu baisses, Roy.

Effectivement.

Plus le temps passe, moins Guillemette respire, et plus Roy se fait mal à la tête à pas vouloir accepter l'évidence : c'est la fin. S'il bouge, la tête de Guillemette explose. S'il fait rien, la tête de Guillemette explose. S'il trouve par miracle un flingue caché sous son pied, la tête de Guillemette explose. Qu'il soit réaliste ou qu'il la fantasme, la suite finit systématiquement avec la tête de Guillemette en chou-fleur.

Guillemette s'était dit que son Minotaure la tirerait de n'importe quel danger. Mais Roy a beau être une machine de guerre, cacher une bête sanguinaire au fond de lui, être un tueur professionnel, c'est juste un homme. Et face à deux truands armés et un fou furieux assoiffé de vengeance, avec elle au milieu, Roy est impuissant. Elle le sait, elle le lit dans ses yeux. Parce qu'il les baisse. Et c'est la première fois qu'elle le voit baisser les yeux. Et ça la dévaste. Elle veut qu'il continue à la regarder, pour qu'elle puisse lui dire avec ses yeux à elle que c'est pas sa faute. Comme Lou, c'était pas sa faute. Des fois, c'est la vie et les ordures qu'elle sème sur son passage qui sont les plus fortes. Des fois on peut pas gagner. Et Roy, il a perdu souvent, et là, il s'apprête à perdre son plus gros match. Mais c'est pas sa faute… Elle voudrait lui dire tout ça…

Mais Roy fixe le sol.

Il a jeté l'éponge.

Croit-elle.

— Tu vas pas m'abattre comme un chien sans me laisser livrer un dernier match quand même ?

Guillemette reprend une bouffée d'air. Y a une teinte dans la voix de Roy. Qui ressemble pas à du désespoir. Ni à la mort. Elle ressemble à… une étincelle.

— Qu'est-ce que tu racontes ? Tu deviens sentimental ?

Martinot a dépassé l'étape des négociations depuis un moment, il veut en finir. Roy aussi, mais il compte pas passer par le même chemin.

— Cette fin manque de panache, c'est tout c'que j'dis.

— Tu dis ça parce que tu veux pas crever.

— J'dis ça parce que nos rencontres, elles ont toujours fait des étincelles. Elles avaient de la gueule.

— Et ? J'vendrai les droits de notre histoire à Hollywood, promis.

— Ben, justement, Hollywood, ils vont te le jeter à la gueule, ton script. Parce que notre duel, il finit mollement. T'as prévu quoi pour nous ? Une balle dans la nuque ? Putain, mec, cette fin a quand même zéro gueule.

— Surtout si c'est la tienne. Tu cherches à m'enfumer, Roy. J'suis pas con. Toi non plus. Ça se lit comme ton nez écrasé au milieu de ta figure défoncée.

— Tous les deux, on connaît l'issue. C'est ma tronche ouverte au 9 mm. Et celle de ma gonzesse pareil. J'ai essayé de gagner du temps, j'joue pas aux échecs, mais j'ai testé tous les coups possibles dans ma tête et j'en conclus c'que t'as conclu depuis dix bonnes minutes : j'suis cuit. Pire, j'suis mort.

— Content que tu te fasses à l'évidence.

— J'm'y suis tellement bien fait que j'te propose un chemin détourné pour arriver à la même conclusion. J'le fais pour moi, j'aurais les boules de crever abattu comme un chien sans avoir l'opportunité de réagir, mais j'le fais aussi pour toi. J'suis suffisamment connu dans le milieu pour que notre histoire fasse le tour de la place. Et une balle dans la nuque, c'est comme une balle dans le dos, c'est pas glorieux. Tu vas pas t'en tirer avec les honneurs et on finit notre histoire en pétard mouillé. C'est con.

Silence. Y a pas beaucoup de neurones réunis entre les quatre types présents dans le *Boxing Club*, mais ils turbinent. Ils ont beaucoup de mots à digérer, on va leur laisser un peu de temps.

Guillemette, de son côté, elle a tout bien digéré et elle voit pas du tout où il va, Roy, par contre, elle aime bien la direction qu'il prend. Bizarrement, elle sent moins l'inéluctable dans la seconde. L'issue restera pourtant fatale, Guillemette le sait, mais elle s'accroche aux branches. Avec espoir. Ou désespoir, c'est selon.

— Martinot, t'es un sale con mais t'as une grande gueule, t'aimes bien te la raconter. Et là, t'auras rien à raconter de flamboyant. Et tu vas le regretter.

— Tu vas voir si j'vais pas être flamboyant quand j'aurai découpé ta tête et que j'l'utiliserai en bouchon de radiateur sur ma bagnole.

— Ma gueule sur un capot d'bagnole, en plus de

pas être ragoûtant, c'est la case prison pour toi direct.

— C'était une image, Roy.

— Même un éjaculateur précoce comme toi a pas envie que la partie de baise finisse si vite. Il sait qu'après il va être frustré.

— T'as des couilles de continuer à me provoquer avec trois flingues pointés sur toi.

— J'm'en branle. Dans dix minutes, j'suis clamsé. P't'être même avant.

— Alors pourquoi tu fermes pas ta gueule ?

— Parce que les dix prochaines minutes pourraient être bandantes. Tu gagnes pareil, mais on prend tous les deux du plaisir, et ta victoire, elle reste dans l'histoire.

— Martinot. Il commence à me péter la tête. On s'les dégomme et on rentre ? lance le Gitan.

Il est pas réputé patient, le Gitan, et il est fidèle à sa réputation. Roy a intérêt à pas enchaîner trop vite, il a ferré le poisson, faut pas le perdre :

— Un match où t'as payé l'adversaire pour se coucher, c'est pas une victoire. C'est un match de merde qui t'fait une réputation de merde.

Roy a pas de jeu, il bluffe comme un condamné à mort, mais c'est dans ces moments-là que le poker devient grisant. Martinot a beau mener largement la partie, il a la fièvre du jeu. Et cette fièvre, plus on l'attise, plus elle monte. C'est le B.A.-BA d'un bon duel au poker : attiser l'ego du joueur en face pour qu'il reste dans la partie, même s'il est en train de gagner, et l'amener à faire une connerie. Donc à perdre.

— J'le bute ?

Il a pas beaucoup de mots non plus, le Gitan, mais il a le mérite d'être constant dans sa réflexion. Martinot lui fait un geste de sa main congestionnée :

— Deux minutes, Gitan. Je savoure. Voir cette chiure de Roy m'implorer, ça m'fait bander.

— Façon de parler, j'imagine. On est d'accord que ta queue, après le passage de mes boots, elle est pas près de se relever.

« Mais pourquoi il met de l'huile sur le feu ? », se demande Guillemette, le visage ruisselant de larmes. La peur et la tristesse se déversent sur elle avec fatalité, sans hoquet ni soubresaut.

Parce que, Guillemette, un joueur aime qu'on le challenge. Y a pas de sport quand y a pas de répondant. Au poker, si le mec en face relance pas, t'as gagné de la thune, mais t'as pas frémi. Et même si Martinot peut plus bander, Roy veut l'exciter. Justement parce que Martinot peut plus bander, il peut mordre à l'hameçon. L'art du bluff…

— J'ai très envie de faire exploser ta sale gueule, Roy, mais avant, j'voudrais qu'tu m'dises c'que t'as derrière la tête.

Bingo.

— Un combat. Y a un ring, là. Quitte à aller au tapis, j'veux m'battre avant.

Guillemette est totalement paumée. Le Gitan et Max suivent pas mieux. Martinot est confus, mais cette idée lui parle. Peut-être pas exactement comme l'imagine Roy.

— Tu veux quoi, Roy ? Te battre avec moi ? Je sais que c'est pas flagrant là, mais je suis pas au meilleur de ma forme ces derniers temps.

— Non. Mais lui, je ferais bien quelques rounds avec avant que ma cervelle redécore la salle.

Roy a pointé Max du menton. Et Max de réagir :

— T'es un p'tit malin, Roy, tu veux qu'j'lâche ta poupée, hein ?

— Exactement. Mesure-toi à un adversaire à ta taille. Montre à la demoiselle que t'es pas une p'tite bite.

— T'es décevant, Roy, tu m'avais presque convaincu.

Martinot est intervenu. Le stratagème de Roy, défoncer Max, et quoi ? Enchaîner sur le Gitan ? C'est un peu gros. Martinot le pense puis il le dit tout haut.

— Si jamais je défonce Max, tu me colles une balle dans la tête. Si Max me défonce, tu me colles une balle dans la tête. Une fois de plus, la finalité, on la connaît. J'veux juste me battre.

— Et pourquoi j'accepterais ? demande Max.

— T'es champion de boxe à mains nues, tu connais ma réputation de boxeur, et j'te provoque sur un ring, alors t'as les tripes qui frétillent. T'en as autant envie qu'moi !

Max peut pas s'empêcher d'acquiescer. Ils se connaissent entre boxeurs. Et dans son genre, boxeur de rue sale, Roy a une putain de réputation. Max a toujours voulu s'y mesurer. Toujours le même instinct compulsif masculin qui fait tourner le monde : qui c'est qu'a la plus grosse ? Grâce à cette vérité universelle, Roy espère bien retourner le jeu.

Martinot le voit venir gros comme une maison, mais c'était beau d'y croire.

— OK, Roy, tu vas l'avoir ton match.

Sourire dans la tête de Roy. Pas sur son visage.

Poker face. Soulagement de Guillemette. Elle sait pas ce que cherche Roy mais il l'a obtenu, donc elle reprend espoir.

— Mais pas contre Max. Y a pas de challenge contre Max. Comme tu dis, on connaît le résultat.

Surprise générale. Martinot a créé son effet, il a l'attention de tout le monde.

— Contre qui alors ? Le Gitan ?

— Non.

Silence à nouveau.

« Qu'est-ce qu'il a en tête, ce con ? »

— Reste que toi, Martinot. Tu veux te battre contre moi ?

— Reste pas que moi, Roy. Tu manques de galanterie enfin.

Et le hangar s'écroule sur Roy. Pas au ralenti cette fois. D'un coup. Des monceaux de gravats et de poutres en ferraille lui écrasent sa grande gueule.

« Merde ! Guillemette ! »

Cet enculé est en train de retourner son bluff contre Roy avec un putain de sadisme qu'il a pas vu venir.

« Non… Pas Guillemette ! »

Guillemette en peut plus d'écarquiller les yeux et de rien comprendre à ces échanges de psychopathes.

« Pas Guillemette ! »

— Une dernière danse avec celle que t'aimes, voilà qui a de la gueule. Plus qu'un pauvre combat avec Max. Tu croyais vraiment me rouler aussi facilement ?

— Je vais pas me battre contre Guillemette, Martinot.

— Oh que si…

Martinot prend un flingue et le pointe sur Guillemette.

— Je te propose un marché : vous faites un match, un vrai, non truqué. Si tu gagnes, je t'abats mais je la laisse en vie.

— Et si elle gagne ?

— J'ai dit un vrai match, Roy. Tu vas la massacrer ! Mais je l'abattrai pas…

— T'es un grand malade, Martinot.

— Merci.

— Je me battrai pas contre Guillemette.

— Alors je l'abats. Si tu la massacres, elle a une chance de s'en remettre. Elle sera défigurée à vie, peut-être dans le coma, mais elle a une chance. Alors que…

Il arme le chien de son flingue. Guillemette jusque-là pleurait en silence. Depuis quelques secondes, elle est secouée de spasmes incontrôlés. Elle tousse. Elle va vomir.

« Pauvre Guillemette. Pourquoi je t'ai entraînée dans cette merde ? Pardon… »

— OK.

Nouvelle bombe sur le hangar détruit. Cette fois, c'est Roy qui l'a lâchée. Froidement. Sans sentiment, sans émotion. Guillemette le quitte plus des yeux. Pendue au-dessus du vide, agrippée à un morceau de caillou qui dépasse de la falaise, elle fixe Roy désespérément.

— T'es un gros fils de pute, Martinot, mais t'as raison. Je préfère que ce soit moi qui m'occupe de Guillemette que tes sales pattes de rat noir.

— Que c'est romantique !

Les trois malfrats rient comme trois malfrats crétins qu'ils sont. Roy fait un geste de la main désignant le ring.

— Je peux ?

— Mais fais donc, champion !

Roy avance. Lentement. S'il fait un mouvement brusque, sa tête saute. Il arrive au ring. Il pose ses mains sur le tapis. Soudain, une déflagration contre sa poitrine. Mille émotions. Mille souvenirs. Les réminiscences de son passé, de ses entraînements, de la sueur, du sang… De Bobby… De Bobby qui l'entraînait… Et de Bobby désarticulé… Mille émotions mais c'est cette dernière la plus forte. Alors qu'il saute sur le ring, cette émotion lui rallume une étincelle dans les yeux : Bobby désarticulé au démonte-pneu.

— À ma gauche, un mètre quatre-vingt-quinze de bêtise crasse pour cent dix kilos de vie de merde, triple champion du monde de la lose intégrale, j'ai nommé Roy le Cabossé !

Les malfrats décérébrés se marrent au jeu de présentateur de Martinot. Roy écoute pas. Il analyse.

— À ma droite, un mètre vingt-deux de vide sous cellophane, trente-trois kilos de viande molle, j'ai nommé Guillemette la Trépassée !

Guillemette bouge pas. Elle percute plus rien. Ses oreilles bourdonnent. Max la réveille d'un coup de coude dans le dos qui la projette quatre mètres plus loin, contre une table face au ring. Elle s'en mord la langue. Décharge dans les tripes de Roy. Réflexe bestial. Mais il se contient. S'il se lâche, c'est la fin.

Il tend la main à Guillemette. Une invitation à une danse. Une danse de la mort. Guillemette reprend son souffle comme elle peut. Les larmes brillantes sur son visage. L'urine séchée sur ses cuisses. Le sang dans sa bouche. Elle souffre chaque seconde de ce cauchemar. Et Roy… qui lui tend la main… et qui va la tuer…

Hagarde, résignée, Guillemette se redresse, fait un pas, puis un autre, comme un condamné à mort dans le couloir qui le mène à la chaise. Mais son couloir à elle mène à un ring. Les yeux fixés sur la main tendue de Roy. Celle qui l'a tant caressée. Celle qui est allée chercher son plaisir au plus profond de son intimité. Celle qui lui a donné tant d'amour. Celle qui va lui donner la mort…

Roy suit l'avancée de Guillemette. Son regard planté dans ses yeux la tient au-dessus de la falaise et lui dit : « Lâche pas, je te tiens ! » Longtemps, Guillemette a décrypté le regard de Roy, ses sous-entendus, ses mots silencieux. Mais maintenant, elle y lit pas « Je te tiens ! », elle y lit : « Je vais faire ça vite. Et propre. Tu vas rien ressentir… Mais oui, je vais te tuer… »

— On s'énerve, les enfants, on a pas toute la journée.

« Martinot, fils de pute… »

Guillemette accélère le pas. C'est pas fulgurant, mais elle arrive un peu plus vite au ring. La main puissante de Roy lui chope l'avant-bras et la hisse près de lui. Puis contre lui. Et soudain, elle est aspirée, aimantée. Le corps de Roy. La masse de Roy. Son Minotaure. Elle se jette contre lui, se blottit, avide, et s'imprègne de sa chaleur, de sa protection, de lui, de l'homme qu'elle aime… Et un instant, à peine le battement d'ailes d'un papillon, elle sent la vie à nouveau, contre elle, dans sa poitrine.

— On se sépare ! C'est un match de boxe pas une partie de cul !

Guillemette entend rien. Elle se régénère. Max la braque. Roy a bien compris qu'elle sait plus rien de ce qu'elle fait, mais lui, il sait, et il faut pas qu'elle merde. Alors Roy la repousse. Et c'est un déchirement dans la poitrine de Guillemette. Une main lui transperce la cage thoracique pour lui arracher le cœur. Sans anesthésie.

— Que le match commence !

Y a de la jouissance dans la voix de Martinot. Du stupre en dégouline jusque dans les oreilles de Roy.

« Martinot, fils de pute… »

— Monte ta garde, Guillemette.

Le vide dans les yeux de Guillemette.

— Monte ta garde. Comme ça.

Roy monte ses poings face à son visage pour la guider. En automate, Guillemette l'imite. Elle espère que le coup va aller vite. Un coup du lapin. Qu'elle ait pas le temps de réfléchir. Ni de sentir.

— Maintenant sautille. Et tourne autour de moi.

Jeu de jambes, esquive. Roy lui montre. Les jambes de Guillemette flageolent. Elle tient à peine debout. Pourquoi Roy prend son temps ? Il est sadique ? Pourquoi il veut la faire souffrir plus longtemps ?

Roy voit que Guillemette le suit pas. Pourtant il le faut. Alors il lui parle plus bas. Avec une voix douce qu'elle connaît bien. La voix qu'il prend quand il lui susurre à l'oreille. Quand ils sont dans le cocon d'une étreinte. Seuls au monde.

— Danse avec moi, Guillemette. Danse avec moi.

Elle comprend toujours pas, mais cette voix la tire de sa léthargie. Elle l'hypnotise. Cette voix pourrait lui faire faire n'importe quoi. Alors Guillemette se met à danser. Mollement. Tristement. Mais elle danse.

— Ah ben voilà, elle se réveille ! On commençait à se faire chier sévère !

« Jubile, connard. Tu vas avoir du spectacle, attends... »

— Allez, cogne, petite pute ! On en veut pour notre argent !

— Cogne-moi, Guillemette, tu peux y aller, je vais rien sentir. Cogne.

Guillemette tourne, et danse, et tourne... La danse de la mort. Avec l'homme qu'elle aime qui lui demande de le frapper...

— Cogne-le, connasse, ou on te colle une bastos dans la tête !

— Cogne-moi, Guillemette ! Cogne !

La voix de Roy est devenue plus autoritaire. Guillemette comprend toujours rien...

— Cogne-le, connasse ! Et toi aussi, Roy, pète-lui les dents à ta pute !

— Cogne-moi, Guillemette ! Pense à Xavier ! Pense à ce qu'il t'a fait ! Pense à ton gosse et lâche-toi sur moi ! Pense au sang quand il l'a tué et venge-toi sur moi.

Est-ce que c'est parce qu'elle est en état de choc depuis vingt minutes ou parce qu'un bout de son âme l'a déjà abandonnée ? Guillemette se laisse emporter. Par la colère. Et elle lui balance son poing dans la mâchoire. Et Roy respire.

— Voilà, c'est bien. J'suis Xavier, et j'ai tué ton enfant. Alors tape ! Tape-moi !

Ce qu'elle fait. Une fois, deux fois. Puis une ruée

de coups. La rage s'empare d'elle. Rendue folle par la violence de la situation, en transe de douleur, elle délire, elle visualise Xavier face à elle. Et elle veut le tuer. Et la voix qui sort de sa gorge alors qu'elle assène une déferlante de coups sur Roy, elle la reconnaît pas. Elle l'a jamais entendue. C'est une voix sauvage, sanguinaire. Un cri de bête.

Et Roy en prend plein la gueule.

Et Martinot et ses sbires balafrés se lancent un petit rictus d'appréciation. La petite les surprend. Il est pas si mal, ce match.

Guillemette hurle, elle balance ses poings, ses pieds, des crachats, la bave aux lèvres, la folie dans les yeux. Roy encaisse, il sent rien – Guillemette, même dévorée par la rage, pour lui c'est un chaton qui mordille –, il est concentré. Sur son bluff.

Son bluff qui gît à ses pieds.

Son bluff autour duquel il danse…

Le démonte-pneu.

Quand il est arrivé dans la salle d'entraînement, Roy a été soufflé. Ce que Guillemette a perçu comme une mélancolie vaguement chiante était en fait un choc visuel. Roy avait les yeux rivés sur le ring. Il y voyait le souvenir du corps désarticulé de Bobby. Mais il voyait aussi que rien n'avait bougé. Pas même le démonte-pneu. Les boxeurs l'avaient laissé. En symbole, une croix sur une tombe, une épitaphe disant : « Voilà ce qui s'est passé, on oubliera pas. » Et Roy, c'est la première chose qu'il a vue en arrivant. Mais si t'es pas au courant du drame, le démonte-pneu à plat sur le ring, tu le vois pas. Donc Martinot et les balafrés, ils l'ont pas vu.

Roy a mis du temps à échafauder un plan réaliste. Il avait besoin de monter sur ce ring. Maintenant il faut qu'il arrive à choper ce démonte-pneu sans leur laisser le temps de réagir. Et pour y parvenir, il faut détourner leur attention. Alors il danse.

Avec une harpie. Et cette harpie se bat contre ses démons, contre ses traumatismes, contre la peur de l'instant prochain où elle va mourir.

— On a dit un vrai match, Roy. T'es en train de prendre une raclée ! Frappe la pute !

« Tu crois pas si bien dire… »

Jeu de jambes, esquive, jeu de jambes… Direct au foie !

Et le temps se fige dans la salle. À nouveau. Guillemette est stoppée net. Un bulldozer vient de lui percuter le bide. Ses yeux sortent de ses orbites. La dernière image qu'elle voit avant de sombrer, c'est l'homme qu'elle aime qui vient de la tuer.

Et elle s'écroule.

Sans souffle.

Salve d'applaudissements des balafrés.

— Bravo ! Magnifique !

Guillemette rebondit sur le tapis. Au ralenti. Et ne respire plus. À vitesse normale.

— Un !

Le décompte a commencé.

— Deux !

Le K-O va bientôt être annoncé.

— Trois !

C'est un acquis, Roy le sait.

— Quatre !

Et après le chaos, la tempête de balles.

— Cinq !

Le décompte des secondes avant la sentence.

— Six !

Le décompte des battements de cœur de Guillemette qui ralentissent. Merde, il espère qu'il a pas frappé si fort. Pourtant il s'est retenu. Mais il fallait que son coup ait l'air vrai. Et il fallait qu'il le soit. Pour qu'elle reste couchée. Couchée, elle est hors de danger.

Enfin il espère.

— Sept !

Le décompte des secondes qui lui restent pour réagir : se pencher sur Guillemette, feindre la tristesse.

— Huit !

La tristesse de la fin d'une danse qui a fini exactement à l'endroit où Roy voulait qu'elle finisse. Au-dessus du bluff. Là où Guillemette est tombée.

Face au démonte-pneu.

— Neuf !

Une seconde. Pour réagir. Et prier. Un coup. Un seul. Il a pas le droit de se planter.

Roy se penche sur Guillemette, la tristesse feinte dans les yeux. Martinot et les balafrés se marrent au ralenti et s'apprêtent à sonner la fin du match. Et à ressortir leurs flingues. Rangés. Puisqu'ils applaudissent. Excités comme des joueurs hameçonnés par le jeu. La fameuse fièvre.

Roy s'empare du démonte-pneu. Pour les balafrés, il caresse une dernière fois sa chérie. « C'te fiotte ! » Alors ils voient rien venir. Le démonte-pneu traverse la salle, lancé avec la force d'un Minotaure, et percute le crâne de Max avec une telle violence qu'il le fend en deux. Réflexe naturel de Martinot et du Gitan englués de surprise : ils gardent les yeux rivés sur Max. Roy comptait sur cette nouvelle seconde de latence. Il pioche au fond de lui une réminiscence, un détour dans sa carrière professionnelle : les années catch. La boxe, c'est noble. Le catch, c'est du grand-guignol. Tu portes jamais les coups, tu joues le spectaculaire. Les cordes élastiques, prise d'élan, saut ! En catch, tu fais genre mais tu t'écrases pas sur la gueule de ton adversaire. Il cachetonne comme toi et t'as répété la chorégraphie avec lui pour pas lui faire trop mal. Par contre, le saut, c'est bien qu'il soit spectaculaire. Alors Roy tente le combo : son prodigieux saut de l'ange et son célèbre droit destructeur. Le Gitan a pas le temps de se retourner que Roy lui tombe dessus et enchaîne deux pains dans sa tronche, mais des lourds, des bons gros parpaings de béton armé. Il y met tout son poids, toute sa force. Il a une demi-seconde pour neutraliser le Gitan avant que Martinot, encore déstabilisé par le retournement de situation, réagisse et lui vide son chargeur dans le dos. Deux coups de poing. Gauche. Puis droite. Deux enclumes qui écrasent le crâne du Gitan. Chaque coup pèse les vingt-sept années de boxe de Roy. À chacun des coups, l'os crânien craque et se fend. Au deuxième, y a même un bruit spongieux. Un morceau de cervelle dégueule. Deux coups. Seulement deux. Pour que le Gitan se relève pas. Jamais.

Et maintenant…

« Martinot, fils de pute… »

Martinot a brandi son flingue. Roy est dans sa ligne de mire. Mais en plus d'être surpris par tous ces retournements de situation, Martinot est toujours en convalescence, ses membres sont pétés, ses doigts enflés, ses réflexes ralentis. C'est pas un hasard si Roy l'a gardé pour la fin. Martinot, c'est le plus vicieux, mais le plus faible.

Faible mais armé.

Il tire. Une milliseconde. La milliseconde de trop. Roy a eu le temps de poser sa main sur le flingue, mais pas de le désarmer avant qu'il tire. La balle transperce la main de Roy. Mais Roy rit. D'un rire de fou. Cette balle, après tout ce qu'il a vécu, c'est une piqûre de moustique. Sa pogne s'est refermée sur le flingue de Martinot, avalant sa main bandée avec comme un tractopelle. Il a chopé sa proie et il va la dévorer.

— Martinot, fils de pute!

À voix haute, cette fois. Roy tord sa prise, brisant net l'avant-bras de Martinot en deux endroits. Puis il ponctue par un hurlement. Pas de bête. Un hurlement d'homme. D'homme qui veut survivre. D'homme qui veut protéger sa femme. D'homme qui prend le dessus sur son adversaire et lui hurle son chant guerrier. Pour le punir. Le chant de la victoire. Et Martinot hurle en écho. Terrassé de douleur alors que Roy lui arrache l'avant-bras d'un mouvement à la férocité titanesque.

Le temps s'est arrêté à nouveau. Le bras sectionné de Martinot pisse le sang. Roy a repris un souffle normal. Il tient paisiblement l'avant-bras bandé dans sa main. Et toise Martinot. Prêt à l'achever.

Il a vaincu. Il a protégé celle qu'il aime. Jusqu'au bout.

La foule scande dans l'arène :
— Martinot, fils de pute !
Le Minotaure s'empare de son arme.
Et assène le coup de grâce.
Un coup de démonte-pneu.

Chapitre 39

L'autel

Le ring.

Un corps sans vie.

Une fois de plus.

Roy ose pas s'approcher. Plus rien ne bouge. Plus personne ne respire. À part lui. Et Guillemette.

Et Guillemette ?

Il sait pas. Il ose pas savoir. Pour la première fois depuis longtemps, Roy a peur. De découvrir qu'il l'a perdue. Il repense à Lou. L'instant où tout est encore possible. Dans un sens. Ou dans l'autre. Elle respire toujours. Ou elle ne respire plus. Il l'a toujours pour lui. Ou il l'a perdue à jamais. Et la forme qui gît sur le ring, cette petite chose frêle qu'il tenait il n'y a pas si longtemps dans ses bras, à qui il susurrait des mots d'amour à l'oreille dans leur intimité, ne bouge pas. Du tout. Pas de signe de respiration. Pas de signe de vie. Roy non plus ne respire plus. Il a peur de la réponse.

Puis il se décide à s'approcher. Non pas qu'il soit prêt à affronter l'insupportable mais si Guillemette est toujours vivante, elle peut avoir besoin de soins urgents. Et le temps pourrait jouer contre eux. Alors autant faire face à la vérité, et le plus vite possible.

Roy prend une profonde inspiration et grimpe sur le ring d'un bond. Le corps au sol. Brisé. L'image se mélange à celle de Bobby. Désarticulé. Roy secoue la tête. Merde, il délire. Ce putain de ring !...

Roy s'approche du corps. Un faon plié en deux. Il s'agenouille face à Guillemette. Il passe son doigt ensanglanté sur la joue frêle de celle qu'il aime, puis il déplie sa main tout entière sous sa tête. Sa main trouée soulève Guillemette et la porte jusqu'à lui. Au contact de sa peau, il reconnecte avec elle, avec ses sens, avec son parfum. La salle d'entraînement disparaît. Les balafrés fracassés s'effacent. Ne restent qu'eux deux, Roy et Guillemette, leur union depuis qu'ils se sont touchés la première fois, cette vibration mystique qui te chope le cœur, te dépasse et te donne l'impression d'être immortel. Y a des grands romantiques, ils appellent ça l'amour. Roy, il l'appelle pas. Il le ressent. Et depuis que cette sale putain de journée a dérapé, il était concentré à trouver un moyen de dégommer les trois fils de pute, il en avait oublié ce sentiment. Et maintenant qu'il reconnecte avec, maintenant qu'il tient Guillemette dans ses bras, il se souvient. De ce qu'il éprouve pour elle. De cette drogue dans ses veines. Putain, ce que c'est bon. Cette sensation balaie la précédente. La peur s'efface. Et fait place à la chaleur de la vibration. Celle de Guillemette contre le corps de Roy.

Et Guillemette ouvre les yeux.

Et avec ses yeux ouverts, fatigués, tellement fatigués, c'est un souffle lumineux qui jaillit sur Roy et le nettoie de la peur des dernières minutes. Guillemette a mal aux os et au cœur mais quand elle arrive à faire le point et découvre qu'elle est lovée dans des bras protecteurs, elle comprend. Tout.

« Roy. Mon Minotaure. Mon homme… »

Et elle sourit. Elle referme les yeux. Elle sait qu'elle est hors de danger. Dans les bras de celui qu'elle aime. Il la protège.

Et il ne lui arrivera rien.

Jamais.

Dressé au milieu du ring sous une douche de lumière, immense comme une tour, indestructible comme une forteresse, Roy porte la femme de sa vie.

Majestueux.

Mythologique.

Il vient de gagner le plus beau match de sa vie.

Chapitre 40

Oublie pas de respirer…

— Oublie pas de respirer… Guillemette… Oublie pas de respirer…

Roy passe un gant de toilette mouillé sur le visage de Guillemette et répète la même phrase, comme une litanie. En boucle. Une berceuse inversée. Pour qu'elle arrête de dormir. Qu'elle revienne à elle. Et qu'elle revienne à lui.

Quelques minutes plus tôt, Roy la portait dans ses bras victorieux. Elle lui a souri. Elle avait l'air soulagée mais épuisée. Puis elle a refermé les yeux…

Et depuis, elle les a pas rouverts.

— Oublie pas de respirer…

Roy a remarqué à plusieurs reprises, et parce qu'ils ont pas vécu que des moments faciles, que Guillemette arrêtait de respirer quand elle avait peur. Un moyen de protection somme toute peu efficace, mais jusqu'à aujourd'hui, ce réflexe a jamais vraiment été un problème puisqu'ils s'en sont toujours sortis. Enfin pas trop mal. Et puis Guillemette s'est écroulée sous le coup de Roy. Le souffle coupé. Cette fois, à cause de lui.

Roy a transporté Guillemette dans le cagibi qui servait de chambre à Bobby quand il avait la flemme de rentrer chez lui. Bobby aimait rester dans l'énergie et l'odeur de son *Boxing Club*. L'odeur d'une belle journée d'entraînement où tous ses poulains s'étaient arrachés à donner le meilleur d'eux-mêmes. Cette énergie de communion, si palpable, Bobby aimait s'y lover de temps à autre. Alors il restait dormir sur son vieux lit de fortune défoncé sur lequel repose à présent Guillemette.

Est-ce que Roy l'a tuée? Est-ce qu'il lui a tout ravagé à l'intérieur? Non. Putain, non! Il a retenu son coup. Du moins, il croit. Mais dans la tension du moment, avec Martinot et ses sbires qui le braquaient, peut-être qu'il a plus appuyé qu'il pensait. Ou alors c'est le trop-plein d'horreur? Quand il lui a balancé son droit dans le bide, Roy a senti une libération en elle. Ce moment où, après une longue agonie, on dit au corps de lâcher, que c'est bon maintenant, il a le droit d'arrêter de souffrir. Ce moment, en général, précède le dernier souffle. Roy a senti le lâcher-prise de Guillemette. Pas celui que lui enseignait René. L'autre. Celui où quand tu lâches, tu tombes.

La fin, Roy l'accepte pas. Ils s'aiment comme personne s'est jamais aimé avant eux. Les plus grands amants de l'humanité! C'est le moment magique dans l'amour où le couple passionné croit à ces conneries. Il y croit si aveuglément que c'en est devenu une expression. Après la cavale, la baise sur les bords de départementales, la vitesse échevelée vers la liberté et les cadavres de connards qu'ont tenté de leur barrer la route, Roy est plus du tout objectif. Oui, ils sont les plus grands amants depuis que Roméo et Juliette se sont mis une race aux Mojitos Arsenic. Leur *love story* est à ce niveau-là de légendaire. Enfin était. Parce que depuis quelques heures, Guillemette respire à peine, et un sale sifflement vient de s'immiscer au bout de son souffle chétif. Roy sent que c'est la fin de l'aventure, mais il veut pas l'accepter.

Qu'est-ce qu'il pouvait faire ? L'amener à l'hôpital ? C'est la case prison direct pour lui. Et probablement pour elle. Pas sûr que les flics fassent le tri. La prison contre la vie de Guillemette ? Si ce sacrifice pouvait la sauver, il hésiterait pas une seconde. Mais si par miracle elle se réveillait et comprenait que son Roy a pris perpète, que l'aventure est finie, elle en mourrait. C'est romantico-kitsch, certes, mais quand t'as vécu un amour absolu, tu peux pas revenir à une vie sans l'autre. L'équation est simple. Donc les prises de décision le deviennent tout autant.

Ainsi passe la nuit.

Entre deux respirations difficiles de Guillemette, Roy réfléchit. Il a laissé un carnage derrière lui. Martinot, le corps déchiqueté au démonte-pneu. Max, la tête en banana split. Le Gitan, la cervelle répandue au sol. Du sang partout. Le bruit des coups de feu. Et leurs bagnoles face au *Boxing Club*. Dans un village où il se passe jamais rien, le tableau fait mauvais genre. Et il pourrait attirer l'attention.

Roy en a le cœur déchiré mais il est forcé d'abandonner Guillemette. Quelques minutes. Peut-être même quelques heures. Et si son dernier souffle s'échappait pendant qu'il nettoie ? Non, c'est pas possible. La vie serait pas aussi cruelle.

Si ?

Non…

Pas entièrement convaincu, Roy se lève, jette un regard à Guillemette qu'il espère ne pas être le dernier – putain, qu'est-ce qu'il l'espère – et retourne dans la salle d'entraînement nettoyer le carnage.

« Martinot, fils de pute… »

Roy passe d'une litanie à l'autre. Conséquence d'avoir passé sa vie à tourner en rond sur un ring, on fait pareil avec les pensées. Roy se vide la tête en nettoyant celle éclatée du Gitan. Circulation des fluides cérébraux. René aurait parlé de méditation. Probable. Roy a jamais rien compris à ces conneries orientales. En tout cas, l'exercice le relaxe. Il s'emmêle les pinceaux dans les concepts mais enlever de la cervelle sur les murs de son ancien foyer il trouve ça feng shui.

Bonne nouvelle, les trois fils de pute sont venus dans la même bagnole. Avec l'Audi TT que Roy a volée au voisin de Berthe, y a que deux caisses devant la salle de Bobby. Le parking ressemble pas à une réunion de truands. Heureusement, il s'y passait déjà pas grand-chose à l'époque où Roy s'y morfondait, mais avec l'exode des campagnes, on est aujourd'hui proche du village fantôme. Et Roy vient de leur livrer trois pensionnaires supplémentaires pour hanter les lieux. Il installe les trois fantômes aux têtes éclatées dans le coffre de leur vieux break 504 Peugeot. Une relique, la bonne vieille 504. De l'increvable français distribué jusqu'au fin fond de nos colonies pendant des décennies, encore longtemps après la fin de sa fabrication. Elle tient sacrément bien la route, cette caisse. Donc, question : « Est-ce qu'elle coule aussi bien ? »

Roy se gare face à l'étang, les trois fantômes pliés en huit dans le coffre de la 504 du Gitan.

— Ben on va l'savoir tout de suite.

Roy connaît la région comme sa poche trouée. Il y a traîné son vague à l'âme toute son adolescence solitaire. Donc quand il a réfléchi au meilleur moyen de faire disparaître les corps, il a pas cherché longtemps. L'étang. Le fameux. Celui dans lequel l'usine chimique déversait ses déchets toxiques de façon totalement illégale – mais acceptée par l'irréprochable maire de la ville – et aux conséquences fort citoyennes : l'eau du village, vaut mieux s'abstenir de la boire si tu veux pas sentir un troisième bras te pousser dans le cul. Du coup, il est pas super populaire, cet étang. On vient pas s'y baigner dans la région. Même pas y pêcher. Une 504 chargée de trois fantômes devrait y reposer sans danger, le temps pour Roy et Guillemette de disparaître et d'oublier ce putain de village une bonne fois pour toutes.

« Mais qu'est-ce qui m'a pris de vouloir faire ce détour ? Roy, sale con, tu pouvais pas t'en empêcher ? T'as les flics au cul et la plus belle femme du monde accrochée à la queue, et tu deviens sentimental ? Bordel de merde, c'était tellement pas le moment ! Super connard ! »

Place à la culpabilité. Fallait s'y attendre.

Heureusement, l'autoflagellation l'empêche pas d'agir, l'avantage de pas être trop dérangé par l'exercice cérébral en général. Roy continue à s'insulter en positionnant la 504 le nez pointé vers la pente qui va l'entraîner dans les abysses de l'étang pollué. Roy cale une pierre sur l'accélérateur – faudrait pas non plus que la caisse s'arrête à un mètre du bord – puis desserre le frein à main.

— *Hasta la vista, baby.*

Si y a un mec capable de citer Schwarzenegger au moment où il balance trois macchabs au fond d'un étang sans avoir l'air totalement ridicule, c'est bien Roy.

La 504 fonce dans l'eau dans un rugissement de bagnole increvable qui tient sacrément bien la route… Et à la question : « Est-ce qu'elle coule aussi bien ? », la réponse est… « Non ».

La 504 s'arrête comme une merde au milieu de l'étang. Pourtant il est profond, cet étang, c'est de notoriété publique. Donc sous les roues de la bagnole, y a que de l'eau, y a plus de sol. « Alors pourquoi elle coule pas cette bagnole de merde ? » Roy fixe la 504 et ne comprend pas. Et il commence à pester contre la qualité contestable de la fabrication française. Comme si on pouvait approuver la qualité d'une bagnole à sa capacité à couler. Est-ce qu'au contraire une bagnole qui coule pas, ça prouve pas que c'est de la bonne came ? « Fabrication 100 % française, madame. Garantie insubmersible ! Testée et approuvée par nos plus grands nettoyeurs de macchabs ! » Roy délire silencieusement en fixant la 504 qui dérive tranquillement sur ce putain d'étang.

— Super connard…

Au bout d'un quart d'heure à observer vainement une bagnole qui veut pas couler, Roy décide de retourner aux côtés de Guillemette. Chaque seconde loin d'elle peut être la seconde de trop. Vu l'échec de l'opération, il aurait aussi bien fait de rester auprès d'elle.

— Putain de bordel de merde de saloperie de bagnole française à la con !

Ouais, ça sert à rien, mais faut que ça sorte.

Roy fulmine, fait demi-tour et s'apprête à s'enfoncer dans la forêt. Et à cet instant, enfin, comme si elle sentait que son jeu amusait plus personne, la 504 se met à couler. Lentement, dans un bruit aquatique sourd, créant une écume verdâtre toxique partout autour d'elle, la 504 coule. Roy se retourne même pas. Il ose pas y croire. Les yeux fermés, il se délecte de ce bruit. La putain de 504 qui coule.

« Enfin… »

La tôle émet des râles d'animal qui se noie. Elle glougloute. Et Roy sourit, apaisé, comme s'il avait enfin trouvé des chiottes après s'être retenu de pisser depuis deux bonnes heures. Sentiment de relâchement et d'ivresse absolue.

Puis le glouglou stoppe. Et Roy arrête de sourire. Mais il rouvre pas les yeux. Il ose pas. Il attend. La bagnole glougloute plus. Elle a pas glougloué longtemps. Il se trompe ou elle a pas glougloué longtemps ? Alors il vérifie, il se retourne. Effectivement, elle a pas glougloué longtemps. La 504 est à moitié enfoncée. Le nez sous l'eau. Le cul en l'air. Le coffre bien en vue. Le coffre dans lequel trois fantômes sont pliés en huit.

— Super connard…

Le moral au fond de l'étang, lui, Roy fait donc demi-tour et s'enfonce dans la forêt sombre. Il maugrée, c'est la tempête de gris dans sa tête. Et soudain, la révélation ! Dieu le touche du doigt en appuyant trop fort et l'enfonce un peu plus dans la bouillasse de cette nuit merdeuse.

« Putain de bordel de merde… La bagnole… J'ai pas de bagnole pour rentrer… »

Roy s'assoit sur un rocher, la tête dans ses presses hydrauliques, et se lance dans une nouvelle incantation :

— Connard… connard… connard…

Et ses presses hydrauliques, il a envie de les comprimer contre sa tête à lui faire péter ce bubon gorgé de pus qui lui sert de cerveau moisi. Comment il a fait pour pas y penser ? Il a tout merdé. Il est obnubilé par sa luciole éteinte et il devient fou à un point qu'il en est encore plus con que d'habitude. Roy est pourtant un homme de main efficace. Faire disparaître un corps fait partie des rouages du boulot qu'il maîtrise le mieux. Et cette nuit, il fait que de la merde.

— Connard… connard… connard…

Le mental. C'est le mental qui lâche.

« Non, putain ! Pas le mental ! »

Roy relève la tête, foudroyé.

— Guillemette !

Et il part comme une fusée.

« Lâche prise, gamin… »

Roy court dans la forêt. Ses foulées sont larges, puissantes, son souffle est posé, son regard planté dans l'horizon. Cette forêt, Roy l'a parcourue en long et en large toute son adolescence. Il y a couru des kilomètres pendant les années d'entraînement avec Bobby. Il s'y est brûlé les poumons et les cuisses, et il les a bouffés, ses kilomètres, sans sourciller.

« Merde, comment tu peux t'auto-apitoyer ?! La petite a besoin de toi et tu chiales sur ton putain de rocher ?! Non, Roy ! Pas toi ! T'es peut-être un naze mais t'es un guerrier ! Et tu vas te battre ! Tu vas te battre pour elle ! »

Et Roy court. À s'en déchirer les muscles. À s'en déchirer les poumons. Il a changé de litanie. Il veut revoir Guillemette et rien ne l'arrêtera. Roy envoie chier son mental et fait ce qu'il fait le mieux dans la vie : arrêter de réfléchir et foncer. Et le taureau enragé charge dans la forêt, écrasant tous les obstacles sur son passage.

« J'arrive, Guillemette… »

À seize ans, quand il faisait ce parcours en entraînement, Roy mettait cinquante-cinq minutes pour rentrer à la salle. Cette nuit, il en a mis vingt-huit.

Et elles ont passé en quelques secondes.

Au moment où Roy entre dans le cagibi, c'est lui qui respire plus. Le tic de Guillemette doit être contagieux.

Elle gît sur le lit, immobile. Sur son visage, une expression de sérénité. Un souffle de femme endormie, c'est dur à percevoir. Un souffle de femme morte encore plus. Roy se penche, sans un bruit… pour pouvoir entendre…

« Respire… Guillemette… »

Une prière silencieuse. Dans une pièce silencieuse. Bien trop.

Alors c'est Roy qui se remet à respirer. Vivant, mais sans vie. Il s'assoit sur le lit. Les vieux ressorts rouillés émettent un bruit d'os brisés. Mais il s'en fout. Il peut faire tout le raffut qu'il veut maintenant. Plus rien n'a d'importance.

Roy prend la main gelée de Guillemette dans sa pogne brûlante d'avoir couru pendant vingt-huit minutes désespérées. La pogne se referme sur la menotte délicate, et reste ainsi, enveloppante.

Le silence à nouveau.

Tous les deux immobiles. Une statue à la mémoire des deux plus beaux amants du monde.

Roy ressent plus rien. Aucun de ses cinq sens réagit plus. Donc il percute pas tout de suite. Il sent pas que la menotte bouge dans sa pogne. Le souffle de Guillemette est toujours là, peu perceptible, c'est sûr, mais quand t'as couru comme un dératé sur vingt kilomètres, le sang bat à t'en péter les tempes et t'entends plus rien.

Roy se marre. « Connard… » Et il pousse un nouveau souffle. Cette fois plein de vie. Et plein d'espoir.

Il referme sa main sur celle de Guillemette.

Il la lâchera plus jamais.

Roy monologue depuis une bonne heure. Il a sorti son cœur de sa cage thoracique et l'a posé entre les mains de Guillemette, en offrande. Et il parle. Il dit tout ce qu'il ressent. Quarante-deux ans de mutisme qui pètent comme un barrage et se déversent sur Guillemette, sans retenue. Il parle à s'en donner le vertige. En transe. Ivre d'émotions et de vérités délivrées. Une confession sans confesseur. Une déclaration d'amour sans amante.

— Toute cette histoire parce que j'ai acheté un putain de portable. Je savais même pas comment il marchait. Ma vie c'était un mouroir, mais ce jour-là, je sais pas pourquoi, j'me sentais encore plus seul. Dans mon vieux Chesterfield. J't'ai déjà parlé d'Evinrude? Ouais, laisse tomber. J'avais ce putain d'engin technologique dans la main et j'me sentais con. Mais j'sais pas pourquoi, y a un élan qui m'a poussé à le faire. Une sorte de pressentiment. Quelque part, au fond, je sentais que tu serais là. Ça fait super con de dire ça, mais j'le dis quand même. Après tout, j'vais pas m'censurer. Y a qu'nous deux ici, dans ce p'tit cagibi. Et puis, tu parles pas beaucoup, alors j'prends la parole, j'espère qu'tu m'en veux pas. Et j'espère que j'te saoule pas trop non plus. Enfin bref, j'y croyais. Sans trop y croire. J'ai fait défiler plein de profils, des tronches de pétasses sans intérêt. J'les voyais même pas. C'était comme Canal+ quand j'matais des pornos en crypté, ado. Et puis d'un coup, BAM, j'tombe sur toi. On te voyait pas le visage. Mais on devinait. On devinait que c'était… Ben que c'était toi, quoi… Merde, j'suis pas bon avec les mots, mais à ce moment-là, j'ai su. Je savais pas quoi, mais j'ai su. J'ai ressenti un truc et j'étais sûr que c'était énorme.

Roy sourit et se perd quelques secondes dans ses pensées à ce souvenir. Puis il reprend son monologue sans fin :

— Mais là où tu m'as tué, c'est que tu m'as *liké*. J'ai toujours pas compris. Faudra quand même que tu m'expliques un jour pourquoi tu m'as *liké*…

Silence.

Long, le silence.

Roy a plus de mots. Il les a tous donnés. Tous ceux qu'il avait. Et là, il en a plus.

…

— Parce que t'étais cabossé. Comme moi…

Le cagibi s'est éclairé d'une lumière douce et chaude. Une lumière vitale qui se propage dans les veines de Roy et lui irradie le corps, puis le cœur.

Sa luciole… elle s'est rallumée !

Chapitre 41

Mademoiselle Solange

Quand Roy a mis les pieds pour la première fois dans la bibliothèque du village, inutile de dire que l'événement a été un choc, non pas des cultures – encore faut-il en avoir une –, mais existentiel. Roy avait toujours connu un monde intellectuel anémié, où une soirée TF1 était le climax philosophique d'une journée déjà très intense en léthargie cérébrale. Et un bouquin, à part le bottin, il en avait jamais tenu dans les mains. Alors qu'est-ce qu'il foutait là ? Pourquoi d'un coup il avait eu cette pulsion irrépressible d'entrer dans une bibliothèque et de se jeter à corps perdu dans le sanctuaire de la mémoire de l'humanité ? Cherchait-il une raison à son existence ? Avait-il découvert la physique quantique en rêve et allait-il maintenant se nourrir de la recherche de ses pairs ? Avait-il compris que le mot était la vie et qu'il devait s'en nourrir pour que sa pensée soit lue et chantée de par le monde ? Rien de tout ça. Il était venu réparer les chiottes.

Roy a fait tous les métiers du monde, surtout les moins glorieux. Et face à l'adversité d'une région économiquement en crise, il a développé de multiples talents cachés, dont celui de déboucher les chiottes. Et même dans le temple de la culture qu'est une bibliothèque, on trouve ce réceptacle pour la plus basse fonction dans l'échelle existentielle. Car faut pas croire, même les intellos coulent un bronze à l'occasion, et même les philosophes bouchent leurs chiottes de temps en temps.

Roy a posé ses énormes godillots dans l'entrée, puis sa massive caisse à outils au sol, il a jeté un œil à droite puis à gauche pour essayer de comprendre le sens de ce lieu. Face à lui, la bibliothécaire, elle, a fait un mouvement rotatoire perpendiculaire, et a scanné Roy de bas en haut. Une femme de lettres sait surmonter une épreuve visuelle telle qu'une disgrâce physique. Elle voit la substantifique moelle de tout sujet qui devient alors romanesque à ses yeux. Mademoiselle Solange, en découvrant cet étrange garçon, a pensé *Quasimodo*, *Frankenstein*, *Docteur Jekyll et Mister Hyde*. Un héros de roman. Elle était ainsi, Mademoiselle Solange, elle planait un peu. Là-haut, dans un monde imaginaire peuplé de personnages fictifs, ô combien plus passionnants que la réalité. Roy, lui, il a juste vu une binoclarde, cheveux tirés et lèvres pincées. Il attendait l'étape suivante de sa journée glorieuse : plonger ses mains dans la merde. Pas littérairement mais bien littéralement.

Tous ces bouquins autour de lui, Roy les trouvait pas seulement intimidants, il les trouvait hautains, dédaigneux. Ces murs de savoir étaient la forteresse qui le séparait de l'autre monde. Celui des gens aux mains propres, aux idées claires, à la vie idéale. Roy était sur la défensive lorsque, soudain, la forteresse s'est effondrée.

Tout d'abord Mademoiselle Solange lui a souri. Dans le village de Roy, le sourire avait une valeur marchande. Tu achètes, je te souris. Tu as des intérêts qui m'intéressent, je te souris. T'as les poches vides ? Et le sourire tombait tel le rideau de fer sur une façade qui trompait plus sur la marchandise. Donc la bibliothécaire qui lui souriait, c'était une première surprise. La deuxième l'a séché encore plus : la bibliothécaire lui a parlé gentiment, sans condescendance ni compassion hypocrite. Elle lui a parlé comme à un mec normal. Et ce qui l'a encore plus tué, Roy, c'est qu'elle lui a pas parlé de ses chiottes en premier. À la place, elle a fait un truc de dingue : elle lui a proposé un café.

— Avec ou sans sucre ?

Et elle s'est pas laissé démonter par le silence de Roy. Elle voyait bien qu'il était pas totalement à son aise dans le lieu.

— Votre café, avec ou sans sucre ?

Elle le prenait pas de haut, elle voulait juste être aimable. Elle avait des valeurs, assez étrangères à Roy, dont la première était l'hospitalité.

— Euh, noir, a répondu Roy, un rien bourru.

Manquait le « s'il vous plaît », mais Mademoiselle Solange l'a pas mal pris. Elle a tout de suite eu de la tendresse pour Roy. *L'enfant sauvage*, c'est l'autre image qui lui était venue en tête quand Roy avait parlé. On demande pas à *L'enfant sauvage* d'être poli. Déjà, s'il mord pas, c'est qu'on est sur la bonne voie.

Et les montagnes russes ont continué. Roy en a eu le vertige. La bibliothécaire lui a fait un café – fort bon –, elle l'a bu en sa compagnie – la compagnie de

Roy, cette vaste blague – puis elle l'a accompagné aux chiottes et est restée avec lui tout le temps de la réparation. Ah ben merde alors! La bibliothécaire intellectuelle, cheveux tirés, lèvres pincées, propre sur elle, est restée une heure dans une odeur nauséabonde, pour discuter avec Roy pendant qu'il triturait des mois de littérature et de viande mal digérées. Enfin discutait, monologuait plutôt. Roy, à part grommeler dans sa barbe en insultant ce putain de conduit d'évacuation qui faisait pas son boulot et ses outils qui grippaient et la merde qui remontait, il avait pas trop l'esprit à répondre aux questions de Mademoiselle Solange. Mais elle avait une telle élégance sociale qu'elle a réussi à lui donner l'illusion qu'ils avaient une vraie conversation, profonde, à deux, entre ses grommellements et les odeurs de merde. Pour la première fois de son existence, il s'est senti moins con et plus considéré. Il avait l'impression d'être un marquis théorisant sur les thèmes philosophiques de la vie. Rencontre de deux grands esprits dans des chiottes. Enfin ça, c'était dans le cerveau atrophié de Roy. En réalité, c'était beaucoup moins spectaculaire mais la délicatesse du moment était bien réelle, et l'échange humain authentique.

Une fois ses outils nettoyés et rangés – autre moment hautement glamour partagé avec la même légèreté –, Roy était sur le départ quand Mademoiselle Solange l'a mis K-O pour le compte.

— Vous partez sans prendre un livre? Vous allez me vexer.

Doublement terrassé. D'une, comment elle avait pu imaginer qu'il ait ne serait-ce que l'idée d'emprunter un livre? De deux, elle jouait la vexation, donc la culpabilité – feinte évidemment –, donc la séduction – pas sexuelle évidemment, mais amicale. Roy était au tapis et Mademoiselle Solange te l'a achevé par un dernier combo dévastateur : elle a dépincé les lèvres et a souri. «… 8 ! 9 ! 10 ! K-O ! »

Après avoir encaissé le choc, Roy a pris le verre de limonade qu'elle lui a offert tout en lui glissant un livre dans la main, et il est reparti chez lui sans plus trop savoir par quel chemin il devait passer.

Arrivé au bercail, la dure réalité lui est revenue en pleine gueule. Il vivait à présent dans un foyer social dans lequel il faisait moins figure d'exception dans la catégorie rebut de la société. Après les « événements », après Lou, après l'HP, le foyer social était tout ce qu'il avait trouvé. L'endroit était pas trop propre mais pas trop sale non plus. Et y avait pas d'électrochocs, donc c'était plutôt reposant. Le seuil d'exigence quant à la qualité de l'hôtellerie peut être très subjectif. Celui de Roy était très souple. Beaucoup plus que la planche de bois qui lui servait de lit.

Roy s'est installé bien inconfortablement sur ladite planche en bois et a fait une chose incroyable, unique, un petit pas pour l'humanité mais un grand pas pour Roy : il a ouvert le livre et il a commencé à lire. On est pas chez Disney non plus, il a pas avalé le bouquin dans la nuit et il est pas devenu écrivain le lendemain après cette épiphanie. Il avait jamais lu autre chose que les BD au dos des boîtes de céréales, donc, pour lui, lire trois chapitres revenait à ingurgiter la moitié de la BNF. Mais il a aimé autant ce qu'il lisait que le moment lui-même. Le calme d'une nuit silencieuse, plongé dans les mots d'un inconnu, bercé par la sensation voluptueuse que Mademoiselle Solange pensait à lui à cet instant, qu'elle était à ses côtés. Pour la première fois depuis la mort de Lou, Roy se sentait... pas si mal. Et pour lui, c'était déjà énorme. Presque miraculeux.

Mademoiselle Solange avait été sympa, elle avait pas tapé trop fort d'entrée de jeu en lui balançant du Proust ou du Tolstoï dans les dents. Autant fourguer une conserve de Blédina à un bébé sans l'ouvre-boîte. Y a tout pour que le bébé se nourrisse, sauf la méthode. Donc le bébé se nourrit pas. Et il meurt. La culture, c'est pareil. Si t'y mets pas les formes, tu tues l'envie. Et tu dresses le mur.

Cela dit, elle voulait quand même le secouer. Donc elle lui a pas glissé n'importe quel livre. Celui-ci parlait d'une relation fusionnelle entre deux amis. La description d'un des deux a happé Roy : un colosse au visage informe. Le choc. Roy s'est tout de suite reconnu dans Lennie, ce géant simplet au cœur d'enfant. Et une brute malgré lui. Lennie aimait caresser les choses douces et pouvait les briser par maladresse. George tentait de le protéger de lui-même mais aussi du monde qui l'entourait et le voyait comme un monstre.

Beaucoup de thèmes ont résonné chez Roy quand il lisait *Des souris et des hommes*. Il a pas adoré le passage où Lennie brise le cou d'une charmante demoiselle, une brindille fragile entre ses mains de monstre maladroit, mais il a vécu la situation dans ses tripes. Il a compris le sentiment du héros. Intimement. Il a pas non plus aimé le passage où son ami se résigne à l'abattre pour le protéger des autres et de lui-même, mais pareil, il l'a compris. Les sentiments décrits étaient sincères et beaux, et le roman était pas hypocrite pour autant, il montrait également l'injustice. Roy connaissait pas l'auteur, pourtant il écrivait des histoires qui résonnaient avec son vécu à lui. Comment c'était possible? Il savait pas. Mais d'un coup, il s'est senti moins seul. Moins incompris.

On pourrait questionner le choix de Mademoiselle Solange de mettre entre les mains de Roy un livre qui, elle le savait pertinemment, allait le secouer profondément. C'était à double tranchant. Soit il lui pétait à sa gueule à lui, voire, ce qui aurait pu être plus dangereux, à sa gueule à elle, soit il le touchait. S'il comprenait les bienfaits de l'imaginaire et son processus cathartique, peut-être que, comme elle, Roy pourrait s'évader d'une réalité pas toujours facile et y trouver une certaine forme de sérénité. Comme dit plus haut, elle planait un peu, Mademoiselle Solange.

Roy est pas devenu pour autant un grand lecteur. Entre-temps, il a rencontré Bobby et a découvert la boxe, ce qui correspondait quand même franchement plus à son énergie et, côté catharsis, c'était nettement plus décapant. Mais il a aimé retrouver Mademoiselle Solange tous les samedis et partager ce secret avec elle.

Pendant plusieurs années, Mademoiselle Solange a ainsi alimenté la soif de Roy pour des mondes et des personnages fictifs qui, elle l'espérait, réveilleraient en lui des émotions positives. Roy cherchait pas à parfaire sa culture mais à ressentir autre chose que cette sensation de colère tapie au fond de ses tripes.

Et un jour, Mademoiselle Solange lui a prêté un livre qu'elle affectionnait particulièrement. Il contait le destin de personnages mythologiques, de créatures fantastiques, d'hommes mélangés à des animaux. Des hommes à tête de taureau ou à corps de cheval.

Les métamorphoses.

Roy a dévoré le bouquin.

Des hommes mélangés à des bêtes, l'image lui a tout de suite parlé.

Chapitre 42

Lili

Des Twix ! C'est de la merde, les Twix, mais va savoir pourquoi, quand t'es dans une station-service, sur une aire d'autoroute, tu t'autorises à en acheter. Comme si t'avais plus besoin d'excuses pour te donner bonne conscience. Tu t'enquilles des kilomètres de route depuis des heures alors t'as envie de te faire plaisir en bouffant de la merde et tu le fais. Tu t'achètes quatre paquets de Twix, tu les bouffes – pourtant t'es écœuré au bout du deuxième – et tu finis comme un misérable à t'avaler les dernières centaines de kilomètres qui te restent avant destination avec le foie en berne et l'envie de dégueuler. Les plaisirs de la route en somme. L'ivresse de l'asphalte.

Alors Roy, il en prend dix d'un coup, des Twix. Et merde à son foie ! Zéro censure, après ce qu'ils viennent de vivre, y a pas de plaisir coupable. Il a juste envie de se faire plaisir tout court.

Guillemette l'attend dans la voiture. Le plein est fait. Ils ont plus qu'à continuer à tracer la route, à s'aimer comme des assoiffés et à se faire péter le foie à coups de Twix. Et la résolution de cette histoire ? On verra bien. Roy, il est pas liseur de bonne aventure, il sait pas décrypter les lignes de la main, à part celles dans la gueule. Et les boules de cristal, les rares fois où il en a tenu une, il l'a fait avaler à la gitane qu'avait pensé judicieux de se tirer sans payer son dû à son boss. Roy est pas trop dans l'ésotérique. Il est plutôt cartésien. Voire pragmatique. « Tu m'as pas vu venir alors que t'es censée lire dans ta boule de cristal ? Ben on va voir si tu t'en sors mieux quand faut la digérer. » Une logique qui lui est propre. Ou sale. C'est selon.

Donc il sait pas comment elle va finir, leur histoire, mais il se doute. Elle a mal commencé alors pourquoi elle finirait bien ? Enfin, son histoire à lui a mal commencé. Leur histoire à eux deux, au contraire, c'était beau comme une peinture de la place du Tertre, avec une grâce qui perce le ciel et des anges qui trompettent dans les nuages. Parce que oui, y a quand même eu quelques nuages. Bien noirs. Et des orages. Bien intenses. Et des cataclysmes. Presque mortels. Mais le plus dur semblait derrière eux. Alors Roy aurait envie de se dire que leur histoire pourrait finir bien aussi. Pourquoi pas ? Mais ses tripes, elles le sentent pas. Roy a jamais été un grand optimiste et la vie lui a souvent donné raison. Alors tant qu'à pas le sentir, il se dit qu'il vaut mieux en profiter à 4 000 %. Il compte bouffer du Twix à s'en faire péter le foie et baiser jusqu'à ce que mort s'ensuive. C'est plutôt pas dégueu comme programme. En soi, c'est même plutôt réjouissant.

Roy claque un sourire à cette pensée alors qu'il passe les portes coulissantes qui mènent au parking de la station-service. Il remet ses lunettes de soleil et sent une présence devant lui sans pourtant la voir.

Étrange. Mais après des années de boxe et de décalquages de tronches dans les bas-fonds glauques de Paris, Roy a appris à ressentir la présence des adversaires les plus sournois, même quand il les voit pas. Et là, il voit pas encore mais il sent, l'adversaire, tout près, planqué. Alors il s'arrête. Une locomotive en marche qui pile net, et ses trente-cinq wagons qui poussent derrière elle. Léger déséquilibre, mais il se rattrape. Heureusement. Un pas de plus et il écrasait la fameuse présence ennemie flairée un instant plus tôt.

Face à lui, une forme, immobile, droite, en attente. Une fille. Une fillette, pour être exact. Des grands yeux fixes. Elle a pas six ans. Et elle le toise d'en bas, comme si elle faisait face à un géant de légende. Elle fait plus que le toiser. Elle le perce, elle le domine, alors qu'elle est microscopique. « Merde, c'est quoi cette gosse ? » On dirait un sniper derrière un fusil d'assaut. Y a du noir autour d'elle. Elle a l'air d'avoir vécu trois vies. C'est une petite forme qui se dessine à travers un brouillard, avec seulement deux yeux bleus qui percent l'anthracite pour s'infiltrer dans la rétine de Roy et dans son cerveau. C'est plus un regard silencieux de fillette de six ans, c'est une IRM. Cette gosse, faut pas qu'elle tombe entre les mains de la CIA ou elle finit en arme de destruction massive. Roy domine la petite et l'observe en silence. Pendant une bonne minute. Et la petite, la tête en l'air, observe en retour cette créature mythologique dressée au-dessus d'elle, sans émettre un son. Un face-à-face de légende.

Et au milieu, l'éternel connard qui sent pas que c'est un mauvais timing pour ouvrir sa gueule. Le fameux badaud qui va dire la connerie qu'il fallait pas, qui va le regretter mais qui le sait pas encore. Quelques secondes le séparent de l'accident qu'il se repassera allongé sur son lit d'hôpital, en regrettant, en se disant que si seulement il avait fait gaffe, il aurait pas…

— Ça te dérange pas de boucher l'entrée depuis une heure, connard ? Prends ta pisseuse sous le bras et bouge ton cul, on aimerait bien aller pisser nous aussi.

Roy tourne la tête. Pas beaucoup. Dix degrés sur la droite. Ses yeux suivent le mouvement. En coin sur la droite, eux aussi. Pour observer la face de con qui vient de parler. Le tout au ralenti. À vitesse réelle, mais pour la face de con, tout se passe au ralenti. Comme un accident. La bagnole qui dérape, le 33 tonnes devant qu'on percute, les membres arrachés. Le tout en quelques secondes. Mais pour celui qui le vit, l'accident se déroule au ralenti. Et la face de con, il est con aussi, son réflexe, mais il est naturel. Le lapin, quand il est pris dans les phares d'une bagnole, il écarquille les yeux et il bouge plus. L'homme, il fait presque pareil. Sauf qu'il les ferme, les yeux. Parce qu'il sait. Le drame qui arrive. Et il veut pas le voir. Déni ou survie passive ? Une chose est sûre : c'est un réflexe universel. Alors, la face de con, quand il a décrypté que Roy était une machine à faire tourner un abattoir, il a compris qu'il avait freiné trop tard et que le 33 tonnes, il allait se le prendre. Et la façon la plus héroïque de faire face à la situation, c'est de fermer les yeux et d'attendre le choc. Mâchoires serrées. Fesses de même. Respiration stoppée. Oreilles grandes ouvertes. Le bruit devrait précéder la douleur… Le choc… Il devrait pas tarder… Le choc… Notre Père qui êtes aux cieux… Le choc… C'est vrai que le temps se diffracte quand on a peur… Le choc… Que Votre nom soit sanctifié… Le choc…

Roy prend une profonde inspiration. Il remplit ses énormes poumons de plusieurs litres d'air. Il soulève son énorme main, une main de Titan, et… très lentement… très doucement… il la pose sur l'épaule de la fillette et la pousse… sur le côté… et accompagne le mouvement… et la petite, suivant la chorégraphie de la main meneuse, fait un pas sur le côté, aussitôt accompagnée par Roy, qui cède donc le passage.

— Effectivement, j'avais pas vu que je bloquais l'entrée. Désolé.

La face de con rouvre les yeux. Grands. Il les écarquille à s'en faire éclater les paupières. L'air entre à nouveau dans ses poumons. Le miracle de la vie refait son chemin dans ses veines. Qu'est-ce qui se passe ? Il est vivant ? Le 33 tonnes est derrière lui. Il l'a évité. Les yeux fermés. Il l'a évité. Le miracle. Sans comprendre ce qui vient de se passer, mais soudain porté par une foi mystique, la face de con reprend son chemin comme Jésus a marché sur l'eau. Léger, aérien, la foi remplie à la gueule. Et…

— Hé !

À l'interpellation de Roy, la face de con s'arrête. Comme si une balle venait de lui percuter le dos, puis de lui transpercer le cœur. Lui qui avait cru au miracle, il va s'écrouler, sans vie, au son de ce « Hé ! », plus mortel qu'un coup de feu. Et à nouveau le réflexe de survie : il ferme les yeux.

— Ça empêche pas d'être poli.

Roy l'a dit très calmement. Un peu froidement

peut-être. Mais courtois. Un rien vexé. Mais le pouls stable. Pas de signe de colère à l'horizon. Pas de signe de pulsion incontrôlable. Ou même contrôlable d'ailleurs. Il a de la chance, la face de con. En temps normal, il serait déjà en train de dégouliner sur le mur d'en face. La tronche éclatée sur la pompe à essence. À la place, il opine du chef, lâche un sourire miséreux et se taille à l'intérieur sans demander son reste et sans l'envie de pisser qu'est passée vu que la peur a donné le feu vert au soulagement dans son fute. Il a perdu sa dignité mais il a conservé quelques années de vie. Il perd pas au change.

Maintenant que la face de con est parti, et sur ses deux jambes encore, ce que Roy s'explique pas vu le ton utilisé, un ton qui fait généralement office de mot de passe pour la fosse commune, Roy se tourne vers l'autre mystère de cette drôle de matinée : la fillette. Elle le fixe toujours. Sourcils froncés. Yeux bleus électriques. Entourés des vagues sauvages de ses longs cheveux bouclés. Merde, c'est qui cette gamine ? Pourquoi elle le regarde comme ça ? Et pourquoi il est hypnotisé ?

— Hein ? Pourquoi ?

Les mots sont sortis de la bouche de Roy pour ponctuer sa pensée. Et la gamine, elle a pas l'air surprise. Pas un sourcil ne bronche. Pas une pupille ne se dilate. À se demander si elle est pas un peu conne.

— Pourquoi tu me regardes ?

— Parce que t'es grand.

— Et alors ? Y en a plein des mecs grands. Tu les dévisages tous comme ça ?

— Non. Toi, t'es grand. Et tu ressembles à mon livre.

— Quoi, je ressemble à ton livre? Ça veut rien dire.

— Y a un monsieur dans mon livre. Tu lui ressembles.

Roy bouge plus. Le vent souffle entre ses oreilles. Le cerveau s'est arrêté. Il comprend pas ce qu'elle lui raconte.

La gamine sort un bouquin de son cartable rose. Un livre illustré. Elle le feuillette. Très sûre d'elle. Très sérieuse. Très concentrée. Et là, exactement là, elle semble dire, elle trouve sa page et ouvre grand le livre face à lui, comme Moïse a brandi ses tablettes devant le peuple élu. Là!

Roy se penche. Une grue de plusieurs centaines de mètres qui se plie en deux. Et arrive face à la Lilliputienne et son grimoire brandi. Un grimoire rose avec des illustrations multicolores d'un monde acidulé. Et au milieu de la page dégoulinante de couleurs sucrées à vous coller une crise de foie pire que les Twix, y a un personnage immense. Avec un corps de cheval. Un Centaure! C'est vrai qu'il en impose. Des licornes gambadent autour et donnent une légère touche gay au tout, mais sinon, faut avouer, il a de la gueule, ce Centaure!

— C'est toi.

— Ben non, c'est pas moi. Tu vois, moi je suis réel. Et ton perso là, ben il est dessiné.

La gamine marque un temps, regarde l'illustration du Centaure puis brandit à nouveau le bouquin face à Roy.

— Si, c'est toi.

— Écoute, petite, désolé, j'veux pas te casser ton délire mais ton bonhomme, il existe pas. C'est un perso de livre pour enfants et moi, ben… j'suis moi, quoi.

Un temps. Regard bleu électrique. Sourcils froncés. Cheveux sauvages. Bouquin brandi.

— C'est toi.

Ah, les enfants ! Ce jeu pourrait durer des heures. Pourquoi Roy s'impatiente pas ? Mystère. Il comprend pas lui-même. Il se pose même pas la question. Pour l'instant, il essaie de gérer. La gamine lui fait l'effet d'une casserole de lait sur le feu. Alors surtout, tu regardes pas ailleurs.

— Je… Ben… Non, vraiment et… Tu vois, y a des licornes autour. Les licornes, ça existe pas. À part dans les livres de petites filles.

— C'est toi.

Les enfants ont ce don de donner l'impression d'être les choses les plus fragiles du monde que tout être humain normalement constitué veut protéger et de susciter dans la seconde qui suit l'envie de les casser en deux.

— Ben, t'es qui, toi ?

Roy se retourne. À la vitesse normale cette fois. Cette voix, il la connaît, et putain, qu'est-ce qu'il l'aime ! Guillemette se penche sur la petite avec un sourire plus lumineux qu'un soleil d'août en Auvergne. Autant il peut faire dégueulasse en juillet en Auvergne, mais en août, y a des soleils dignes d'Apollon.

— C'est lui, elle dit, la gamine, en pivotant et en brandissant son bouquin rose avec la même détermination prophétique.

Guillemette observe le livre comme seules savent

le faire les mamans que leur gosse sollicite quatre cent vingt-trois fois par jour pour valider les banalités qui jalonnent leur quotidien et provoquer une admiration théâtrale et néanmoins non simulée chez leur mère émerveillée pour une raison que seul *Biba* peut expliquer.

— Mais oui. Tu as raison.

Guillemette jette un coup d'œil à Roy après avoir longuement observé l'illustration du Centaure et lui balance son sourire ensoleillé. Coup de soleil direct dans la face de Roy. Brûlure au troisième degré. Il a pas mis d'écran total, il aurait dû. Cette meuf a un sourire à vous cramer l'épiderme et vous brûler le cœur. Putain, qu'est-ce qu'il est chaud, ce sourire !

— Moi ? Un Centaure ?

— Oui, c'est toi.

— T'as pas beaucoup de mots dans ton vocabulaire, gamine, hein ? lance Roy avec ironie.

— J'en connais d'autres, contrecarre Guillemette, derrière la lumière de son sourire.

Roy soupire par les narines, bouche scellée. Deux filles contre lui. Il est battu d'avance.

— Je croyais que j'étais un Minotaure.

— C'est quoi un Minotaure ? demande la gamine avec l'innocence de son âge derrière des sourcils froncés d'une maturité trompeuse.

Guillemette jette un regard coquin vers Roy. Cette allusion pleine de complicité sensuelle la réchauffe jusque dans la vulve. Mais y a la petite pas loin. Alors on revient au Centaure et aux licornes et on arrête de mélanger les légendes.

— Vrai. Mais devant cette station-service, face à cette charmante petite fille, t'as tout du Centaure.

Guillemette se penche à nouveau vers la fillette.

— Et toi, tu es quoi ? Une petite fée ?

— Non. Une petite fille. Je suis pas dans le livre, moi.

— Mais Roy non plus, il est pas dans le livre.

— C'est qui, Roy ?

— Le Centaure, là.

— Si. Il est dans le livre.

Ah, les enfants…

— D'accord. Donc, tu es une petite fille. Alors dis-moi, comment tu t'appelles ?

— Lili.

— C'est un joli prénom, Lili.

— Je sais pas. C'est mon nom. C'est tout.

— Et qu'est-ce que tu fais là, Lili ?

— Je regarde le Centaure.

— Mais avant ça ?

Silence de l'enfant. Roy observe la scène sans trop comprendre. Raide. Comme une statue. Une statue de Centaure.

— Ils sont où tes parents, Lili?

— Ma maman est morte.

Silence à nouveau. Cette fois c'est Guillemette qui se tait. Lili tourne son visage vers elle. Yeux. Bleus. Électriques. Sourcils. Froncés. Perdus dans les vagues. Sauvages.

— Je suis désolée, Lili.

— Pourquoi ? Elle est pas morte à cause de toi.

Guillemette se tourne vers Roy. Un nuage masque le soleil. D'un coup, l'Auvergne, quand il fait gris, c'est beaucoup plus triste. Alors Roy sent qu'il faut réagir. Il sent ce genre de chose maintenant. Le Centaure se penche donc à nouveau sur la Lilliputienne.

— Et ton papa, il est où ?

— T'es beaucoup plus moche que dans le livre.

Silence à nouveau. Au tour de Roy de fermer sa gueule. Guillemette le regarde comme le cadran d'une bombe à retardement de mauvaise série américaine, qui fait tic-tic-tic alors qu'il reste cinq secondes avant la nucléarisation de l'humanité. Alors Roy éclate, oui, mais de rire.

— Ah oui, je sais ma chérie. En fait, on m'a jeté un sort. Je suis un prince charmant emprisonné dans un corps de crapaud.

Le ciel se dégage. Le soleil d'Auvergne réapparaît sur le visage de Guillemette.

— Non. T'es un Centaure. Tu fais rien qu'à tout confondre.

Bam, dans tes dents. Tu te croyais malin à jouer avec les contes pour enfants ? Ben va te rhabiller, mon pote, les gosses aujourd'hui, ils sont aiguisés comme des couteaux japonais et ils te découpent façon sushi s'ils sentent que tu veux la leur faire à l'envers. Et comme c'est des gosses, ils passent leur temps à t'y pousser, alors tu finis en menu B9 à douze euros sans passer par la soupe miso.

La tronche de Roy réagit pourtant bien et poursuit dans l'inhabituel : elle reprend le sourire.

— T'as raison. J'ai essayé de t'enfumer. C'est pas un mauvais sort. J'suis juste né comme ça. Mais tu sais quoi ? J'suis peut-être pas un prince charmant, j'suis peut-être un crapaud point barre, n'empêche que j'me suis dégoté une princesse de Bibliothèque rose et ça, avec tout ton cynisme de ninja pas dupe, tu peux pas le nier que c'est magique.

Roy, pris dans la théâtralité du moment, s'empare

de Guillemette et l'embrasse comme dans les vieux films avant que *The End* apparaisse en surimpression.

Regard dubitatif du ninja cynique.

— T'es bizarre.

Roy relâche son étreinte, Guillemette étouffe un fou rire, et la conversation reprend sur le même ton.

— J'te l'accorde. Mais avec ma gueule de crapaud, t'admettras que j'ai des circonstances atténuantes.

Le ninja penche la tête sur le côté pour déchiffrer cet étrange personnage s'exprimant dans une langue inconnue.

— Maintenant que tu m'as bien taillé, tu vas répondre à ma question, parce que j'ai pas que ça à foutre et que j'ai des Twix qui fondent dans ma poche.

— T'as acheté des Twix ? l'interrompt Guillemette.

— Ben ouais.

— Pourquoi t'as acheté cette merde ?

— On est sur une aire d'autoroute, on est déculpabilisés.

Silence général. Regards en biais du ninja et du soleil auvergnat. Soupir de Roy et vague sensation de solitude.

— Laisse tomber. Alors, Lili, dis-moi, ton papa, il est où ?

— Je sais pas.

— Comment tu sais pas ?

— Ben, je sais pas quel chemin il a pris.

— Un chemin ? Mais quel chemin ?

— Je sais pas. Je suis pas avec lui.

— Je vois bien, mais comment tu sais qu'il a pris un chemin ?

— Ben, il a pris la voiture, donc il a pris un chemin.

— Mais… Il était là ? Avec toi ?

— Oui.

— Vous êtes venus en voiture ?

— Oui.

— Et il a pris un chemin ?

— Oui. Il est parti.

— Mais… et toi ?

— Ben je suis là.

— Mais depuis quand ?

— Je sais pas. Il faisait nuit.

Choc. Un container vient de tomber sur eux. Des tonnes de vide. Le temps se diffracte à nouveau. Les sons ambiants s'étouffent. À part le bruit de leurs respirations. Et leurs mots, très clairs, eux. Surlignés même.

— La nuit ? T'es sûre ?

— Oui.

— Roy ?

Guillemette a essayé de s'immiscer dans la conversation mais le bras tendu de Roy fait barrage. Y a plus de prince. Plus de crapaud. Juste Roy qui cherche à comprendre ce qui s'est passé. Il a une vague idée. Mais, putain, il préférerait se tromper.

— Lili, il est midi. Tu sais ce que ça veut dire ?

— Oui. J'ai faim.

— T'en as parlé à quelqu'un d'autre ?

— Non.

— Ton papa aurait dû revenir depuis longtemps. S'il t'a oubliée, ce fils de…

— Il m'a pas oubliée.

Un autre container tombe sur le précédent. Le

silence vrombit dans les oreilles de Roy et Guillemette, assourdissant. Le cerveau peut lâcher à tout moment après un choc pareil. Ce symptôme précède le K-O, paraît-il. Roy sait pas, il l'a jamais expérimenté, et il aimerait autant pas commencer aujourd'hui.

— Il m'a dit de rester ici. Et il est parti.

Merde… La Bête…
Au fond de sa caverne…
La Bête…
Elle a bougé…

Chapitre 43

La larme du Centaure

La petite mange pas, elle bâfre. Putain, l'enculé lâche une gamine sur une aire d'autoroute, c'est déjà un putain d'enculé, mais il lui laisse même pas un sandwich, faut vraiment qu'il ait déconnecté avec toute forme d'humanité.

— Il est bon, ton burger ? demande Roy.

La petite opine du chef en émettant un vague son alors qu'elle déglutit une nouvelle bouchée plus grosse que sa tête. Bon, la *junk food*, c'est pas louable, mais pour la macrobio, on verra plus tard. La gosse a besoin de se nourrir et de réconfort. Et le burger-frites a fait ses preuves dans ces deux registres. Presque autant que les crêpes au chocolat. Mais sur une aire d'autoroute, c'est plus simple de trouver un burger que des crêpes. Eh oui, tout fout le camp ma p'tite dame, on a remplacé les Bigoudènes par Ronald McDonald, c'est l'époque qui veut ça. Mais trêve de passéisme suranné, revenons à la gosse, ses frites ketchup et son histoire de fou.

— Donc ton père, cet encu…

Une main stoppe l'élan de Roy. C'est Guillemette. Elle arrête pas de poser sa main sur l'avant-bras de

Roy pour l'empêcher de jurer comme un égorgeur de porcs. Parce qu'il arrête pas. Il peut pas s'en empêcher. Le père là, ce gros enculé de bâtard de fils de pute, il peut pas le mentionner sans avoir un putain de besoin compulsif de l'insulter. Et s'il était là, en face de lui, le *padre*… Putain, s'il était là… Mais pour l'instant, il est pas là. Alors faut prendre sur soi… Et se concentrer sur la gamine…

La gamine justement, elle dévore ses frites, en silence. Même si derrière ses yeux gronde toujours le même orage. Et étonnamment, Roy se calme. La gamine, face à lui, elle dégage un truc. Il sait pas ce que c'est. C'est mystique, c'est transcendantal, c'est comme tu veux l'appeler, toi le bouddhiste illuminé du troisième œil. Roy, il l'explique pas, mais il le ressent. Cette gamine-là, elle l'a transpercé. Alors, le petit malin dira qu'elle lui rappelle Lou. Louisette. Sa petite sœur. Ben ouais, connard, Lili, elle lui fait penser à Lou, c'est bon t'as gagné ton master en psychanalyse de comptoir. Maintenant tu peux aller te palucher pour te congratuler de ta perspicacité à deux roubles, tu te laves les mains, tu reviens, tu reprends la lecture là où tu l'as laissée et t'arrêtes de la ramener, parce que Roy, il est plutôt super chatouilleux sur le sujet et il a pas très envie que tu viennes l'analyser, sans quoi il va te rendre la pareille, et il va pas le faire à coups de raisonnements psy en carton mais à coups de perceuse dans les genoux.

Roy a beau être dans le déni, la gamine lui fait penser à Lou. Putain, qu'est-ce qu'elle lui fait penser à Lou…

…

Lou…

…

— Roy ?

— Oui ?

— Ça va ? Tu dis plus rien.

— Hein ? Non, ça va. Pardon. Je pensais à autre chose.

Guillemette s'inquiète. Normal.

Lili. Revenons à son histoire. Roy s'est perdu dans ses souvenirs. Mais là, faut se concentrer. Retour vers le présent, mec. La petite, avec le nuage noir autour d'elle, les frites au ketchup rouge sang dans la bouche et les yeux bleu électrique, elle a besoin de toi.

— Donc ton père… Cet…

Roy se ressaisit, ravale l'insulte, lève les yeux au ciel, grogne un coup et reprend :

— Ton père… il t'a dit : « Reste ici », et il est parti.

— Oui. Je t'ai déjà dit. Tu comprends pas vite, toi.

Elle a d'la personnalité, cette gosse.

— Non… Je… « Reste ici, j'me casse », non, je comprends pas…

Clac ! Un son sec perce de sous la table. Sursaut de Lili et Guillemette. Roy vient de péter le plateau en plastique en deux. Froncement de sourcils réprobateur de Guillemette. Haussement d'épaules de Roy. « Pas fait exprès. »

— Mais il t'a pas laissé de numéro de téléphone ? Rien ?

Lili secoue la tête. Et bâille.

— Je suis fatiguée.

— On va aller se coucher, lui susurre doucement Guillemette. Bientôt, ma chérie, mais d'abord, il faut que tu finisses de nous raconter ton histoire.

— Pourquoi ?

— Pour qu'on retrouve ton papa.

Regard noir de Roy :

— Pour lui casser les dents ?

Regard noir de Guillemette :

— Pour qu'il retrouve sa fille.

— Il a pas besoin de la retrouver, il l'a pas perdue. Il l'a abando…

C'est plus sa main qu'elle pose sur son avant-bras, c'est ses ongles dans sa peau. Roy s'arrête au milieu de sa phrase. Il a compris. Il jette un œil sur Lili, elle fronce encore un peu plus les sourcils. Il prend une profonde inspiration et reprend :

— Pas de numéro. Mais est-ce que t'as le numéro de quelqu'un d'autre ? Ta grand-mère, une tante, je sais pas moi, ton école ?

Guillemette lève les yeux au ciel. Lili secoue la tête.

— Bon. Ton nom. Commençons par là. On va le retrouver avec ça, ton daron.

— Martin.

Soupir de Roy.

— Ton nom, c'est Martin ?

Acquiescement de Lili.

— OK. Et son prénom ? Ton père. Son prénom, c'est quoi ?

— Papa.

— Non, ma chérie. Son prénom. Pas comment tu l'appelles, toi. Comment ses amis l'appellent ? intervient Guillemette.

— Il a pas d'amis.

Guillemette et Roy se regardent. Décidément, il a l'air charmant, le daron.

— Mais s'il en avait, ils l'appelleraient comment, ton papa ?

— François.

— Ton père s'appelle François Martin ?

Lili acquiesce. Roy soupire.

— Super. On aurait pu tomber plus mal. Il aurait pu être chinois et s'appeler Chang.

— Roy !

Coup de fouet. Guillemette plaisante pas. Roy ferme sa gueule. Et la petite bâille. Alors Roy et Guillemette se regardent à nouveau. Bien embêtés.

— On va aller faire la sieste, ma chérie. Et on reprendra après.

La douceur qu'il y a dans la voix de Guillemette, y a pas à dire, les femmes ont un truc. De l'ordre du divin. Roy est tout en fascination.

— Roy, tu m'aides ?

La petite s'est écroulée. Terrassée de fatigue et d'acides gras saturés de *junk food*. Elle est pas lourde, Lili, mais Guillemette, c'est un poids super plume, et pour Roy, une gamine de six ans, c'est pas plus lourd qu'un chaton. Alors il se penche sur la petite, il déplie sa large paluche pour la poser dans son dos, un géant de légende avalant une Lilliputienne. « Merde, elle est plus légère qu'un nuage. » Roy la soulève et la cale contre son immense poitrine. La tête bouclée de Lili se love tout naturellement dans le cou du Centaure. Les vagues de ses bouclettes lui chatouillent les narines. « Merde, cette odeur… Ce parfum… Lou… Merde… »

Guillemette contemple Roy en silence. Une larme coule de son œil buriné et se fraie un chemin dans les circonvolutions de son visage cabossé.

Une larme de Centaure.

Y a pas de commentaire. Pas de mot juste. Guillemette sait pas trop ce qui se passe mais elle se doute. Alors elle dit rien. Elle passe le bout de ses doigts le long de la nuque de Roy. Pour dire : « Je suis là… Je vais pas parler. Je vais pas m'insinuer… Mais sache que je suis là… » En silence. Délicatement. Et Roy, du haut de son immensité, il sent cette caresse qui le ramène au présent et à la vie en même temps. Il jette un regard à Guillemette. Il lui lance un sourire qui brille pas mais qui dit : « Message reçu… Merci. »

Et ils s'éloignent sous la lumière dégueu des néons du fast-food du bord d'autoroute. Tous les trois.

Chapitre 44

Les trois cabossés

Le Formule 1 du bord d'autoroute est pas plus reluisant que le McDo. L'éclairage est digne d'un hôpital. Le blanc des murs est passé au coquille d'œuf malade. Les couvertures… bon, on va pas demander la dernière fois qu'elles ont été nettoyées. Mais vu la circonstance, cet hôtel miteux fera l'affaire.

Les immenses mains de Roy déposent Lili comme le Saint-Graal sur un autel. Il est un peu parti, là, mais il va revenir. Faut lui laisser le temps. Guillemette l'a bien compris. Alors elle le lui laisse.

Quand elle sent qu'il s'est perdu dans la contemplation de Lili depuis assez longtemps, elle brise le silence, mais dans un murmure :

— Roy… Qu'est-ce qu'on va faire ?

Roy pose sur elle un regard mêlé de tristesse et de mélancolie. Puis il indique le couloir d'un geste de la tête.

Le couloir est encore plus glauque que la chambre. La chambre, les proprios se sont dit qu'ils allaient faire dans l'élégant et le raffiné. Un blanc cassé qui fatigue pas trop le capital stress du conducteur abruti par des heures de route. Par contre, pour le couloir, on va jouer le festif. Des lignes bleues et orange se croisent et se perdent dans la perspective sous le clignotement des néons à lumière froide. On est bien là. Si y a une famille à massacrer à la machette pour écrire des rites sataniques avec leurs tripes sur les murs, c'est le décor idéal.

Guillemette s'allume une clope. Elle fume pas souvent, mais étant donné les circonstances, elle a besoin. Au fond du couloir, un badaud sort de sa chambre. Un de ces éternels connards qui sentent pas que c'est un mauvais timing pour ouvrir leur gueule :

— Hé vous ! C'est non-fumeur ici ! Vous voulez que j'appelle la direction ?

Guillemette et Roy lui balancent une rafale de regards noirs. Le connard en est allégoriquement éclaté contre le mur. Il en a la respiration bloquée net. Il repart vers la sortie en titubant sans bien comprendre quel train de la mort l'a percuté.

Le calme à nouveau dans le couloir. Guillemette reprend une bouffée de nicotine.

— Qu'est-ce qu'on fait ? elle lâche dans un souffle blanc et opaque.

— Ben…

Silence. OK, elle sent que Roy essaie de parler et qu'il est sonné. Elle comprend que c'est pas simple. Mais là, va falloir se secouer.

— Roy. Il faut qu'on aille voir les flics.

— Quoi ? Roy claque, de la colère dans la voix.

— Il faut qu'on aille voir les flics. On doit déclarer la disparition de Lili.

— Attends, Guillemette, je crois que t'as pas bien cerné la situation.

— Me parle pas comme si j'étais débile, Roy.

— Je te parle pas comme si t'étais débile, je vais juste être factuel : son père, ce gros enculé, l'a larguée sur une aire d'autoroute. Sa mère est morte. On la confie aux keufs, c'est la DDASS direct. Avec le karma qu'elle a, la petite, elle finit dans une famille d'accueil avec un vieux libidineux violeur de mineurs ou elle passe sa misérable jeunesse dans un orphelinat à se demander à quelle came elle va se défoncer en sortant de là pour oublier la notion même de son existence.

— Tu noircis le tableau.

— Deusio, un commissariat c'est parfait pour aller discuter gamine abandonnée quand on est deux suspects recherchés pour meurtre. Y a peut-être plus de guillotine en France, mais j'pense qu'ils se feront un plaisir de la ressortir pour nous.

Silence de Guillemette.

— Je noircis toujours le tableau ?

Bouffée de nicotine. Expiration. Tendue, l'expiration. Guillemette conclut :

— Et merde !

— Voilà.

— On a pas le choix. Il faut qu'on retrouve son père.

— Hors de question. Ce mec a abandonné sa gosse sur une putain d'aire d'autoroute. Tu veux la refoutre dans les mains de cette charogne ?

— Roy, tu l'as dit toi-même. On a les flics au cul et une gamine sur le dos. Alors on fait quoi ? On l'abandonne ici ou sur les marches d'une église ?

Roy répond pas. Il grogne. Elle enchaîne :

— Je suis comme toi, je suis bouleversée par cette

gamine, et effectivement, son avenir, il s'annonce pas très lumineux, mais vu la situation, la solution peut pas venir de nous.

Roy grogne à nouveau. Il est étroit, ce couloir. Roy y tourne en rond, se cogne aux murs. Un Centaure en cage.

— Sauf si…

Guillemette relève les yeux vers lui. Elle le voit venir.

— Non, Roy, non.

— Quoi ? Pourquoi pas ?

— Parce que… Parce que tout… Parce que c'est pas normal. Parce que c'est pas moral.

— Quoi, moral ? Quoi ? Tu la vois où la morale dans la vie de cette gosse ? Tu la vois où la morale dans nos vies à nous ?

— OK, mais n'empêche. On peut pas.

— Y a pas de morale pour nous. La vie, elle a fait le tri et on fait pas partie des gagnants. On est trois cabossés. On peut se lamenter ou on peut s'dire qu'on a d'la chance de s'être trouvés.

— Putain, mais Roy écoute-toi ! On vit pas dans un roman.

— Suis pas un grand lecteur.

— Tu m'as très bien comprise.

— Peut-être. Mais avoue que c'que j'te dis, ça te parle.

Silence.

Éloquent, le silence.

— Bien sûr que ça me parle.

Et elle peut pas s'en empêcher. Elle sourit. Cette image, « les trois cabossés », elle lui plaît. Elle lui plaît même vachement.

Chapitre 45

…

La route. Les pointillés au sol. Comme une ponctuation. Les trois petits points ne closent pas la phrase, ils la laissent en suspension. Ils signifient qu'à la fin de cette phrase il y a une suite. Mais on sait pas encore laquelle.

Trois petits points disent sans dire. Ils laissent planer le doute. Ou la suggestion. On voudrait révéler plus mais on ne préfère pas. On voudrait en savoir plus mais on préfère deviner. L'histoire est pas finie, même si elle en a l'air. Tout est encore possible même si tout semble verrouillé. Mais justement, c'est pas un point final, pas un point d'exclamation, ni même d'interrogation. Ces trois petits points lient le présent à l'avenir. Comme une corde fragile. Une perspective qui s'enfonce dans la brume.

Et dans la nuit, la route seulement éclairée par les phares ne laisse voir que trois marques au sol à la fois. Ces trois petits points qui séparent Roy, Guillemette et Lili de la suite de leur destin, un souffle retenu, en attente, fébrile.

Le silence est prégnant dans la voiture. Pas plombant, mais il est là. Lili se perd dans les ponctuations qui défilent avec la concentration d'une enfant perdue dans son monde. Roy et Guillemette s'observent régulièrement du coin de l'œil, pas complètement à l'aise avec cette situation. Difficile d'être à l'aise. Deux fugitifs. Quatre morts sur le dos. Une gamine abandonnée sur les bras. Les flics au cul. Y a plus confortable. Mais le plus inconfortable dans l'histoire, c'est le cas Lili. Qu'est-ce qu'on lui dit ? Et comment on le lui dit ? Cette question arrête pas de rebondir dans les parois du cerveau de Roy comme une boule de flipper de tube pourri des années 80. « T'es avec nous maintenant. Nous, on t'abandonnera pas. C'est rassurant, non ? Nous, les inconnus que t'as rencontrés hier. Rassurant… Non ? » Elle va lui faire une syncope, la gamine.

Roy tente le subterfuge de l'autoradio. Infotrafic. Rien à foutre. Il change de canal. Du funk. Pas approprié. Il change. Johnny. Putain, y a moyen d'allumer la radio sans entendre du Johnny dans ce pays ? Vu le quota, on frôle la dictature auditive. Il change. Du classique. Un requiem. C'est beau. Mais ça plombe. Surtout vu la journée. Il change. Les infos. Ah… les infos. Il laisse un temps. On sait jamais. On pourrait y parler de fugitifs, de meurtres, de fillette disparue. Depuis la photo de Guillemette à la télé, il a pas vérifié où ils en sont de l'enquête. Elle avance ? Elle piétine ? On y parle de la crise, du chômage qui monte, des températures qui baissent, mais pas de gamine disparue. Pas aujourd'hui. Et pas des fugitifs non plus. Alors Roy éteint la radio. Elle a pas fait grand-chose d'autre que plomber un peu plus l'atmosphère.

Roy cherche au fond de lui une clef pour se débarrasser du malaise ambiant. Il réfléchit, se brûle le cerveau et tente :

— Ça va, Lili ?

On applaudit bien fort la fulgurance de Roy, merci !

Lili acquiesce. Du bout des lèvres. Comme une enfant ailleurs. Elle a pas envie de répondre.

Guillemette lance à Roy une moue qui veut dire « Bien essayé », avec la pointe de compassion pour qu'il se sente pas totalement merdeux. Elle tente à son tour :

— Tu veux jouer à un jeu, Lili ?

— Non.

Ah, les enfants… Pas de censure, pas de filtre, pas de tabou. Ils disent les choses, point barre. Ils cherchent pas à faire plaisir ou à prendre des pincettes. Au moins, l'information est claire. Tu diras pas que t'as eu du mal à lire entre les lignes.

Et la route défile.

Et Guillemette se déconfit. Pas à l'aise avec cette situation : une gosse dans sa bagnole. Guillemette se rappelle son ventre gonflé. L'espoir d'un enfant. Évaporé sous les coups de celui qui disait l'aimer. Et depuis, ce malaise… Un malaise systématique quand elle est près d'un enfant… Comme si l'enfant savait… Comme s'il jugeait… Et disait : « T'as pas réussi à le protéger. Toi, Guillemette, t'as pas réussi à protéger le bout de vie qui poussait dans ton ventre. » La culpabilité l'a bouffée. Pendant des mois. Et l'a empêchée de bouffer. Pendant des mois. Elle se disait que c'était sa faute. Ils le savaient. Ils le voyaient. Tous ces enfants. Ils voyaient la cicatrice dans son ventre. À l'intérieur. Et ils savaient que c'était sa faute à elle.

Roy, il sait pas mais il sent. Un malaise. Ils sont en fuite avec une gamine abandonnée, dans une bagnole, sans but clair mais avec cet accord tacite : ils vont s'en occuper. Et aux dernières nouvelles, son rapport à la maternité, à Guillemette, avait pas été sous le signe de la comédie musicale. Donc malaise de tous bords.

Alors Roy décide de puiser en lui et de faire quelque chose qu'il ne s'imaginait plus jamais faire. Il en avait perdu l'envie. Il avait perdu la raison.

Il commence à chanter.

Tout doucement.

Sa voix vient de loin. Quelque part au fond d'un canyon. L'écho d'un type qui s'est perdu depuis longtemps. Un ermite, bourru, hirsute. Avec une voix pas mélodieuse mais étonnamment douce, pour une voix d'ermite qui s'est pas exprimée depuis bien longtemps.

Les yeux rivés sur les pointillés en face de lui, Roy se met à chanter… Cette chanson… La seule qu'il ait jamais chantée… La seule qu'il connaisse… Cette chanson… Qu'il chantait… pour Lou…

…

Pour Lou…

…

Pour la calmer…

…

Quand elle était triste…

…

Et quelques années plus tard, il pensait ne plus jamais entendre ce son dans la canalisation rouillée de sa gorge, il pensait ne plus trouver en lui l'émotion capable d'enclencher cette envie, ce besoin de lâcher ces quelques notes rugueuses et pourtant douces dans lesquelles il enrobait sa petite sœur quand elle avait peur. De ses énormes bras, il protégeait Lou. Mais de sa voix rugueuse, il la berçait et lui enveloppait le cœur.

Et après Lou, il a plus jamais chanté.

Il a pas beaucoup parlé non plus. Mais chanté… Plus jamais…

Et ce soir, face aux pointillés de la route, c'est sorti de lui. Naturellement. Il a pas réfléchi. Il fallait que ça sorte. Au fond de lui, il savait que c'était ce dont Lili avait besoin. Et à en croire ses yeux brillants, il s'est pas gouré, la gamine est envoûtée.

« Ses sourcils ! Putain, ses sourcils ! Ils sont plus froncés ! »

Depuis leur rencontre, il l'a pas vue se défroisser. Tout en tension, sourcils froncés, poings serrés. Et là, yeux écarquillés, bouche entrouverte, tout en accueil. Lili se détend. Elle s'ouvre. Elle laisse la tendresse pénétrer ses veines. Et clairement, elle est pas habituée. De la tendresse, elle en a pas souvent eu. C'est le genre de gosse, quand tu la caresses, elle se braque. Elle a peur d'avoir mal. Quand on est en vrac émotionnellement à ce point, et à six ans, inutile de trop creuser pour imaginer ce qui s'est passé dans le passé. Faut déjà adoucir, rassurer, pour espérer reconstruire. Et c'est ce que fait Roy. Enfin il essaie. Et il y arrive plutôt pas mal.

Guillemette en revient pas. Roy chante. « *Che sera sera.* » La chanson préférée de Lou. « Ce qui arrivera arrivera. » Une chanson en forme de trois petits points. Tristement ironique, quand Roy y pense. *Che sera sera*… Pour une enfant morte à quatre ans et demi…

…

Roy chante. En anglais. Avec un putain d'accent.

— *Whatever will be, will be. The future's not ours to see. Che sera sera.*

Si ces paroles résument pas le moment, Roy voit pas ce qui le fera. Foutrement ironique, ouais !

Roy chante et plutôt bien, au grand étonnement de Guillemette. Pour un bunker pilonné au mortier, et malgré sa voix de conduit d'évacuation, il se dégage une émotion belle quand il chante. Une émotion douce. Et bienveillante. Conséquence inattendue, à la surprise générale, Lili se redresse et se faufile entre les deux sièges avant, passant au-dessus du frein à main, se frayant un chemin sous l'énorme bras droit de Roy, pour grimper sur son torse, enrouler ses bras autour de son cou et se lover contre lui. Un vrai petit singe, cette gamine. Merde, Roy est tellement soufflé qu'il a failli en perdre le contrôle de la caisse.

Guillemette n'en perd pas une miette. Émerveillée. Et totalement amoureuse. Un moment enchanté. OK, ça fait guimauve comme ça, mais Guillemette, elle savoure. Parce qu'on peut pas dire que jusqu'à maintenant, question enchantement, ils aient été super gâtés.

Roy chante, plus doucement, sa berceuse rugueuse.

La petite resserre son étreinte.

On dirait qu'elle se détend. Elle relâche.

…

Elle relâche ou elle resserre ? C'est pas clair. Elle

est bien ou elle a peur ? Roy est plus bien sûr. Pourquoi il a un doute d'un coup ?

— C'est chez moi.

La phrase est sortie de la bouche de Lili, très bas, à peine susurrée, avec un trémolo au fond. Le trémolo trahit une émotion. Et cette émotion, c'est pas de la joie.

Roy s'est arrêté de chanter d'un coup de hache sur le couplet final. Guillemette fait comme à son habitude : elle s'est arrêtée de respirer. Il faudra qu'il lui parle de ce tic un jour.

— Quoi, c'est chez toi ? lâche Roy.

— La maison.

Lili pointe les lotissements qu'ils sont en train de dépasser. Des lotissements tristement éclairés par des lampadaires aux épaules voûtées.

Roy ralentit.

— Quoi ? Les lotissements, là ?

Lili acquiesce.

— Écoute, tu sais, ce genre de baraques, elles se ressemblent toutes. Comment tu peux être sûre que c'est chez toi ?

— Ben c'est chez moi. J'ai jamais été ailleurs. Alors je reconnais.

Clignotant. Roy se range sur le bas-côté. Guillemette prend le relais :

— Tu saurais reconnaître ta maison ?

Lili acquiesce.

— Tu veux dire que ce connard… je veux dire ton papa, il a même pas fait quatre-vingts bornes avant de te larguer sur une aire d'autoroute ?

— Roy ! claque Guillemette, réprobatrice.

— Ben quoi ! C'est vrai, non ? Le mec, il aime jouer avec la merde !

Regard noir de Guillemette. Regard désabusé de Lili.

— OK, je ferme ma gueule. Mais vous savez c'que j'en pense.

— Oui, on a compris.

— Ce mec…

Roy s'apprête à aboyer toute sa haine dudit père mais Guillemette l'en empêche.

— Ce mec est le père de Lili et on va la lui ramener !

— Hors de question ! aboie Roy avec une autre voix.

Une voix qui venait de loin. Pas du canyon où y a l'ermite. De beaucoup plus profond. Et plus sombre. Comme une caverne. Où dormirait une bête.

On a perdu en douceur et en volupté dans la voiture, mais Guillemette est pas prête à lâcher.

— Roy, c'est son père. On a sa fille. Il faut qu'on y aille.

Les mains de Roy se referment sur le volant. Ses veines gonflent, prêtes à éclater. Sa jugulaire ressort comme un serpent le long de son cou. Le volant plie et se tord sous la pression des mains. Réflexe de survie de Lili, elle glisse du cou de Roy pour trouver refuge dans les bras de Guillemette. Elle sent qu'il y a un truc pas normal. Et Roy en a le cœur déchiré mais, à l'évidence, il lui fait peur. Alors il se raisonne. Il tempère. Il bloque l'entrée de la caverne. Pour pas que la Bête sorte. Dans les yeux de Lili, il sent la peur, et il peut pas l'accepter.

— OK, on passe le voir.

— Bien. Tu es raisonnable.

— J'ai dit : « On passe le voir. » Pas : « On la lui laisse. »

— Roy !

Guillemette a durci le ton. Mais quand elle voit le sang battre dans les yeux de Roy plantés dans les siens, elle sait qu'elle est dans une cage avec une bête sauvage et qu'elle doit faire très attention.

Lili resserre son étreinte autour du cou de Guillemette. Elle tremble. Imperceptiblement.

— On passe le voir, Guillemette. Et on lui parle !

Point d'exclamation.

Chapitre 46
L'Ogre

La voiture roule au ralenti et se parque à quelques mètres d'une baraque ressemblant à toutes les autres : triste, terne, sans vie apparente. Roy tire sur le frein à main mais coupe pas le moteur tout de suite. La voiture continue à ronronner. Phares éteints. Un prédateur tapi dans l'ombre, prêt à se jeter sur sa proie et à lui bouffer les entrailles.

— On est d'accord, Roy, on y va pour lui parler. Calmement. Civilement.

— Civilement ?

Roy a de l'acide dans la voix. Mais Guillemette est en mode diplomatie. Elle est calme, posée, une fillette paumée dans une main et une bombe à retardement dans l'autre. Le mot « routine » a été éradiqué de son dictionnaire depuis quelques jours. Guillemette resserre son étreinte sur Lili. Roy comprend le message, soupire et coupe le contact. Le prédateur cesse de ronronner.

Le calme à nouveau.

Roy frappe à la porte. Trois coups. Secs. Pas très patient, il s'apprête à y donner trois coups de butoir.

Et à l'enfoncer. Pourquoi pas ? Ce serait plus direct. Plus… Mais Guillemette l'arrête. Elle lui désigne la sonnette. Roy est en ébullition. Il sonne, du bout du doigt, longtemps, fort, jusqu'à ce que son doigt transperce littéralement le bout de plastique, s'enfonce et tue définitivement la sonnette.

— Camelote, il lâche entre ses dents.

Regard réprobateur de Guillemette. Silence à nouveau. Roy hausse les épaules, puis prend son élan, prêt à se délecter dans le défonçage de la porte, mais stoppe net. Des bruits de pas au loin. Quelqu'un descend des marches. Les pas s'approchent derrière la porte. Roy est incandescent. Il en brille presque dans la nuit. Une voix étouffée traverse la porte et l'obscurité :

— C'est quoi ce bordel ? Qui c'est ?

— C'est… les voisins, improvise Roy.

— Putain, mais vous avez vu l'heure ?

— Ouais… enfin oui. Désolé mais… on a quelque chose pour vous.

— Mais qu'est-ce que vous me racontez ? Quels voisins d'abord ?

— Les… les… les Brando.

Surprise de Guillemette. Haussement d'épaules d'un Roy qu'improvise comme il peut.

— Les Brando ? C'est quoi cette connerie ? Je m'en vais appeler les flics.

— On a retrouvé votre fille.

Bam ! Voilà qui devrait le calmer. D'ailleurs, il embraie pas derrière. Roy était sûr de son effet. On va lui laisser le temps de ramasser ses dents de l'autre côté de la porte. Ça devrait pas être long.

Clic-clac.

Qu'est-ce qu'on disait.

La porte s'ouvre. Un type derrière. Une bonne tête de con façon facho de province qui vote plus à droite qu'à droite et qu'aurait appelé son berger allemand Dutroux. C'est l'image que Roy s'en faisait. Eh ben non, un mec normal, plutôt présentable, coupe à l'anglaise, peignoir en satin, élégant, un visage avenant. Ben merde. Tout fout l'camp, même les clichés.

Enfin, il a beau être élégant, le *pater*, il se raidit au moment où il voit sa gamine dans les bras de Guillemette. Sous ses airs de prof d'anglais bien sous tous rapports, on sent une eau putride qui frémit. Y a comme une odeur d'égout. On peut sauver les apparences, pas les odeurs.

— C'est bien votre fille, non? Roy lance avec une froideur sibérienne.

On est à -36 dans la voix, ressenti -50. Le *pater* en lâche un frisson. Pas chaud pour la saison. Surtout avec l'autre en forme de goulag face à lui. Il s'écoule des heures entre chaque phrase. Alors le *pater* décide de rompre la glace, mais il y va prudemment, il acquiesce du bout du menton bien rasé et fait un pas de côté. Il est pas professionnel mais il prend quand même le temps de jeter un œil derrière l'épaule de ses visiteurs du soir. Roy a le talent pour lire le langage corporel de mecs qu'ont pas la conscience tranquille. Il en a fait un métier. Le *pater* le sait pas encore, même s'il sent bien que le mec en face de lui, c'est pas son voisin, il s'appelle pas Brando mais il est sérieux. Sérieux comme un cancer. Phase terminale.

Roy et Guillemette font donc quelques pas et entrent chez Monsieur Tout-le-monde.

La porte se referme derrière eux.

L'atmosphère est opaque. Roy en a presque le goût dans la bouche. Un goût de rat crevé.

Guillemette se plaque dos au mur. Bon réflexe, note Roy. Elle tient fort Lili dans ses bras. Mais Lili a un autre réflexe, plus étonnant. Elle donne une impulsion pour se libérer de l'emprise de Guillemette, comme le ferait un animal qui en a marre d'être porté. Elle se laisse glisser le long de Guillemette. Sur son visage est réapparu le brouillard anthracite. Ses sourcils à nouveau froncés, à tel point qu'ils en font des nœuds. Une acceptation totale de la situation, sans émotion apparente, ni tristesse, ni douleur. La vie s'est échappée de son regard, comme elle le fait dans les yeux d'enfants ayant vécu ou vu des choses qu'ils auraient pas dû. Leur enfance s'est échappée d'eux avec leurs larmes versées, et avec ont suivi l'espoir, la foi, la vie… Ces regards, on les croise au détour d'une photo dans le journal, dans un article sur un de ces pays où la famine et les génocides sont des banalités du quotidien. Ben, des fois, faut pas aller aussi loin qu'une photo de Reporters sans frontières, y en a un juste là, en bas de chez vous. Dans ce salon sans charme, de foyer sans identité, de lotissement sans vie.

Lili s'est déplacée lentement et a pris position près de son père. Un chien battu aux pieds de son maître.

Roy et Guillemette décryptent parfaitement la situation.

— C'est très gentil à vous de m'avoir ramené ma fille.

— Y a pas de dérangement.

Roy a lâché cette politesse comme de l'acide qui coulerait de sa bouche fermée et en transpercerait les parois. Sans articulation. Mais avec la même sensation de chair brûlée.

— Vous l'avez trouvée où ? J'étais inquiet.

— Sur le parking de la station-essence, à quatre-vingts bornes au nord.

— Où vous l'avez laissée.

Guillemette vient de s'immiscer dans le duel statique. Le *pater* lui lance un regard de tueur. C'est pas un professionnel mais c'est pire. C'est un psychopathe. Pas de méthode, pas de code, pas d'éthique. De l'incontrôlable et du tordu. Roy le sent. Il en a eu quelques-uns face à lui dans sa carrière. Le mieux, avec les psychopathes, c'est d'agir vite. Sec. Sans avertissement. Avec eux, y a pas de dialogue qui tienne, pas de raisonnement. T'entames pas une conversation avec un crotale, t'essaies de lui couper la tête avant qu'il te morde.

Mais y a la petite entre eux. Et le *pater* a posé sa main sur son épaule. Une main paternelle. Réconfortante. Et ferme.

Roy passe de la main au regard par en dessous du *pater*, aux sourcils noués de Lili, à la lèvre inférieure tremblotante de Guillemette. Il a relevé discrètement ses doigts dans sa direction. Elle a compris, elle le laisse faire. Il a l'habitude des situations tendues. Elle, toujours pas.

— J'étais inquiet.

— Vous l'avez déjà dit.

— Parce que je l'étais. Mettez-vous à ma place : une fugue de ma fille. À six ans.

— Vous avez cru à une fugue ?

— Oui. J'ai déposé un avis de recherche à la police.

— À une fugue ? Pas à un enlèvement ?

— Aussi. Pourquoi pas ? Quoi qu'il en soit, j'ai déposé un avis de recherche mais c'est inutile à présent… Tout est rentré dans l'ordre…

« Tout… est… rentré… dans… l'ordre… » Ces mots semblent prononcés au ralenti. En tout cas, Roy les entend au ralenti. La main paternelle se referme sur l'épaule de sa fille. Trop nerveusement. Trop fermement.

— Oui, tout est rentré dans l'ordre, confirme Roy en plantant bien profond son regard dans celui du *pater* pour venir le provoquer jusque dans son âme.

Le *pater* soutient le regard et ressert son étreinte sur l'épaule de sa fille. Guillemette ne respire plus. Depuis un moment déjà.

— Tu me fais mal.

Quelques mots susurrés. Dans un tout petit souffle de toute petite fille. Lili a plus de vie dans le regard mais elle ressent encore la douleur.

— Qu'est-ce que tu dis, ma chérie ?

C'est les premiers mots que le *pater* adresse à sa fille. Depuis dix bonnes minutes bien poisseuses qu'ils sont là. Et il l'a fait porter disparue depuis plus de douze heures. Roy veut bien que le gars soit pas très expansif, on sait que les hommes ont du mal à exprimer leurs émotions, mais là, même pour un psychopathe, il pourrait faire un effort.

— Tu me fais mal, Papa.

Au ralenti à nouveau. Dans un murmure. Le *pater* commence à avoir du mal à masquer son impatience. Il lâche sèchement entre ses lèvres pincées :

— Ne sois pas arrogante, Lili, je te l'ai déjà dit.

Et ponctue d'une tape derrière la tête de sa fille. Sèche, ferme, humiliante, la tape. La tête de Lili part en avant mais encaisse le choc. Une routine, pour elle. Visiblement. C'est sa routine…

La main du *pater* se referme sur sa proie à nouveau. Et bloque sa prise.

Du fond de la caverne, un rugissement. Inhumain.

Roy a tout juste le temps de réagir :

— Guillemette. Vite ! Éloigne la petite !… La Bête…

Et la Bête surgit de la caverne.

Guillemette est tapie derrière un buisson. Dans ses bras, serrée, si fort, avec toute la protection d'une mère pour que jamais rien ne blesse son enfant, Lili respire doucement. Les mains de Guillemette posées à plat sur ses oreilles. L'isolant du monde autour d'elle.

Un monde inhumain.

Un monde qui s'écroule dans les hurlements noyés de sang de son père.

Des râles, inhumains eux aussi.

Roy passe ses mains sous l'eau du robinet, y purgeant les restes de sang et de chair. Il ose pas se regarder dans la glace. D'ailleurs, il a pas allumé. Il se lave les mains, longtemps. Il essaie de maîtriser son souffle, plus vibrant qu'une turbine. Puis, quand il y est enfin parvenu, il referme le robinet, laissant place au silence à nouveau. Au silence putride.

Il redresse la tête pour faire face à son image. Son visage est constellé de sang. Dans sa bouche, un goût de charogne. Il crache. Un morceau de chair.

La Bête.

Chaque fois, elle le dévore un peu, lui aussi, en même temps que ses victimes.

Alors Roy se met à pleurer…

Chapitre 47

Le Centaure et la Lilliputienne

Roy ouvre la porte et fait un pas dehors.

L'air frais de la nuit lui parvient au visage. Une caresse. C'est doux. Ça fait du bien. Roy prend une profonde inspiration. Il se sent calme. Comme après une sale fièvre. Son pouls est revenu à la normale. Ses gestes sont lents, posés. Il prend son temps. Le tremblement de terre est passé. Y a plus de raison de courir.

Il a réussi à se nettoyer. Un minimum. Il s'est regardé une dernière fois dans la glace avant de sortir. Il avait toujours la même tronche décomposée, mais il y avait plus de traces du passage de la Bête, ni dans son regard, ni sur ses vêtements. Le sang, les morceaux de chair et la rage ont disparu. En tout cas pour un temps.

Roy avance lentement dans le jardin. Un pas après l'autre. Ses pieds de géant pèsent des tonnes. Ses pompes s'enfoncent profondément dans la pelouse. Remonter jusqu'à eux va être un jeu d'enfant pour les flics. Bon, on va pas se leurrer, c'est une partouze d'ADN dans la baraque. À moins de tout passer au napalm, y a pas moyen de masquer le passage de Roy. Alors faut assumer. Roy espère qu'au moins le *pater* sera pas enterré avec les honneurs. Enfin enterré, vu l'état du corps, ils vont probablement plutôt l'incinérer. Quelles que soient ses volontés testamentaires. Mais qu'au moins les flics trouvent des dossiers bien nauséabonds qui permettent d'éclabousser de merde sa réputation et que son histoire soit révélée en plein jour. Roy, la chaise électrique le gêne pas. Il a sauvé Guillemette et Lili des griffes de leurs Ogres. Crever pour ça, ça lui va. Il voudrait qu'on confonde pas tout. Lui, c'est une Bête, mais c'est pas un Ogre.

Il cherche dans le noir une forme qui ressemblerait à Lili et à Guillemette. Et il les trouve. Recroquevillées. Tremblotantes. Deux petites créatures fragiles.

Il s'approche et se pose au-dessus d'elles. Un géant qui s'élève jusqu'au ciel. Elles redressent la tête, en même temps, dans un même mouvement. Roy enroule délicatement sa main dans les cheveux de Guillemette. Elle lui lance un regard qu'il comprend dans le noir. Et il lui répond par un battement de paupières : « Oui, c'est fini. »

Puis il se baisse. Du haut de ses huit cents mètres. Sa tête quitte les nuages pour retrouver les Terriens. Plus exactement pour retrouver sa Lilliputienne. Elle le regarde avec des yeux brillants de larmes qui n'arrivent pas à se déverser. Parce que trop longtemps retenues. Et remplacées par des sourcils froncés.

Roy déploie ses immenses mains autour de la Lilliputienne, des mains en forme d'ailes. Des ailes d'ange. Il les referme sur elle, puis la tracte vers lui, l'entraînant là-haut, tout là-haut, dans les nuages. Une fois au niveau de son cou, Lili pose ses deux menottes sur les joues du Centaure et y plonge son regard, pour aller parler à son âme et lui dire : « Maintenant, on est connectés. Toi et moi. Quoi qu'il arrive. Tu es mon protecteur. Tu es mon Centaure. » Et Roy répond comme il le fait toujours le mieux : en silence. D'un battement de paupières qui dit : « Tu risques plus rien. Je suis là. Je te lâche pas. Je te lâcherai plus jamais ! »

Et il ferme ses bras autour du minuscule corps frêle. Ils se serrent. Fort. Et son cœur touche celui de Lili. Et s'apaise dans sa chaleur.

Guillemette se tient à l'écart et contemple cette image. Émue. Et reconnaissante.

Chapitre 48

Gratitude

La route a repris.

En forme de trois petits points.

Mais ceux-là sont différents des précédents. Ils sont plus légers. Ils ont une forme d'espoir. Ils dégagent de l'apaisement. Un goût de sérénité. La voiture ne roule plus, elle flotte, elle glisse avec fluidité sur le calme sans vague d'une eau limpide.

Roy conduit en fixant l'horizon devant lui, paisible.

Puis il se tourne vers Guillemette. Elle lui sourit. Comme toujours. Sur ses genoux, Lili s'est endormie. Le bout des doigts graciles de Guillemette passe dans ses cheveux aux boucles sauvages. Réguliers comme un battement de cœur, les doigts. Comme le battement de cœur de Lili. Apaisé. Enfin.

L'image est forte. L'émotion aussi. Presque trop. Roy a du mal à encaisser. Le bonheur peut faire peur. Il peut même faire mal. Quand on est pas habitué.

Roy fixe à nouveau la route. Par réflexe. Pour prendre le temps d'encaisser. Concentré sur sa respiration. L'air entre et sort de sa poitrine de colosse avec une régularité de métronome.

Et sa respiration l'entraîne sur un drôle de chemin de pensée. Il réalise que, sans la Bête, il serait pas là. Avec Guillemette. Ni avec Lili. Sans la Bête, il les aurait pas sauvées de leurs Ogres.

La vie est quand même étrange. Sur son chemin, il a rencontré que des cabossés. Depuis qu'il est né, sa vie ressemble à un putain de fait divers. D'aucuns diraient que, quand même, c'est un peu gros tout ça. Il les accumule. Des destins fracassés à ce point, ça tient de la surenchère. Des truands, des ordures, des violents, des cancéreux, des psychopathes, des pédophiles. Merde, y en a quand même pas à ce point à tous les coins de vie. Ben dans celle de Roy, si. Qui se ressemble s'assemble, y paraît. Roy, avec sa gueule, fallait pas s'attendre à ce qu'il passe sa vie à danser sur un arc-en-ciel avec des licornes. Mais c'est pas grave. Il a fait aussi des belles rencontres. Magiques même. Et pour ces quelques rencontres, il a envie de dire un mot qu'il a pas prononcé souvent, il a envie de dire : « Merci. » Elle aurait pu être que crade, que moche, que cabossée, sa vie. Mais il y a aussi eu du magique.

Lou.

Bobby.

Mademoiselle Solange.

Rita.

René.

Iris.

Berthe.

Guillemette.

Lili.

Roy pense à eux. Et cette pensée lui tambourine le crâne : « Merci. »

Malgré tout…

« Merci. »

Comme quoi… Il est pas rancunier, Roy. Il a eu beau être seul, moche, abîmé, bouffer du noir année après année, il a réussi à se créer un noyau. Ce noyau, il pourrait le qualifier de famille. Roy aime pas trop ce mot. Il sent le sucré et la guimauve. Mais Roy, il est pas fort en littérature, il l'a déjà dit. Et le chat, tu l'appelles le chat, non ? Alors Roy, ce noyau, il a envie de l'appeler sa « famille ».

Une voix vient le tirer de sa rêverie. C'est la voix de Guillemette. Elle vient d'un autre monde. Le chercher. Avec délicatesse. Et une douce mélodie qu'il connaît bien :

> — *When I was just a little girl*
> *I asked my mother: « What will I be?*
> *Will I be pretty, will I be rich? »*
> *Here's what she said to me:*
> *« Che sera sera*
> *Whatever will be, will be*
> *The future's not ours to see*
> *Che sera sera… »*

Roy se tourne vers Guillemette. Elle lui sourit, éclairée en pointillé par les réverbères qui s'égrènent sur l'autoroute. Elle lui chante une berceuse. À Roy. Avec sa tronche de tomate écrasée et ses mains en forme de presse hydraulique. À lui, avec son âme en vrac et son cœur cabossé. Elle lui chante une berceuse. Et elle lui sourit.

Alors Roy ouvre sa fenêtre et penche la tête au-dehors. Le vent lui fouette le visage et s'affole dans sa crinière.

Roy s'ébroue.

Il aime la sensation.

Il a beau avoir semé du cadavre à la pelle derrière lui, savoir que les flics vont plus tarder à le rattraper, que ces trois petits points, c'est pas une promesse d'avenir mais plutôt de présent, il se dit cette phrase qui revient souvent dans sa tronche cabossée depuis qu'il a rencontré Guillemette :

« Je suis bien là. »

DU MÊME AUTEUR

Aux Éditions Gallimard

Dans la collection Série Noire

CABOSSÉ, 2016, Folio Policier n° 848.

Aux Éditions Les Arènes

MAMIE LUGER, 2018.

COLLECTION FOLIO POLICIER

Dernières parutions

647.	Larry Beinhart	*L'évangile du billet vert*
648.	William Gay	*La mort au crépuscule*
649.	Gabriel Trujillo Muñoz	*Mezquite Road*
650.	Boileau-Narcejac	*L'âge bête*
651.	Anthony Bourdain	*La surprise du chef*
652.	Stefán Máni	*Noir Océan*
653.	***	*Los Angeles Noir*
654.	***	*Londres Noir*
655.	***	*Paris Noir*
656.	Elsa Marpeau	*Les yeux des morts*
657.	François Boulay	*Suite rouge*
658.	James Sallis	*L'œil du criquet*
659.	Jo Nesbø	*Le léopard*
660.	Joe R. Lansdale	*Vanilla Ride*
661.	Georges Flipo	*La commissaire n'aime point les vers*
662.	Stephen Hunter	*Shooter*
663.	Pierre Magnan	*Élégie pour Laviolette*
664.	James Hadley Chase	*Tu me suivras dans la tombe* et autres romans
665.	Georges Simenon	*Long cours*
666.	Thomas H. Cook	*La preuve de sang*
667.	Gene Kerrigan	*Le chœur des paumés*
668.	Serge Quadruppani	*Saturne*
669.	Gunnar Staalesen	*L'écriture sur le mur*
670.	Georges Simenon	*Chez Krull*
671.	Georges Simenon	*L'inspecteur Cadavre*
672.	Kjetil Try	*Noël sanglant*
673.	Graham Hurley	*L'autre côté de l'ombre*
674.	John Maddox Roberts	*Les fantômes de Saigon*
675.	Marek Krajewski	*La peste à Breslau*
676.	James Sallis	*Bluebottle*

677.	Philipp Meyer	*Un arrière-goût de rouille*
678.	Marcus Malte	*Les harmoniques*
679.	Georges Simenon	*Les nouvelles enquêtes de Maigret*
680.	Dashiell Hammett	*La clé de verre*
681.	Caryl Férey & Sophie Couronne	*D'amour et dope fraîche*
682.	Marin Ledun	*La guerre des vanités*
683.	Nick Stone	*Voodoo Land*
684.	Frederick Busch	*Filles*
685.	Paul Colize	*Back up*
686.	Saskia Noort	*Retour vers la côte*
687.	Attica Locke	*Marée noire*
688.	Manotti – DOA	*L'honorable société*
689.	Carlene Thompson	*Les ombres qui attendent*
690.	Claude d'Abzac	*Opération Cyclope*
691.	Joe R. Lansdale	*Tsunami mexicain*
692.	F. G. Haghenbeck	*Martini Shoot*
693.	***	*Rome Noir*
694.	***	*Mexico Noir*
695	James Preston Girard	*Le Veilleur*
696.	James Sallis	*Bête à bon dieu*
697.	Georges Flipo	*La commissaire n'a point l'esprit club*
698.	Stephen Hunter	*Le 47e samouraï*
699.	Kent Anderson	*Sympathy for the Devil*
700.	Heinrich Steinfest	*Le grand nez de Lilli Steinbeck*
701.	Serge Quadruppani	*La disparition soudaine des ouvrières*
702.	Anthony Bourdain	*Pizza créole*
703.	Frederick Busch	*Nord*
704.	Gunnar Staalesen	*Comme dans un miroir*
705.	Jack Ketchum	*Une fille comme les autres*
706.	John le Carré	*Chandelles noires*
707.	Jérôme Leroy	*Le Bloc*
708.	Julius Horwitz	*Natural Enemies*
709.	Carlene Thompson	*Ceux qui se cachent*

710.	Fredrik Ekelund	*Le garçon dans le chêne*
711.	James Sallis	*Salt River*
712.	Georges Simenon	*Cour d'assises*
713.	Antoine Chainas	*Une histoire d'amour radioactive*
714.	Matthew Stokoe	*La belle vie*
715.	Frederick Forsyth	*Le dossier Odessa*
716.	Caryl Férey	*Mapuche*
717.	Frank Bill	*Chiennes de vies*
718.	Kjell Ola Dahl	*Faux-semblants*
719.	Thierry Bourcy	*Célestin Louise, flic et soldat dans la guerre de 14-18*
720.	Doug Allyn	*Cœur de glace*
721.	Kent Anderson	*Chiens de la nuit*
722.	Raphaël Confiant	*Citoyens au-dessus de tout soupçon...*
723.	Serge Quadruppani	*Madame Courage*
724.	Boileau-Narcejac	*Les magiciennes*
725.	Boileau-Narcejac	*L'ingénieur aimait trop les chiffres*
726.	Inger Wolf	*Nid de guêpes*
727.	Seishi Yokomizo	*Le village aux Huit Tombes*
728.	Paul Colize	*Un long moment de silence*
729.	F. G. Haghenbeck	*L'Affaire tequila*
730.	Pekka Hiltunen	*Sans visage*
731.	Graham Hurley	*Une si jolie mort*
732.	Georges Simenon	*Le bilan Malétras*
733.	Peter Duncan	*Je suis un sournois*
734.	Stephen Hunter	*Le sniper*
735.	James Sallis	*La mort aura tes yeux*
736.	Elsa Marpeau	*L'expatriée*
737.	Jô Soares	*Les yeux plus grand que le ventre*
738.	Thierry Bourcy	*Le crime de l'Albatros*
739.	Raymond Chandler	*The Long Goodbye*
740.	Matthew F. Jones	*Une semaine en enfer*
741.	Jo Nesbø	*Fantôme*
742.	Alix Deniger	*I cursini*

Composition : APS-Chromostyle
Impression Novoprint
le 25 avril 2019
Dépôt légal : avril 2019
1er dépôt légal dans la collection : janvier 2018

ISBN 978-2-07-276612-1/ Imprimé en Espagne.

357780